Le vampyre

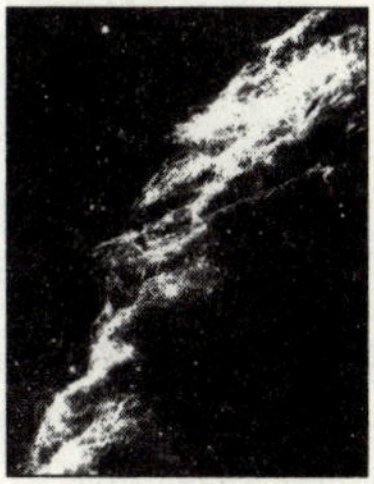

LA DENTELLE DU CYGNE

Wolfgang Hohlbein est né en 1953 à Weimar, en Allemagne. Ces vingt dernières années, il a publié plus de deux cents ouvrages, ce qui fait de lui l'un des auteurs de fantastique et de *fantasy* les plus productifs. Habitué des listes de best-sellers en Allemagne, il avoue tirer son inspiration des histoires de l'Ancien Testament et admirer des écrivains comme Edgar Poe, Lovecraft, Tolkien et Stephen King.

Wolfgang Hohlbein

La chronique des immortels

Le Vampyre

TRADUIT DE L'ALLEMAND PAR PASCALE HERVIEUX

L'ATALANTE
Nantes

Illustration de couverture : Amandine Labarre

DIE CHRONIK DER UNSTERBLICHEN – DER VAMPYR

Ouvrage proposé à l'éditeur par l'agence Editio Dialog, Lille

ISBN 978-2-84172-374-4

Librairie L'Atalante, 11 & 15, rue des Vieilles-Douves, 44000 Nantes

I

Il connaissait la mort, mais il ne s'habituerait jamais à la donner. Pourtant, il n'avait parfois pas d'autre choix que de faire taire ses scrupules.

Retenant sa respiration, Andrej se pressa contre le mur, dans le noir, sous l'escalier, et tendit l'oreille. Il avait horriblement froid et grelottait. Son cœur battait la chamade, étouffant tous les autres bruits. Chacun de ses muscles était tendu à l'extrême. Il serrait si fort la poignée de son épée que sa main lui faisait mal.

Il ne voyait rien tant l'obscurité était profonde, mais il savait que du sang gouttait de sa lame, formant une flaque visqueuse entre ses pieds. Il avait l'impression d'en sentir l'exhalaison, puis il se rappela que c'était l'haleine funeste du vaisseau qu'il respirait ainsi.

Pourtant, l'odeur paraissait déplacée. Andrej n'avait pas une grande expérience des bateaux, mais il savait qu'ils devaient sentir la mer, l'eau salée et le vent. Peut-être aussi le poisson, le bois, les cordages moisis et les voiles humides. Ou encore les épices exotiques et les étoffes précieuses qu'ils transportaient.

Ce bateau, lui, sentait la mort.

Il est vrai qu'il n'était jamais monté à bord d'un négrier.

Des pas se firent entendre sur le pont, au-dessus de lui, se rapprochèrent puis s'éloignèrent. Andrej respira. Il aurait transpercé le cœur du marin d'un seul coup, en silence et sans le faire souffrir, mais il était soulagé de n'avoir pas eu à le faire. Son beau-père, Mikhaïl Nadasdy, avait fait de lui un bretteur hors du commun, capable si nécessaire de tuer en un clin d'œil, mais Andrej n'était pas ici pour provoquer un bain de sang.

Il y était pourtant bien décidé lorsqu'il s'était mis à la poursuite du négrier avec Frederic. S'ils avaient rattrapé le vaisseau d'Abou Doun le jour même ou le lendemain, il aurait probablement tenté de tuer tous les membres d'équipage les uns après les autres. Il rendait aujourd'hui grâce à Dieu qu'il en fût allé autrement. Il y avait déjà eu assez de morts, et lui-même avait commis des actes bien plus horribles que tout ce qu'il avait jamais imaginé. Andrej frissonna en se rappelant Malthus, le chevalier d'or, et ce qui s'était passé après qu'il l'eut tué…

Andrej chassa cette pensée. Quand tout serait terminé, il aurait du temps pour réfléchir, voire aller se confesser, même s'il était sûr de ne rien en faire. Pour l'instant, il avait un problème plus urgent à résoudre : comment prendre le contrôle d'un bateau défendu par au moins vingt hommes lourdement armés, sans avoir à les tuer tous ?

Il avait confiance en lui. Sa lame n'inspirait pas la crainte en vain, mais il connaissait aussi ses limites. Seul contre vingt, il n'avait aucune chance, même en étant immortel. Car immortel ne signifiait pas invulnérable.

Andrej sortit silencieusement de l'ombre sous l'escalier et leva les yeux. L'écoutille donnant sur le pont était ouverte. La nuit était noire. Le ciel était couvert de nuages éteignant la lumière des étoiles et assombrissant la lune qui ne formait plus qu'un cercle gris vaguement dessiné. Exception faite des pas qui se rapprochaient de nouveau de l'ouverture, le silence était total. Sans doute une sentinelle qui patrouillait sur le pont du large voilier pour combattre l'ennui et ne pas s'endormir debout, ou pour chasser le froid qui montait de l'eau et raidissait les membres. Le bateau avait jeté l'ancre sur un banc de sable au milieu du fleuve. Abou Doun était un homme prudent. C'était sans doute nécessaire quand on vivait de l'esclavage.

Cette prudence avait failli faire échouer le plan d'Andrej dès les premières minutes. Il n'avait pas été particulièrement difficile de nager jusqu'au milieu du fleuve, même si l'eau du Danube était glacée et le courant beaucoup plus fort qu'il ne s'y était attendu. Tout autre que lui se serait noyé à mi-parcours, mais Andrej n'était pas un homme ordinaire. Après trois tentatives infructueuses où le courant l'avait éloigné du banc de sable, il avait réussi à monter à bord sans un bruit. Il avait été facile de tromper la vigilance de la sentinelle. Andrej avait appris à se déplacer aussi silencieusement qu'un félin et s'était fondu dans l'ombre en attendant le moment propice pour traverser le pont obscur et disparaître par l'écoutille ouverte.

Malheureusement, ce n'était pas la bonne écoutille.

Andrej avait prévu de se faufiler jusqu'aux quartiers d'Abou Doun, de capturer le marchand d'esclaves et d'échanger sa vie contre celle des malheureux enchaînés dans les cales du vaisseau. La simplicité de ce plan l'avait séduit. Les meilleurs plans sont toujours les plus simples.

L'écoutille qu'il avait empruntée ne menait pas à la cabine d'Abou Doun, mais à une pièce munie d'une unique porte massive, fermant sans doute l'accès aux geôles des esclaves. Deux hommes en armes y montaient la garde. Andrej avait dû tuer l'un d'eux avant d'assommer et de bâillonner son compagnon. Il avait été aussi surpris que les deux gardes, qui, en raison de l'heure tardive, s'étaient montrés plus lents à réagir. Néanmoins, si Andrej avait attendu une seconde de plus, la situation n'aurait sans doute pas tourné à son avantage…

Il repoussa cette pensée comme la précédente.

Son regard fit une fois encore le tour de la cabine avant de se poser sur la porte bardée de fer, au-delà de l'escalier. Il ne savait pas ce qu'elle abritait, mais il ne l'imaginait que trop bien. Une deuxième pièce sans lumière, divisée en petites cellules grillagées pouvant accueillir cinquante personnes et dans lesquelles plus de cent esclaves, enchaînés les uns aux autres, croupissaient dans leurs excréments. Les survivants de la vallée de Borsa, où il avait lui-même vécu, enfant. Beaucoup lui étaient apparentés, même si ce n'était que de loin. Ils avaient été vendus comme esclaves par le père Domenicus et ses sbires pour financer leur campagne d'inquisition contre de prétendus sorciers et adorateurs de Satan.

Sa famille, en somme.

Il n'oubliait pas qu'ils l'avaient chassé du village, des années plus tôt, le traitant d'hérétique et de voleur en apprenant qu'il s'était retrouvé impliqué, bien malgré lui, dans le pillage de l'église de Rotthurn. Pourtant, il lui était impossible d'agir comme s'ils étaient des étrangers… qu'il aurait sans doute été tenté de libérer sans avoir d'autre lien avec eux que celui d'appartenir à l'espèce humaine, tant il avait l'esclavage en horreur.

Et il avait promis à Frederic, son jeune protégé, qu'il ferait tout pour délivrer sa famille.

La tentation était forte d'ouvrir la porte et de libérer les captifs sur-le-champ. Il n'y avait pas de verrou, seulement une lourde barre en fer passée en travers du panneau. Mais il était impossible de libérer une centaine de personnes sans que nul ne s'en aperçoive. Elles étaient enchaînées depuis si longtemps que quelques minutes de plus ne changeraient rien à l'affaire.

Andrej vérifia que son adversaire était toujours évanoui et que ses liens et son bâillon étaient solides, puis il lâcha son épée et s'agenouilla près du garde mort afin de lui retirer sa tunique. Il s'efforçait de faire un minimum de bruit pour ne pas alerter la sentinelle sur le pont. Il combattit son dégoût en enfilant le vêtement épais et humide qui dégageait une affreuse puanteur. L'homme avait beaucoup saigné et perdu tout contrôle de ses fonctions corporelles au moment de la mort.

Le turban posait un problème. Andrej n'avait aucune idée de la façon dont il fallait le nouer. Il se contenta d'enrouler plusieurs fois l'étoffe autour de sa tête en espérant que le résultat, peu convaincant, ne se remarquerait pas dans l'obscurité. Il s'empara ensuite de son épée et remonta rapidement sur le pont, marchant légèrement penché en avant pour dissimuler son visage.

La sentinelle se trouvait à l'extrémité opposée du bateau mais s'apprêtait à faire demi-tour pour entamer la deuxième partie de sa ronde. Le vaisseau était de taille moyenne, pas plus de trente pas. Andrej, répugnant à un affrontement, s'éloigna à pas mesurés vers l'autre bord et s'adossa nonchalamment au bastingage. Le cœur battant, il observa discrètement le garde. Sa main caressait nerveusement la poignée de son épée, qu'il tenait cachée. Quelque chose n'allait pas, il le sentait. La plupart des matelots de l'équipage étaient couchés sous un dais bas et dormaient. Certains ronflaient si fort qu'il les entendait de l'autre bout du vaisseau. Le garde, qui venait de rebrousser chemin, se déplaçait lourdement, manifestement épuisé, et luttait pour ne pas s'endormir debout. Tout paraissait en ordre.

Ce n'était pas le cas. Les apparences étaient trompeuses. Où était le piège ?

Andrej ne parvenait pas à le déceler. Abou Doun ne pouvait pas savoir qu'il était ici. Le vaisseau pirate avait réussi à échapper à la poursuite du comte Bathory grâce à une manœuvre aussi géniale que périlleuse. Il avait tout d'abord fait route vers le Bosphore, comme s'il voulait rallier la mer Égée par la mer de Marmara, à destination des grands marchés aux esclaves arabes. Il avait ensuite exécuté une volte surprenante et remis le cap vers le nord, repassant au large de Constanta qu'il venait de quitter pour piquer droit dans le delta du Danube. De toute évidence, il avait décidé de remonter le fleuve en direction de Tulcea, une ville presque aussi ancienne que Rome, qui contrôlait l'accès aux trois bras du Danube grâce à sa situation privilégiée.

Frederic et lui avaient suivi le négrier depuis la berge pendant près d'une semaine, tout en restant à bonne distance pour ne pas se faire repérer par l'équipage. La tâche n'avait pas été facile car le delta du Danube était une vaste zone de cours d'eau, de lacs, d'îles couvertes de roseaux, de forêts et de dunes de sable. Le vaisseau avait pénétré, à vitesse réduite, dans les trois bras inférieurs du Danube et était même resté à l'ancre pendant près d'une demi-journée. Andrej avait supposé que le marchand d'esclaves attendait quelqu'un ; peut-être un autre pirate, peut-être un client à qui il voulait vendre sa cargaison humaine.

Il avait décidé d'intervenir avant que cela n'arrive.

La sentinelle lui lança quelques mots qu'il ne comprit pas. Sans doute du turc ou de l'arabe, l'une des deux langues pratiquées par la majeure partie de l'équipage. Réagissant néanmoins au ton humoristique, il fit un signe de la main gauche et répondit d'un grognement, espérant que sa mimique donnerait le change.

L'homme se mit à rire et poursuivit son chemin, au grand soulagement d'Andrej. Il aurait été risqué de le combattre à cet endroit. Même s'il le tuait rapidement, ce dont il ne doutait pas, le garde aurait le temps de donner l'alarme et de réveiller les hommes endormis à l'arrière du pont supérieur.

Mais la sentinelle continua sa ronde sans plus s'occuper de lui et, au bout de quelques instants, Andrej reprit son chemin. De s'être trompé d'écoutille lui avait donné une vague idée de la configuration de l'intérieur du bateau. Pour avoir vu, de loin, Abou Doun disparaître par cette écoutille ou en sortir à plusieurs reprises – une fois, même, il n'était qu'à moitié vêtu –, Andrej en avait conclu que la cabine du pirate se trouvait là où, en réalité, croupissaient les esclaves. Il était maintenant à même de corriger cette erreur. Les quartiers d'Abou Doun ne devaient pas être loin.

Rapide comme l'éclair, Andrej descendit l'escalier sans un bruit et s'immobilisa un instant pour tenter de s'orienter dans l'obscurité presque complète. Il se trouvait dans une coursive étroite, longue de quelques pas et si basse qu'il ne pouvait s'y tenir que courbé. Le couloir était fermé par un mur de poutres épaisses qui lui parurent bien trop massives pour un bateau de cette taille. Il comprit qu'il se trouvait de l'autre côté du quartier des esclaves, qui occupait donc la majeure partie de la coque.

Cette constatation l'emplit d'une fureur nouvelle car elle signifiait qu'Abou Doun n'était pas seulement un pirate peu regardant sur la marchandise qu'il transportait. Ce vaisseau était conçu spécifiquement pour le transport des esclaves. Sa décision était prise : il coulerait le bateau d'Abou Doun. Il laisserait la vie sauve aux hommes d'équipage, même s'ils n'étaient qu'un ramassis de meurtriers et de brigands. Mais il enverrait le négrier par le fond.

Il lui fallait avant tout trouver et neutraliser Abou Doun.

Andrej eut de nouveau la sensation qu'un traquenard le guettait. Il tenta en vain de déterminer la source de cette impression puis se concentra sur sa situation. Il était à bord depuis trop longtemps déjà. Frederic était resté à terre, et il lui avait intimé l'ordre de ne pas bouger quoi qu'il arrive, mais il ignorait jusqu'à quel point il pouvait lui faire confiance. L'enfant avait changé depuis qu'ils avaient quitté Constanta, et Andrej n'était pas sûr d'apprécier ce changement.

Un bruit le fit sursauter. Il lui fallut quelques instants avant de comprendre qu'il provenait du pont, au-dessus de sa tête. Abou Doun se trouvait forcément derrière l'une des deux portes situées de part et d'autre de la coursive.

Serrant fermement la poignée de son épée, Andrej ouvrit la porte de gauche au hasard et pénétra dans la pièce.

La chance était de son côté.

La cabine était petite et le paraissait plus encore car elle était remplie de caisses, de coffres, de sacs et de paquets. Une petite lampe à huile, fabriquée dans l'or le plus pur, était suspendue au plafond sous une tache de suie. Elle dispensait une lumière orangée et faseyante, tout juste suffisante pour emplir la pièce d'ombres erratiques donnant l'illusion du mouvement. La cabine ne comptait qu'une seule fenêtre minuscule, pourvue d'une vitre en cristal multicolore. Abou Doun, revêtu en tout et pour tout d'une culotte en coton s'arrêtant au genou, dormait sur une couchette étroite, tendue de soie, directement sous la fenêtre. Il ronflait bouche ouverte. Sur une petite table, près de lui, se trouvaient une carafe de vin ventrue et un gobelet renversé. Ce dernier, également en or, était serti de pierres précieuses et orné de fines ciselures. Du vin rouge s'en était écoulé, formant une tache sombre et visqueuse. À ce qu'il semblait, Abou Doun ne prenait pas le Coran au pied de la lettre en ce qui concernait les petits plaisirs de la vie.

Il n'était malheureusement pas aussi ivre qu'il en avait l'air. Alors qu'Andrej ne faisait aucun bruit, Abou Doun ouvrit brusquement les yeux. Il ne lui fallut qu'une seconde pour appréhender la situation et réagir à bon escient. Il se leva d'un bond et tendit le bras vers le pichet pour le lancer sur l'intrus.

Andrej ne tenta pas d'esquiver l'objet. Il leva aussitôt son épée tout en lançant un coup de pied vers la table.

Le pichet s'écrasa sur la lame avec une telle violence que l'arme lui fut arrachée des mains, mais son attaque porta, elle aussi, ses fruits. La table se renversa. Le bord en chêne massif vint cogner contre le genou d'Abou Doun et le fit tomber. Le gigantesque pirate roula de côté en poussant un cri de douleur et Andrej, profitant de l'occasion, se jeta sur lui.

Un mélange de surprise, de peur et de mépris scintilla dans les yeux d'Abou Doun. Le pirate dépassait son adversaire d'une bonne largeur de main et il était beaucoup plus carré d'épaules. À le voir ainsi dévêtu, Andrej prit conscience de la musculature athlétique du marchand d'esclaves : un ours contre lequel il n'avait aucune chance de gagner à mains nues. Abou Doun paraissait du même avis car il attendait son assaut sans manifester la moindre inquiétude.

Andrej ne fit pas l'erreur de se pencher pour ramasser son épée, il lança son genou dans le visage du pirate. Ce dernier grogna et retomba en arrière, entraînant son adversaire, qu'il étreignit de ses bras musculeux. Andrej gémit en s'apercevant qu'il avait sous-estimé son opposant : il était beaucoup plus fort qu'il ne l'avait cru. Il se sentit soulevé et l'air lui manqua. Ses côtes craquèrent, deux d'entre elles se brisèrent. Le goût amer du sang lui emplit la bouche et, pendant un instant, la douleur fut telle qu'il faillit perdre conscience.

Au désespoir, Andrej se mit à battre des jambes, abattit deux ou trois fois le poing sur le visage d'Abou Doun puis tenta de lui enfoncer les doigts dans les yeux. Le pirate tourna la tête avec un grognement furieux et resserra encore l'étau de ses bras. Les côtes d'Andrej cédèrent une à une comme des branches mortes, puis un grand craquement se fit entendre. Toute sensation disparut du bas de son corps et il se détendit soudain dans les bras de son adversaire. La douleur, elle aussi, s'était envolée.

Abou Doun sauta sur pied, le fit tournoyer et le projeta contre le mur de l'autre côté de la cabine. Andrej glissa à terre, impuissant. Sa tête heurta la bordure en fer d'une grande caisse en bois et il perdit connaissance pendant quelques instants.

Il revint à lui alors que le pirate enfonçait une main gigantesque dans ses cheveux et lui tournait brutalement la tête sur le côté. Sa deuxième main formait un poing prêt à frapper.

« Non, haleta Abou Doun. Ce serait trop facile. »

Il lâcha les cheveux d'Andrej, se releva et lui lança un coup de pied qui aurait brisé ses dernières côtes intactes s'il avait porté des bottes ou des chaussures. Une douleur sourde se répandit dans le corps d'Andrej, qui poussa un gémissement.

Abou Doun eut un rire sarcastique. « Ça fait mal ? Non, ça ne fait pas mal. Ce n'est rien à côté de ce qui t'attend. »

La porte s'ouvrit à la volée et deux hommes armés d'épées

se précipitèrent dans la cabine, attirés par le vacarme du combat. Abou Doun se retourna d'un mouvement fluide, les toisa et leur lança quelques mots dans sa langue natale. Andrej ne comprit rien, mais l'expression sur le visage des deux hommes n'était pas difficile à interpréter. Leur chef était furieux qu'un homme armé ait réussi à parvenir jusqu'à sa cabine. Il allait punir les gardes et Andrej était certain qu'il ne se contenterait pas de quelques coups de fouet.

Abou Doun congédia les deux hommes d'un geste coléreux de la main, lança un regard méprisant à Andrej et disparut de son champ de vision.

Andrej essaya de bouger, en vain. Une douleur perçante lui vrillait le dos. Il pouvait bouger les bras et les mains au prix d'un terrible effort, mais le résultat tenait plus du tremblement que du mouvement.

Le pirate s'activait quelque part dans la cabine. Andrej entendit un claquement puis le bruissement d'une étoffe rugueuse. Il tenta de nouveau un mouvement. Cette fois, il réussit à déplacer son bras droit de quelques centimètres, sans en tirer aucun avantage.

Abou Doun avait dû l'entendre car il ricana. « Ne te donne pas tant de mal, sorcier. Je t'ai brisé la colonne vertébrale. Ta magie ne te sera d'aucune utilité. »

Andrej put tirer au moins une conclusion de ces paroles : ce n'était pas la première fois qu'Abou Doun se débarrassait ainsi d'un adversaire. Tout comme lui, le pirate comptait moins sur ses armes que sur ses capacités physiques. Cet homme était fort comme un ours. Andrej serra les dents lorsqu'une douleur nouvelle lui traversa le dos. Il sentit soudain des fourmillements dans ses jambes.

Abou Doun s'approcha. Il avait revêtu un caftan gris et un ample manteau blanc, mais il ne portait pas son turban.

« Je n'ai pas encore décidé si je devais punir mes hommes ou te féliciter d'être arrivé aussi loin, dit-il, songeur. Avant toi, nul autre n'avait réussi cet exploit. Soit Allah les a rendus aveugles, soit tu es plus dangereux qu'un serpent. »

Ses yeux s'étrécirent. « L'inquisiteur m'avait mis en garde contre toi. Il a dit que tu avais conclu un pacte avec le diable. J'avoue que je ne l'ai pas cru. Ils racontent tellement de fables, ces saints hommes autoproclamés... mais, pour une fois, il a dû dire la vérité. » Il haussa les épaules en soupirant. « Je crois que je ne vais pas punir l'équipage. Ou alors je les fais fouetter et je te livre ensuite à leur fureur. Qu'en penses-tu ? »

Andrej ne répondit pas mais serra si fort les dents qu'elles grincèrent. Abou Doun prit, à juste titre, sa réaction pour une expression de douleur : Andrej avait l'impression qu'on lui brisait petit à petit l'échine alors que c'était justement le contraire qui était en train d'arriver. La vie revenait progressivement dans ses jambes et dans ses reins, mais le processus était douloureux, une véritable torture.

Le pirate se pencha vers lui et renifla. « Tu pues, *kâfir* », lança-t-il, utilisant le mot arabe qui signifiait « incroyant ».

Andrej garda le silence. Il ne parvenait qu'avec peine à réprimer ses cris de souffrance et il dut faire appel à toute sa volonté pour maintenir ses jambes immobiles. La régénération était presque achevée. Si Abou Doun comprenait maintenant qu'il n'était pas aussi impuissant qu'il en avait l'air, il pouvait dire adieu à la vie.

« Es-tu venu seul ou Bathory t'a-t-il prêté une partie de ses soldats d'opérette ? » demanda Abou Doun avant de répondre lui-même à la question en secouant la tête. « Mais non. Si tu avais de l'aide, tu n'aurais pas pris le risque de venir jusqu'ici... Et qu'en est-il du gamin ? Ce petit diable est-il avec toi ? On m'avait dit qu'il était mort, mais on m'avait dit la même chose te concernant. Je pense qu'il ne doit pas être bien loin. Je vais envoyer quelques-uns de ces incapables à terre pour le chercher. »

Cette fois, Andrej ne parvint pas à cacher à Abou Doun combien il était proche de la vérité. En effet, Frederic était resté sur le rivage où il attendait son retour. Bien sûr, le petit ferait la différence entre lui et les hommes d'Abou Doun, mais cela ne le tranquillisait guère. Frederic avait une fâcheuse tendance à prendre des risques inconsidérés, comme tous les enfants. Et il faisait bien trop confiance à son invulnérabilité supposée.

Abou Doun eut un rire moqueur. « Alors tu vas bientôt revoir ton jeune ami, lança-t-il. Vous mourrez ensemble. » Il lui tourna le dos. « Surtout ne bouge pas », ironisa-t-il en quittant la cabine.

2

Une fois seul, Andrej poussa un long et profond gémissement de douleur et rejeta la tête en arrière. Ses jambes tressautaient furieusement. Le feu de la vie revenait dans ses membres avec une violence inouïe. Il avait souvent été blessé, déjà, mais jamais aussi sévèrement.

En essayant de se détendre et de faire le vide dans son esprit, il pouvait accélérer sa guérison. Cela permettait à son corps de concentrer toute son énergie sur la régénération des muscles déchirés et des os broyés. Malgré tout, le processus restait assez lent. Combien de temps faudrait-il à Abou Doun pour donner ses instructions à ses hommes et revenir ? Sans doute pas plus de quelques minutes. Ce laps de temps ridicule était tout ce qu'il avait.

Serait-il suffisant ?

Andrej sombra dans une sorte de transe, élimina toute pensée consciente, perdit toute notion de temps et finit même par oublier sa douleur. Son corps se régénéra totalement, puisant son énergie à cette source mystérieuse que lui-même ne s'expliquait pas. Lorsqu'il entendit les pas d'Abou Doun dehors, dans la coursive, il ouvrit les yeux et se concentra une dernière fois sur ses fonctions vitales. Il était prêt. Ses blessures étaient guéries, mais il se sentait encore très faible. La guérison lui avait coûté des forces précieuses.

Il n'était pas en mesure d'affronter le trafiquant une seconde fois.

Abou Doun fit son entrée, seul, au grand soulagement d'Andrej. Il claqua la porte derrière lui et eut un rire mauvais en voyant qu'Andrej avait tendu la main vers son épée sans réussir à l'atteindre.

« Une chose est sûre, sorcier, tu es coriace. Tu n'abandonnes jamais, hein ? »

Puis il eut une idée saugrenue : il sortit un cimeterre de sous son caftan et s'en servit pour pousser l'épée sarrasine vers Andrej.

« Tu veux combattre, kâfir ? lança-t-il d'un ton sarcastique. Vas-y. Prends ton épée et défends-toi ! »

La main d'Andrej se ferma sur la poignée de l'arme familière, le seul bien de valeur que son beau-père Mikhaïl Nadasdy lui eût légué. Abou Doun riait toujours lorsque Andrej lui assena un violent coup de pied à la cheville. Il vacilla, perdit l'équilibre et s'écroula sur une table qui se brisa sous son poids. Avant qu'il ait pu se remettre de sa surprise, Andrej était sur pied et se jetait sur lui. L'épée sarrasine fendit l'air et infligea au pirate une profonde coupure sur le dos de la main. Le cimeterre tomba bruyamment, l'épée d'Andrej reprit son élan et entailla la gorge de son adversaire : pas assez pour le tuer, mais suffisamment pour qu'une mince ligne rouge apparaisse sur son cou. Abou Doun haleta de surprise et s'immobilisa.

« Tu aurais mieux fait d'écouter le père Domenicus, Abou Doun, laissa froidement tomber Andrej. Il arrive que les hommes d'Église ne mentent pas. »

Abou Doun le fixait, les yeux exorbités, tremblant de tout son corps. « Mais… comment est-ce possible ? balbutia-t-il. Ce n'est pas vrai ! Je t'ai rompu l'échine ! »

Andrej avança l'épée sarrasine, contraignant Abou Doun à renverser la tête de plus en plus loin en arrière et à se redresser tout en reculant.

« Diable ! haleta le pirate. Tu es le diable ! Ou un de ses suppôts !

— Pas tout à fait, répondit Andrej. Mais tu n'es pas loin de la vérité. » Il vit une peur d'un genre nouveau prendre possession des traits d'Abou Doun et regretta presque ses paroles. Il lui déplaisait de le tuer maintenant, mais le secret de son invulnérabilité devait être gardé, quel qu'en fût le prix.

« Réfléchis bien à ce que tu t'apprêtes à dire, poursuivit-il néanmoins. À ta place, pirate, je m'inquiéterais davantage de mon âme que de ma gorge.

— Tue-moi ! lança le trafiquant d'un ton rogue. Fais de moi ce que tu veux, mais je ne vais pas ramper devant toi.

— Tu es courageux, Abou Doun. » De la pointe de l'épée, Andrej poussa le pirate en arrière jusqu'à ce qu'il tombe sur sa couchette. « Mais je n'avais pas l'intention de te tuer. Je ne suis pas venu pour ça. »

Abou Doun garda le silence. Ses yeux reflétaient une terreur qu'Andrej n'avait encore jamais vue dans le regard de quiconque, ce qui le rendait encore plus prudent. La peur pouvait transformer le plus courageux des hommes en un lâche gémissant, mais elle pouvait aussi faire d'un couard un héros.

« Tu sais pourquoi je suis ici », dit Andrej.

Abou Doun resta muet, mais la légère tension de ses muscles sous ses vêtements n'échappa pas à l'œil vigilant d'Andrej. Un petit geste du poignet et une deuxième balafre vint orner la gorge du pirate.

« Tu vas libérer les prisonniers, reprit-il. Tu vas donner l'ordre à tes hommes de remonter l'ancre et de se rapprocher de la rive. Dès que les captifs seront à terre et à bonne distance, je te rendrai la liberté.

— C'est impossible, répondit Abou Doun, la gorge serrée. C'est bien trop dangereux d'accoster en pleine nuit sur ce bras du Danube. Pourquoi crois-tu que nous avons mouillé au milieu du fleuve ?

— Alors, il n'y a plus qu'à espérer que tes hommes seront à la hauteur de la réputation des pirates turcs », rétorqua Andrej. Il savait qu'Abou Doun avait raison. Près de la berge, les hauts-fonds, les bancs de sable et les récifs se multipliaient. Mais le lever du soleil était encore loin, et il ne pouvait pas se permettre d'attendre aussi longtemps.

« Ils ne m'écouteront pas, plaida Abou Doun. Les prisonniers... ils en attendent une bonne récompense à la livraison.

— La livraison ? demanda Andrej, soudain très intéressé. Où ? À qui ? »

Abou Doun serra les lèvres. Il en avait déjà trop dit.

« À qui ? » répéta Andrej en haussant le ton. Il dut se contrôler pour ne pas souligner la question d'un mouvement de son épée. Il eut soudain une envie dévorante de trancher la gorge de ce monstre à forme humaine, ce qu'il ferait sans doute. Mais pas maintenant. Et il n'était pas question de le torturer.

Abou Doun plissa les lèvres d'un air obstiné. « Tue-moi, sorcier, je ne te dirai rien de plus. »

Andrej ne le tua pas mais, d'un mouvement rapide, il le frappa à la tempe du plat de la lame. Le pirate roula des yeux, lâcha un gémissement et perdit aussitôt connaissance.

Il ne resterait pas longtemps évanoui. Après une fouille rapide de la cabine, Andrej trouva deux cordes. La première lui servit à entraver les chevilles d'Abou Doun de manière à lui permettre d'avancer à petits pas. Il fit rouler avec peine l'homme massif sur le ventre, puis il lui remonta les poignets dans le dos et les ligota, nouant ensuite l'extrémité de la corde autour du cou. Si le pirate tentait de se libérer, il s'étranglerait tout seul. Ce n'était pas une cruauté gratuite, mais une mesure de sécurité qui lui semblait s'imposer avec un homme tel qu'Abou Doun.

Andrej avait à peine terminé que le pirate revenait à lui. Il essaya aussitôt de se libérer, mais ne réussit qu'à se couper le souffle. Andrej l'observa quelques instants en plissant le front, puis il lui dit calmement : « Laisse tomber. Sauf si tu veux m'épargner la peine de te trancher la gorge. »

Abou Doun lui lança un regard mauvais. Dans ses yeux, la peur avait cédé la place à une fureur d'intensité égale. Il se cabra, s'étrangla de nouveau, et Andrej, satisfait, fit deux pas en arrière, posa son épée et ôta la tunique souillée dont il s'était revêtu. Dessous, ses vêtements étaient encore humides et dégageaient la même odeur nauséabonde que son déguisement. Abou Doun avait raison sur un point : il puait vraiment.

Il rengaina son épée, tira un poignard à double tranchant de sa ceinture et l'agita d'un geste impérieux.

« Allons sur le pont, dit-il. Je suis curieux de voir ce que vaut ta vie aux yeux de tes hommes. »

Abou Doun eut une grimace de mépris mais se leva comme il en avait reçu l'ordre. En tout cas, il essaya. Il n'avait pas encore remarqué que ses chevilles étaient elles aussi entravées, car il chuta sur les genoux avec un cri de surprise et faillit tomber de tout son long. Alors qu'il tentait de retrouver son équilibre, la corde se serra une fois de plus autour de son cou. Il toussa douloureusement. Andrej attendit qu'il ait retrouvé son calme et se soit levé, puis il ouvrit doucement la porte, fit un pas de côté et agita le poignard devant lui.

« Pourquoi ferais-je ce que tu attends de moi ? demanda Abou Doun. De toute façon, tu vas me tuer.

— C'est possible, répondit froidement Andrej. Le tout est de savoir si je vais aussi dévorer ton âme. »

Abou Doun eut un petit rire, mais il sonna faux et la peur revint dans ses yeux. Il cessa toute discussion et baissa la tête pour franchir la porte basse. Andrej le suivit, la pointe du poignard appuyée entre ses omoplates.

« Fais en sorte de ne pas trop effrayer tes hommes s'ils nous voient », lui souffla Andrej.

La coursive dans laquelle ils débouchèrent était déserte, mais des éclats de voix et du bruit leur parvinrent par l'écoutille ouverte, en haut de l'escalier. L'équipage au complet était réveillé et à pied d'œuvre. Il était terriblement risqué d'y monter maintenant, mais il n'avait pas le choix.

Abou Doun avança à petits pas malhabiles jusqu'au pied de l'escalier, s'arrêta et lança quelques mots dans sa langue. Une voix lui répondit d'en haut, puis une ombre apparut dans le rectangle gris et un cri de surprise retentit. L'ombre disparut et un bref tumulte éclata sur le pont. Abou Doun parla de nouveau et, quelques instants plus tard, la silhouette réapparut.

« Ils vont te découper en rondelles, espèce de fou, déclara Abou Doun. Ils ne vont sûrement pas s'arrêter à cause de moi.

— Alors nous sommes dans le même bateau, toi et moi. Avance ! »

Il pesa sur le poignard pour donner du poids à son ordre et Abou Doun, s'appuyant contre le mur, commença la lente et pénible ascension de l'escalier. Ses entraves très serrées ne lui permettaient de gravir les marches qu'avec peine. Arrivé en haut, il se laissa tomber à genoux. L'un des hommes voulut l'aider à se relever, mais Andrej agita de nouveau le poignard et Abou Doun l'arrêta d'un ordre bref.

Lorsqu'ils sortirent sur le pont, le cœur d'Andrej s'emballa, mais aucun des marins ne fit un geste pour venir en aide à leur chef.

« Maintenant, donne l'ordre de remonter l'ancre et de nous rapprocher du rivage », souffla Andrej.

Abou Doun lança effectivement quelques mots dans sa langue natale, mais pas un matelot de l'équipage ne réagit. Les pirates les cernaient, la plupart avaient une arme à la main.

« Je te l'ai dit, répéta Abou Doun. Ils n'obéiront pas. »

Andrej réfléchit à toute allure. Ses options étaient limitées. S'il tuait Abou Doun, les pirates se jetteraient sur lui pour le déchiqueter. Il leva le poignard et posa la pointe sur la gorge de son prisonnier.

« Crois-tu qu'ils obéiront si je grave la première sourate du Coran sur ta joue ? » demanda-t-il.

Le pirate garda le silence, mais Andrej pouvait sentir sa peur. Il effleura la joue d'Abou Doun de sa lame et l'entailla légèrement, faisant perler le sang. Un grondement effrayé parcourut les rangs des matelots et Abou Doun ouvrit la bouche.

« C'est bon, ils vont obéir. » Il répéta son ordre d'une voix forte, mais n'obtint pas plus de réaction que la première fois. Il dut crier pour que ses hommes baissent leurs armes et se mettent en mouvement. Andrej soupira de soulagement. Il n'avait pas encore gagné la guerre, mais la première bataille, la plus importante, lui était acquise. Le pouvoir d'Abou Doun sur ses hommes n'était pas aussi limité qu'il avait voulu le lui faire croire.

« Prie ton dieu qu'aucun de tes hommes ne prenne d'initiative malheureuse, dit Andrej, et tu resteras peut-être en vie. »

Sa colère contre Abou Doun n'avait pas diminué, mais il ne rendrait pas le monde meilleur en le tuant. Ce n'était pas à lui de juger. Quant à ce que le pirate pourrait raconter sur l'homme immortel dont les blessures guérissaient mystérieusement, cela lui était en fin de compte égal. Le monde regorgeait d'histoires de magiciens, de démons et de sorciers auxquelles nul ne croyait vraiment. Une de plus ou de moins n'avait pas grande importance. Si Abou Doun le lui permettait, il lui laisserait la vie sauve.

Andrej jeta un coup d'œil discret autour de lui. La plupart des pirates avaient gardé leurs armes à la main et l'observaient d'un air ombrageux, mais certains avaient rompu les rangs et s'affairaient maintenant sans qu'il soit en mesure de savoir ce qu'ils faisaient. Andrej était loin d'être un spécialiste des bateaux et la pénombre masquait tout détail. Il ne lui restait plus qu'à espérer que les hommes exécutaient bien les ordres d'Abou Doun et n'étaient pas en train de préparer un piège quelconque.

Marchant à reculons en se servant du trafiquant comme d'un bouclier humain, Andrej s'approcha du bastingage et s'y adossa. Ainsi, nul ne pourrait plus l'approcher parderrière. D'un regard vigilant, il balaya le pont qui grinçait doucement et crut ressentir un tremblement qu'il n'avait pas décelé avant. Il supposa que l'un des hommes était en train de remonter l'ancre. Deux autres avaient déjà grimpé dans le gréement.

Dans l'obscurité, Andrej tenta en vain d'apercevoir la berge. La couverture nuageuse s'était encore épaissie, et le fleuve ne formait plus qu'une surface noire et infinie qu'aucun miroitement ne venait interrompre. Il faisait aussi sombre qu'en enfer et l'air était très froid.

Comme s'il avait lu dans ses pensées, Abou Doun lui demanda : « Où vas-tu aller, si vraiment tu parviens à nous échapper ?

— Je ne vois pas en quoi ça te regarde, grogna Andrej.

— En rien, répondit Abou Doun. Je me demande juste ce que tu vas faire de la centaine de prisonniers que tu veux libérer. Ils sont plus proches de la mort que de la vie. Tu veux les ramener à la maison ? » Il eut un rire sonore. « Il vous faudra des semaines ou des mois. Aucun d'eux n'en aura la force. Et même s'ils en étaient capables, c'est la guerre, l'as-tu oublié ?

— Qu'ai-je à faire de votre guerre ? » Andrej savait qu'il avait tort de lui répondre. Abou Doun cherchait seulement à détourner son attention pour donner à ses hommes une occasion de le libérer.

« Le territoire du sultan Sélic s'étend jusqu'aux sommets des Carpates, lui apprit le pirate. Et ce que ses troupes n'occupent pas est aux mains de Valaques, de Coumans et de Hongrois qui se combattent au moins aussi férocement que les grandes armées ottomanes et chrétiennes. Crois-tu vraiment que tu réussiras à conduire une caravane d'hommes, de femmes et d'enfants à demi morts à travers ces régions ? » Il secoua la tête. « Non, tu n'es pas si bête, sorcier.

— Où veux-tu en venir ?

— Vous avez besoin d'un bateau, répondit Abou Doun. Moi, j'en ai un.

— Bonne idée, ironisa Andrej. Nous pourrions vous jeter par-dessus bord, toi et tes hommes, et poursuivre notre route sans vous. »

Abou Doun lâcha un rire. « Ne sois pas stupide. Même si c'était possible, jusqu'où iriez-vous avant de tomber sur les premières troupes du sultan ? Ou encore sur les Hongrois, ce qui, pour vous, ne ferait pas l'ombre d'une différence ? » Il bougea, mais s'immobilisa aussitôt en sentant la lame du poignard appuyer plus fermement sur sa gorge. « Réfléchis, sorcier, poursuivit-il. Je te propose un marché. Tu me paies ce que j'aurais reçu pour la vente des esclaves et je vous ramène tous chez vous. En tout cas, aussi près que possible. »

Andrej faillit éclater de rire. « Comment peux-tu croire que je te ferais confiance ?

— Parce que tu es un homme intelligent, répondit Abou Doun sur un ton convaincant. Je fais des affaires. Je me soucie peu de savoir d'où vient mon or. Et il est plus agréable de transporter cent passagers que cent esclaves qui doivent être surveillés. En plus, ajouta-t-il avec un sourire matois, en ce moment, c'est toi qui disposes des meilleurs arguments. »

Les paroles d'Abou Doun réveillèrent un écho en Andrej, même s'il s'en défendait. Il cherchait depuis plusieurs jours comment ramener chez eux la centaine de prisonniers épuisés, mais il était loin d'avoir trouvé une solution satisfaisante.

Il était grotesque d'envisager l'idée de faire confiance au pirate, mais il ne put s'empêcher de lui demander : « Et le père Domenicus ? Il ne sera pas heureux d'apprendre que tu l'as trahi. »

Abou Doun eut un grognement de mépris. « Qu'ai-je à faire de ce menteur ? Il m'a proposé un chargement d'esclaves, mais il s'est bien gardé de me dire que les prisonniers étaient sous la protection d'un véritable démon. Est-ce un mensonge que de mentir à un menteur ?

— Est-il sage de se fier à un traître ? rétorqua Andrej.

— Je ne suis pas un traître, se défendit Abou Doun, je fais des affaires. Mais je comprends que tu ne me fasses pas confiance. À ta place, j'en ferais sans doute autant. Bien. Je vais te donner une preuve de mon honnêteté. Regarde vers la proue. »

Andrej obéit, et son cœur fit un bond dans sa poitrine.

À l'avant du court éperon de galère du vaisseau, deux des hommes d'Abou Doun étaient apparus, tenant entre eux une silhouette beaucoup plus menue. Frederic.

« Grand Dieu, murmura Andrej.

— Il ne pourra pas t'aider, maintenant, répondit Abou Doun calmement. Joues-tu aux échecs, sorcier ? »

Andrej, les yeux écarquillés fixés sur Frederic, ne dit mot. L'enfant pendait mollement dans les bras de l'un des hommes. Il paraissait inconscient. Le deuxième pirate tenait son cimeterre à deux mains et se dressait, jambes écartées pour un meilleur équilibre, prêt à décapiter Frederic d'un seul geste, ce qui signifiait une mort certaine, même pour un Delãny. Andrej se demanda si c'était un hasard ou si Abou Doun l'avait trompé et en savait beaucoup plus à leur sujet qu'il ne semblait l'admettre.

« Si tu connaissais les échecs, poursuivit Abou Doun, tu saurais qu'une telle situation s'appelle un pat. Désagréable, non ? Si tu me tues, ils le tuent. D'un autre côté, s'ils le tuent, tu me tues. Il suffit de décider laquelle des deux vies a le plus de valeur. Celle du petit ou la mienne. »

Andrej réfléchit à toute allure. Il connaissait la réponse à la question d'Abou Doun : en cas de doute, ses hommes ne feraient sûrement pas grand cas de sa vie. L'honneur des pirates n'était qu'une légende. Mais s'il cédait, ils étaient morts, Frederic et lui. Il ne savait pas quoi faire.

« Je vais te faciliter la tâche, dit Abou Doun. Lâchez l'enfant ! »

Il avait crié la dernière phrase à ses hommes, utilisant à dessein la langue d'Andrej pour qu'il le comprenne. Les deux hommes qui avaient capturé Frederic ne réagirent pas tout de suite. Une expression indignée apparut sur leur visage.

« Vous le lâchez ou je vous fais écorcher vifs ! » hurla Abou Doun.

Les deux hommes hésitèrent encore un instant, puis l'un d'eux baissa son arme tandis que son comparse reculait d'un pas et lâchait Frederic. L'enfant tomba à genoux, bascula sur le côté, chercha à se redresser, étourdi, et retomba lourdement. Il ne parvint à se mettre debout qu'à la troisième tentative. Les yeux hagards, il avança en vacillant vers Andrej et son otage.

« À ton tour, sorcier, lança Abou Doun. Tu dois décider si tu me fais confiance ou non. »

Bien sûr qu'Andrej ne lui faisait pas confiance. Autant mettre la main dans la gueule d'un lion en espérant qu'il n'avait pas faim ! Malheureusement, Abou Doun avait raison. Amener les prisonniers à terre ne signifiait pas la fin, mais bien le début de leurs problèmes. Aussi incroyable que cela lui paraisse maintenant, il avait simplement choisi d'ignorer cette question et n'avait aucune solution.

« Je ne peux pas te faire confiance », murmura-t-il. Sa voix trahissait toute son indécision.

« Alors il va falloir me tuer, répliqua Abou Doun. Décide-toi ! Maintenant ! J'en ai assez d'attendre que tu me tranches la gorge. »

Andrej n'arrivait toujours pas à se décider. « Dis-moi une chose, souffla-t-il. Où voulais-tu amener les prisonniers ? Que t'a dit le père Domenicus ?

— Rien, répondit Abou Doun, récalcitrant. J'avais l'intention de remonter le Danube et de les vendre à un autre marchand. La guerre fait rage. Tout le monde a besoin d'esclaves. Ils rapportent gros. »

Andrej sentit que ce n'était pas la vérité.

« Tu sais ce qui t'arrivera si tu cherches à me tromper, menaça-t-il. Tu peux me tuer, mais je reviendrai et, alors, je te tuerai, toi et tous tes hommes, et je prendrai vos âmes pour les envoyer en enfer.

— Je crois que c'est là qu'elles iront de toute façon, soupira le pirate. Mais je ne suis pas pressé d'y arriver aujourd'hui. Sommes-nous d'accord ? »

Andrej hésita encore un instant qui parut durer une éternité. Puis il recula, trancha d'un geste vif les liens d'Abou Doun et baissa le poignard.

« Alors ? demanda Andrej à son tour. Sommes-nous d'accord ? »

Abou Doun contemplait ses doigts. Il releva les yeux, fronça les sourcils et finit par hocher la tête.

« Oui, répondit-il. Nous sommes d'accord. »

Sur ces mots, il assena son poing sur le visage d'Andrej avec une telle force que ce dernier perdit conscience aussitôt.

3

Lorsqu'il se réveilla, il était allongé sur une couche chaude et douce, et ses premiers mouvements lui révélèrent qu'il n'était pas ligoté. Andrej ouvrit les paupières, cligna des yeux sans comprendre et reconnut soudain la cabine d'Abou Doun. Il était allongé sur la couchette tendue de soie du pirate, et il n'était pas seul. Frederic était assis sur un tabouret, près de lui, conscient et sans une égratignure.

« Comment... ? commença Andrej, aussitôt interrompu par l'enfant.

— Le pirate t'a amené ici, expliqua Frederic. Tu n'es resté évanoui qu'un petit moment. Il y a un garde dehors, devant la porte. »

Ce n'était pas la question qu'Andrej avait voulu poser. Il s'assit, appuya les avant-bras sur les genoux et laissa tomber les épaules en avant. Sa lèvre saignait. Il l'essuya du dos de la main avant de relever la tête et d'observer l'enfant d'un regard inquisiteur.

Frederic lui retourna son regard avec un mélange de défi et de culpabilité. Il était trempé et ses vêtements lui collaient au corps.

« Que s'est-il passé ? demanda Andrej avec calme.

— Je voulais t'aider », répondit le garçon d'une voix forte et agressive.

Andrej ne voyait pas où Frederic voulait en venir.

« M'aider ?

— Et ça aurait marché si tu ne t'étais pas arrangé pour réveiller tous les pirates et les attirer sur le pont. Personne ne m'aurait vu. »

Andrej écarquilla les yeux. « Tu m'as…

— Je t'ai suivi à la nage, l'interrompit Frederic. Et alors ? Personne ne m'aurait vu !

— Et qu'avais-tu prévu ? voulut savoir Andrej.

— Pourquoi n'as-tu pas égorgé le pirate ? demanda Frederic, les yeux étincelants. Nous aurions pu les tuer tous ! Ils dormaient ! Et ne me raconte pas que tu n'aurais pas été capable de neutraliser la sentinelle sur le pont ! Je sais combien tu es rapide. »

Andrej était consterné. « Tu parles de vingt hommes, Frederic.

— Vingt pirates, rectifia l'enfant, agacé. Et tu as des scrupules ? Ce bateau transporte une centaine des nôtres. Leur vie a-t-elle moins de valeur ? Je ne crois pas que ça gênerait Abou Doun de les abattre.

— Voilà toute la différence entre lui et nous », répliqua Andrej à voix basse. Il n'était pas en colère, seulement attristé. Il avait ordonné au garçon de rester à terre et de ne pas bouger de sa cachette quoi qu'il arrive. Il n'était pas spécialement étonné que Frederic lui ait désobéi. Ce n'était qu'un enfant, et il avait agi avec de bonnes intentions. Il avait voulu lui venir en aide.

Et les avait ainsi condamnés à mort, tous les deux.

« Je suis désolé, murmura Frederic, abattu. Je voulais seulement t'aider.

— C'est bon. De toute façon, ça n'aurait pas marché. »

La porte s'ouvrit sur Abou Doun. Andrej se contracta instinctivement, prêt à bondir, et se relâcha aussitôt. À quoi bon maîtriser le pirate ? Il n'avait rien à y gagner.

Abou Doun ferma la porte derrière lui, s'y adossa et croisa les bras. Pendant quelques instants, il se contenta de regarder Andrej, puis il demanda : « Comment va ton visage, sorcier ? Tu as mal ?

— Andrej, s'entendit-il répondre. Je m'appelle Andrej Delãny. Et, non, ça ne me fait pas mal, marchand d'esclaves.

— Dommage, répondit Abou Doun dans un rire. J'aurais dû m'en douter. Mais je te devais bien ce coup de poing. » Il leva la main et effleura du bout des doigts les deux estafilades sur sa gorge. Il rit de nouveau et passa la main sous son manteau pour en extraire l'épée d'Andrej. Riant toujours, il la lui tendit, poignée la première.

Andrej regarda sans comprendre son élégante épée sarrasine.

« Prends-la, dit Abou Doun. Elle t'appartient. »

Andrej tendit une main hésitante, convaincu qu'Abou Doun préparait une farce cruelle à ses dépens, mais le pirate lâcha l'épée et observa Andrej en silence tandis qu'il la tournait et la retournait, avant de la glisser à sa ceinture.

« Tu… me rends mon épée ? demanda-t-il d'un ton incrédule.

— Nous avons passé un accord, non ? Alors, maintenant que nous sommes partenaires, il me paraît juste que tu sois armé. Tu as cru que je te trahirai, ajouta-t-il avec un petit rire.

— Oui, avoua Andrej.

— Eh bien, tant mieux ! Après ce que tu m'as fait, un peu d'inquiétude n'était que justice. Mais, tu vois, je tiens parole.

— Surtout parce que tu vas en tirer un joli profit », lança Frederic.

Abou Doun ne lui accorda pas un regard. « Ce qui nous amène dans le vif du sujet : notre accord. Avant de donner l'ordre à mes hommes de libérer les captifs, je voudrais savoir une chose, Delãny : comment penses-tu payer le voyage ? Tu n'as pas d'argent sur toi, j'ai vérifié.

— Nous avons assez d'argent dans notre village, répondit Frederic. Vous serez généreusement rétribué.

— Frederic, tais-toi, s'il te plaît », lui ordonna Andrej. Le village était pauvre, comme la plupart des villes en temps de guerre. Les quelques biens de valeur avaient été volés et emportés par les hommes du père Domenicus. Andrej était à peu près sûr qu'Abou Doun le savait.

« Nous n'avons rien. Ni les villageois ni moi.

— Tu as bien fait de ne pas essayer de me mentir, répondit Abou Doun. Tu n'as donc pas d'argent, mais tu me proposes quand même un marché.

— Pour être exact, c'est toi qui me l'as proposé, lui rappela Andrej. Je suppose que tu as oublié que j'avais mis ta vie dans la balance.

— Elle ne vaut pas autant », répliqua le pirate. Il fit un geste de la tête vers la porte. « Va à l'arrière avec les tiens, petit. Certains d'entre eux sont malades. Peut-être pourras-tu les aider. Personne ne veut d'esclaves en mauvais état. Ce n'est que du lest à jeter par-dessus bord. »

Frederic tenta de lui tenir tête. « Je n'ai pas l'intention…

— Va ! » ordonna Andrej à voix basse. La fureur de Frederic menaça de se reporter sur lui, puis l'enfant se leva et se précipita hors de la cabine. Abou Doun attendit qu'il ait claqué la porte et se tourna vers Andrej avec un air interrogateur.

« Tu marchandes avec moi, mais tu n'as rien à monnayer, Delãny ? » Il secoua la tête. « Tu me déçois.

— Tu le savais déjà en me faisant ta proposition, rétorqua Andrej.

— Peut-être. » Les yeux d'Abou Doun se réduisirent à deux fentes. Il détailla Andrej d'une manière qui le mit mal à l'aise.

« Alors que veux-tu ? Je n'ai rien.

— Si, tu as quelque chose. Toi.

— Moi ? » Andrej cligna des yeux. « Tu me veux, moi ? Comme esclave ?

— Ce serait plutôt stupide de ma part, répondit Abou Doun, sur ses gardes. Qui voudrait d'un esclave capable de faire ce que tu fais. Et te vendre ne serait pas très intelligent non plus. Les clients morts ne sont pas des clients satisfaits.

— Que veux-tu, alors ? » Andrej avait un mauvais pressentiment.

« Je veux devenir comme toi », déclara Abou Doun sans ambages.

Andrej eut besoin d'un moment pour répondre. Il pesa ses paroles avec soin.

« Pour être sûr de bien te comprendre, Abou Doun… tu me prends pour un démon, mais tu veux quand même que…

— Tu n'as rien de démoniaque, pas plus que moi en tout cas, l'interrompit le pirate. Je ne crois pas à toutes ces sornettes de démons et d'esprits, et je ne crois pas non plus mettre le salut de mon âme en danger en me commettant avec toi. Si le diable existe, alors mon âme lui appartient déjà depuis longtemps. Je n'ai donc rien à perdre. Mais beaucoup à gagner. Je veux connaître tes secrets, Delãny.

— Même si je le voulais, je ne pourrais rien t'apprendre.

— Et pourquoi pas ? gronda Abou Doun.

— Parce que je ne sais rien, répondit Andrej. Je suis ce que je suis. Mais je ne sais pas qui a fait de moi ce que je suis. Ni pourquoi ni même comment.

— Et si tu le savais, tu ne me le dirais pas, termina Abou Doun. Je comprends. » Il secoua plusieurs fois la tête. « J'ai entendu parler d'hommes comme toi, Andrej Delãny. Des hommes capables de se rendre invisibles, de traverser le feu, de se déplacer à la vitesse du vent. Des hommes invulnérables et immortels. Je croyais que c'étaient des histoires, mais j'en ai un devant moi.

— Ce que tu as entendu était très exagéré, avança Andrej.

— Tu es trop modeste, Delãny. Je sais ce que j'ai vu. » Abou Doun s'approcha, tendit la main et, d'un geste vif, entailla la joue d'Andrej avec les lourdes bagues serties de pierres précieuses qui ornaient ses doigts. La coupure n'était pas particulièrement douloureuse, mais elle saignait.

Andrej voulut porter la main au visage, mais Abou Doun l'en empêcha. Ses yeux ne trahirent aucune émotion en voyant la plaie cesser de saigner et se refermer.

« Et je sais ce que je vois. »

Andrej se dégagea. « Tu te trompes si tu crois que je peux t'aider à devenir comme moi. C'est aussi impossible que si je voulais devenir aussi noir de peau que toi.

— Je te crois, Delãny. Alors voici ma proposition. Je débarque les captifs au prochain port qui leur permettra de rentrer sains et saufs chez eux. En attendant, ils recevront à boire et à manger, mais ils resteront dans leurs quartiers. Je peux leur faire enlever les chaînes si tu le souhaites, mais je ne veux pas les voir sur le pont. Le voyage durera quatre ou cinq jours, au maximum six. Ils seront mieux en bas qu'à l'air libre.

— Et que veux-tu en échange ? demanda Andrej, méfiant.

— J'ai payé pour ces esclaves, Delãny. Ils boivent, ils mangent et leur libération ne me rapportera pas un sou. Mon équipage va exiger sa part d'un bénéfice que je ne ferai pas, et le diable seul sait ce qui nous attend en remontant le Danube. Tu l'as dit toi-même : ton ami Domenicus ne sera pas ravi d'apprendre que j'ai reconduit les membres de ta famille à la maison au lieu de les vendre sur le marché aux esclaves.

— Tout ce qu'on dit sur les marchands arabes est donc vrai, constata Andrej. Alors que veux-tu ? »

Abou Doun eut un fin sourire. « Toi, répéta-t-il. Pour un an. Tu resteras avec moi comme esclave et garde du corps.

— Je ne suis pas un pirate, protesta Andrej.

— Moi non plus ; en tout cas, pas toujours. Je ne te demanderai pas de te battre contre tes compatriotes. Tu seras mon garde du corps, rien de plus. Je t'observerai pendant un an et j'essaierai de percer ton secret. Au bout d'un an, tu seras libre.

— Et si je refuse ?

— Nous reprendrons là où nous nous étions arrêtés, répondit Abou Doun, sans sourciller. Peut-être me tueras-tu, mais alors mes hommes t'abattront ainsi que le garçon et, sans doute aussi, les captifs. Peut-être l'emporterai-je et, dans ce cas, je laisserai mes guerriers tester ton invulnérabilité aussi longtemps qu'ils le voudront. »

Le pirate parlait d'une voix douce, sur un ton dénué de menace. Mais ses paroles ne laissaient aucun doute sur ses intentions.

« Au moins es-tu honnête, reconnut Andrej. Un an, pas plus ?

— À compter d'aujourd'hui, dit Abou Doun.

— Marché conclu. »

Le ciel se teintait déjà de gris quand Frederic revint du quartier des prisonniers. Il était exceptionnellement silencieux et, autant qu'Andrej pût en juger, son visage avait adopté la couleur des nuages au-dessus de leurs têtes.

« Alors ? » demanda Andrej. Il s'était assis à l'avant du bateau et avait ramené ses genoux contre la poitrine. Ses vêtements avaient séché, Abou Doun lui avait apporté une couverture et il tremblait tout de même de froid. Il ne tomberait pas malade, il le savait, mais cela ne l'empêchait pas de souffrir comme n'importe quel être humain. Sa voix tremblait légèrement et il voulut se persuader que seul le froid qui montait de la surface de l'eau en était responsable.

Frederic jeta un regard d'envie sur le pont arrière avant de s'asseoir à côté de lui. Aucun des pirates n'avait dormi la nuit dernière. Les hommes s'étaient rassemblés autour d'un brasero, et Andrej ne s'imaginait que trop bien ce que Frederic pensait en cet instant. Lui aussi aurait donné beaucoup pour être assis là-bas, au chaud. Penser que ces hommes seraient ses camarades pour l'année à venir lui paraissait absurde.

« C'est affreux, murmura Frederic. Beaucoup des prisonniers sont malades. Je pense que certains d'entre eux vont mourir.

— Les Delãny sont coriaces, répondit Andrej.

— Toi et moi, oui, mais pas la plupart des autres. Pourquoi n'es-tu pas venu les voir ? »

Peut-être pour la même raison qui l'avait empêché, toutes ces années, de retourner chez lui. Ces gens étaient pourtant tout ce qu'il avait. Certains lui étaient apparentés, et, s'il s'était donné la peine de remonter assez loin l'histoire du village, il aurait sans doute constaté qu'ils ne formaient qu'une seule et même famille. Cela ne l'empêchait pas de craindre le moment des retrouvailles.

« J'avais une raison de partir, à l'époque, avoua-t-il au bout d'un moment.

— Je sais. » Frederic se rapprocha de lui.

« Comment le sais-tu ?

— Parce que je leur ai dit que tu étais ici, répondit l'enfant. Il faut qu'ils sachent que tu as risqué ta vie pour les sauver, même s'ils t'ont chassé du village dans le passé.

— Sans doute n'avaient-ils pas le choix. À leur place, je n'aurais peut-être pas agi autrement.

— Ce sont des imbéciles, insista Frederic. Ils ont peur de nous parce que nous sommes différents.

— “Nous” ? demanda Andrej.

— Oui, nous. Je suis comme toi, pas comme ces ingrats. Je leur ai raconté ce que tu avais fait pour qu'ils retrouvent la liberté. On pourrait penser qu'ils te seraient reconnaissants, mais ils n'ont rien montré.

— Les hommes ont peur de ce qu'ils ne comprennent pas, expliqua Andrej. C'est ainsi.

— Mais pas Abou Doun.

— Abou Doun est... Abou Doun, esquiva Andrej. Il est différent de la plupart des hommes.

— Et tu es sûr de vouloir rester avec lui ? » s'enquit Frederic lorsque Andrej lui eut parlé du marché conclu avec le pirate.

Sûr ? Non, pas le moins du monde. C'était même l'une des dernières choses qu'il eût envie de faire. Il hocha pourtant la tête. « C'est la meilleure solution. Tu raccompagneras les autres au village et je vous rejoindrai... un peu plus tard.

— Au bout d'un an !

— Une année est vite passée. Ce n'est rien, pour moi encore moins que pour quiconque.

— Tu penses vraiment qu'Abou Doun tiendra parole ? Moi, je crois qu'il attendra d'avoir ce qu'il veut et qu'il te tuera.

— Ce n'est pas si simple de me tuer.

— Est-il seulement possible de te… de nous tuer ?

— Oh oui ! » Ce n'était pas la première fois que l'enfant essayait d'aborder le sujet. Andrej avait toujours refusé de lui répondre, estimant qu'il était encore trop jeune pour absorber et comprendre tout ce qui lui arrivait. Et il y avait autre chose : il ressentait parfois chez Frederic un côté obscur qui l'effrayait.

Cependant, ils allaient bientôt se séparer, et l'enfant aurait besoin d'en savoir plus.

« Les moyens de nous tuer sont nombreux, Frederic. Si on te décapite, tu meurs. Si on t'arrache le cœur, tu meurs. Si on te brûle, tu meurs… Nous ne sommes pas invulnérables, Frederic, et encore moins immortels. Nos corps sont seulement… » Il s'interrompit, à la recherche des termes appropriés. « Ils sont beaucoup plus résistants que ceux des autres. Nos blessures guérissent plus vite.

— Comme chez la salamandre où la queue ou la patte repoussent quand on les coupe, ajouta Frederic.

— Quand on coupe la tête d'une salamandre, elle meurt », insista Andrej. L'enfant voulut répondre, mais il secoua la tête et poursuivit : « Tu ne dois jamais te servir de ton invulnérabilité comme d'une arme, tu m'entends ? Nul ne doit l'apprendre.

— Je suis au courant depuis longtemps, rétorqua Frederic. Et il y en a déjà beaucoup qui savent. Le père Domenicus et…

— Il ne dira rien à personne, coupa Andrej, même s'il survit au poignard que tu lui as lancé à travers la gorge.

— J'aurais dû m'assurer qu'il était bien mort, lança Frederic avec hostilité.

— Peut-être l'est-il déjà depuis longtemps », murmura Andrej, tandis que surgissait dans son esprit, non pas l'image du cruel prince de l'Église, mais celle de sa sœur, Maria, rencontrée à Constanta en de troubles circonstances. Dire que Maria lui avait tourné la tête était encore en deçà de la vérité. Frederic, désireux de venger les membres de sa famille, abattus ou capturés par l'Inquisition, avait poignardé l'inflexible Domenicus sur la place du marché de Constanta, provoquant ainsi la rupture entre Andrej et Maria. En fin de compte, ils appartenaient tous deux à des camps opposés. Ce qui ne l'empêchait pas d'avoir encore de profonds sentiments pour la mince jeune femme à la chevelure brune.

Il s'arracha brutalement à ses souvenirs.

« Et Abou Doun et ses pirates ? Tu les tueras dès que nous serons en sécurité, n'est-ce pas ?

— Non, je ne ferai rien de tel. » Il était de retour, ce côté obscur qui se manifestait parfois en Frederic et qui l'effrayait tant. L'enfant parlait un peu trop souvent de tuer ses ennemis. « Ce n'est pas parce que nous vivons plus longtemps et que nous sommes plus difficiles à tuer que nous sommes meilleurs. Cela ne nous donne aucun droit sur la vie des autres.

— Des pirates, prononça Frederic avec mépris.

— Nous ne sommes pas leurs juges, répliqua Andrej d'un ton acerbe. Tu veux donc devenir comme les hommes aux armures d'or ?

— Tu es bien un guerrier toi aussi, non ?

— Je manie l'épée. Je me défends quand on m'attaque, quand il y va de ma vie. Je tue quand je n'ai pas d'autre choix. Mais je n'assassine personne.

— Et pour toi ça fait une différence ? »

Andrej soupira. « Tu as encore beaucoup à apprendre, mon garçon.

— J'ai tout le temps devant moi, répliqua Frederic d'un air sombre. Vais-je rester un enfant toute ma vie ?

— Je ne crois pas, répondit Andrej. J'ai vieilli depuis que… c'est arrivé. Nous ne sommes pas immortels. Je ne sais pas jusqu'à quel âge nous pouvons vivre, mais un jour ou l'autre nous mourrons, nous aussi. Peut-être dans cent ans, peut-être dans mille. » Il haussa les épaules. « Ne crains rien. Tu ne resteras pas éternellement un enfant.

— Qui dit que ça me fait peur ? » Frederic eut un sourire narquois. « C'est parfois bien pratique d'être pris pour un enfant. On a toujours tendance à les sous-estimer. » Il retrouva soudain son sérieux. « Me chasseront-ils, moi aussi, s'ils s'en rendent compte ? »

Andrej aurait aimé pouvoir lui mentir, ne serait-ce que pour ne pas alourdir une peine déjà si présente. « Je ne sais pas, esquiva-t-il. Tu viens de le dire toi-même, tu te souviens ? Ils ont peur de tout ce qu'ils ne connaissent pas. Je ne veux pas te raconter d'histoires. » Il se contraignit à sourire. « Mais tu as encore le temps. Sans doute quelques années, jusqu'à…

— Jusqu'à ce qu'ils se rendent compte que quelque chose ne va pas chez moi, termina Frederic. Que je ne peux pas me blesser. Que je ne tombe jamais malade. Et que je ne vieillis pas. » Il regarda Andrej avec insistance. « Ce qui nous arrive, est-ce une bénédiction ou une malédiction ?

— L'un ne va peut-être pas sans l'autre, répondit Andrej.

Tu as l'air fatigué, Frederic. Tu devrais essayer de dormir un peu.

— Tu ne m'as jamais dit comment c'était arrivé, poursuivit l'enfant sans réagir à ses paroles. Comment es-tu devenu… immortel ? »

Andrej enregistra l'hésitation dans sa voix. Frederic avait voulu dire autre chose, mais il avait reculé devant le mot au dernier instant.

« Comme toi, répondit-il.

— Moi ? Mais je n'en sais rien !

— Te souviens-tu de la nuit de l'incendie, à l'auberge ? Quand je t'ai sorti du brasier, tu étais grièvement blessé. Les pires blessures de ta vie. »

Frederic frissonna. Bien sûr qu'il se souvenait. C'était il y a seulement quelques semaines.

« Tu es resté longtemps entre la vie et la mort, poursuivit Andrej. Pour moi, ça s'est passé de la même façon. Je n'ai pas fait attention et je suis tombé de cheval, tête la première sur un rocher. J'ai oscillé entre la vie et la mort pendant trois jours, avec une forte fièvre et des hallucinations. Mais j'ai survécu, et depuis ce jour… » Il haussa les épaules. « J'ignore ce que c'est. Peut-être mon corps a-t-il passé une limite. Peut-être faut-il mourir pour pouvoir revenir et être immortel.

— Mourir. » Les yeux de Frederic regardaient dans le vide. Andrej vit un nouveau frisson parcourir le corps maigre de l'enfant. « Je… je me souviens. J'étais dans un endroit sombre, abominable. Peut-être en avons-nous rapporté quelque chose.

— Et peut-être pas », conclut Andrej. Il frissonna à son tour, mais cette fois le froid n'en était pas responsable. Les paroles de Frederic l'emplissaient d'une peur contre laquelle il était impuissant. « Ce n'est qu'une idée. Mon idée, Frederic. Peut-être est-ce seulement un caprice de la nature.

— Je ne crois pas, répliqua le garçon.

— Quoi qu'il en soit, il nous faut vivre avec. Et nous avons du temps devant nous pour en parler. » Andrej fit un signe de la tête vers la poupe du bateau. « L'équipage ne sait pas que tu es… comme moi, alors laissons-le dans l'ignorance.

— Et Abou Doun ? »

Andrej n'était pas tout à fait sûr. « Je pense qu'il a des soupçons, mais il ne sait rien de précis et je trouve ça très bien ainsi. Tu dois te montrer prudent aussi longtemps que tu seras à bord. Fais attention de ne pas te blesser. Même une petite coupure pourrait avoir des conséquences désastreuses. »

Frederic fronça les sourcils. « Autrement dit, c'est parce que nous ne pouvons pas nous blesser que nous devons éviter de le faire ?

— Exactement, répondit Andrej en hochant la tête. C'est peut-être bizarre, mais je pense que c'est très important.

— Tu as raison, c'est vraiment bizarre », lança Frederic en riant.

Après un instant, Andrej se mit à rire lui aussi. Il se poussa un peu et souleva la couverture qu'Abou Doun lui avait apportée.

« Approche-toi, jeune immortel, lança-t-il. Tu es peut-être résistant aux poignards, mais pas au froid. Crois-moi, je sais ce que je dis. Si on comptait toutes les fois où j'ai souffert du froid dans ma vie, le résultat dépasserait le nombre de tes années. »

Frederic vint le rejoindre sous la couverture, qu'il remonta jusque sous son menton, et se serra contre lui. Au bout d'un moment, l'enfant cessa de trembler et, un peu plus tard, il ferma les yeux tandis que sa respiration se faisait plus lente. Il s'était endormi.

Pendant le court répit du sommeil, il redevint un enfant apeuré et transi, pelotonné contre l'épaule d'un adulte.

Peut-être était-il en train de vivre les derniers jours de son enfance.

4

Andrej dormit un peu en dépit de ses intentions. Il fut réveillé par la gîte du vaisseau dont la proue s'inclinait lourdement dans le courant, avec un soupir de baleine épuisée. Quelque part, loin au-dessus de sa tête, il entendit un claquement mouillé, et une lumière grise pénétra ses paupières à demi closes.

Un coup dans les côtes acheva de le réveiller. Andrej ouvrit les yeux à contrecœur et ne fut pas surpris de voir Abou Doun, le visage fermé, se dresser au-dessus de lui de toute sa hauteur. Le pirate arborait de nouveau son turban. Sa main gauche était posée sur la poignée d'un impressionnant cimeterre fixé à sa ceinture.

« Réveille-toi, sorcier », ordonna Abou Doun en le frappant de nouveau, si fort, cette fois, qu'il lui fit mal. « Le jour est levé et il n'est pas acceptable que mon garde du corps dorme ici, sur le pont, comme un chien.

— Tu connais mon nom, maugréa Andrej, encore ensommeillé. Et je ne suis pas encore ton garde du corps. Seulement quand nous serons arrivés. » La nuit s'était effacée devant un jour qui n'en était pas vraiment un. Une brume épaisse enveloppait le bateau et le paysage avait disparu derrière un mur gris impénétrable. Le brouillard s'était levé et le froid était vif.

Andrej attendit en vain qu'Abou Doun lui réponde, puis il se leva avec précaution, étendit la couverture sur Frederic encore endormi et s'éloigna de quelques pas. Le pirate le suivit. Il ne dit mot, mais ses yeux étincelaient, pleins de sarcasme.

Andrej, sourcils froncés, lui tourna le dos. L'équipage avait établi la voile et s'affairait avec des gestes précis et rapides pour achever de mettre le bateau dans le sens du courant. Ils étaient déjà en route et Andrej ne voyait pas plus la berge que pendant la nuit.

« Que veux-tu, Abou Doun ? demanda-t-il. Tu veux que je fasse quelques nœuds ou que j'aille aider tes hommes avec la voile ? »

Abou Doun l'ignora. Immobile, à quelques pas de Frederic, il observait l'enfant couché en chien de fusil sous la couverture.

« Qu'en est-il de vous deux ? interrogea-t-il. Le garçon est-il comme toi ?

— Non », répondit Andrej sans hésiter. Bien que convaincu qu'Abou Doun le soupçonnait de mentir, il poursuivit : « C'est juste un enfant. Je l'aime bien, c'est tout. Sans doute parce qu'il est aussi solitaire que moi. Il n'a personne, tu sais ? »

Abou Doun garda le silence un long moment. Lorsqu'il répondit, ses paroles effrayèrent Andrej. « Tu ne devrais pas trop t'attacher à lui, Delãny. Ce garçon est mauvais. Son âme est rongée par le mal.

— Tu n'es donc pas seulement pirate et marchand d'esclaves, tu lis aussi dans le cœur des gens. » Le sarcasme fit long feu, même à ses propres oreilles, et Abou Doun ne se donna pas la peine de répondre. Il regarda l'enfant endormi, leva les yeux sur Andrej et fit un geste dédaigneux de la main.

« Le ciel s'éclaircira dès que le soleil se sera levé, dit-il. Il fera beau, aujourd'hui. Si le vent est favorable, nous avancerons bien. Nous devons… »

Il s'interrompit au cri de l'un de ses hommes. Andrej ne comprit pas, mais une expression d'étonnement apparut sur le visage d'Abou Doun.

« Des problèmes ? » s'enquit-il.

Abou Doun eut un geste agacé. « Rien qui te concerne, aboya-t-il. Tu as dit toi-même que tu n'y connaissais rien aux bateaux.

— Mais je suis responsable de votre sécurité, maître, rétorqua Andrej, ironique. Alors permettez-moi de m'inquiéter.

— Inquiète-toi plutôt de ta langue », gronda Abou Doun, mais il ne put s'empêcher de rire. Il reprit un instant plus tard : « La vigie pense avoir vu un autre bateau.

— Et qu'y a-t-il de si inhabituel à cela ? Nous sommes bien sur le Danube, non ? De temps à autre, on doit bien y croiser des bateaux.

— Aucun capitaine en possession de toutes ses facultés n'appareillerait dans un tel brouillard, répondit le pirate. C'est bien trop dangereux.

— Vraiment ? »

Abou Doun lança à Andrej un regard assassin en voyant le sourire narquois qui se dessinait sur son visage. « C'est exactement la raison pour laquelle je l'ai fait, expliqua-t-il. Parce que personne d'autre ne le tenterait.

— Quelqu'un a eu la même idée que toi, souligna Andrej.

— Oui, et c'est bien ce qui m'inquiète. Mets le petit à l'abri sous le pont, sorcier, et reviens avec ton épée. Pour être prêt en cas de besoin. »

Andrej le regarda avec consternation. Il n'était pas vraiment surpris qu'Abou Doun lui ait caché des informations importantes, mais l'expression tendue sur le visage du pirate l'inquiétait.

Sans un mot, il retourna auprès de Frederic et le secoua. Au moment précis où l'enfant ouvrait les yeux, une détonation assourdie déchira le brouillard, suivie d'un cri perçant. Un homme, tombé du gréement, s'abattit sur le pont, à un mètre à peine d'Abou Doun. Le pirate se retourna, tira son cimeterre de la ceinture et bondit de côté. Il se mit à hurler des ordres dans sa langue natale et, sur tout le vaisseau, les hommes d'équipage dégainèrent leurs armes et se tinrent prêts à la bataille.

Mais il n'y avait personne contre qui se battre. Le tir qui avait tué la vigie resta isolé. Le rideau opaque qui entourait le bateau paraissait se rapprocher en silence, mais nul ennemi n'en surgit.

« Que s'est-il passé ? demanda Frederic.

— Rien, répondit Andrej, je ne sais pas. Va sous le pont, vite. Restes-y quoi qu'il arrive. Et, cette fois, fais ce que je te demande ! »

Frederic resta immobile un instant, l'air buté, puis il tourna les talons et disparut par l'écoutille ouverte. Andrej attendit de ne plus le voir avant de rejoindre Abou Doun.

« Chien de chrétien, gronda le pirate. Fieffé menteur. Que le diable lui prenne son âme !

— Je crois que c'est déjà fait, répondit Andrej. Si nous parlons bien du même homme. Le père Domenicus ? »

Abou Doun scrutait le mur gris autour du bateau avec une nervosité grandissante. Le brouillard livrait des sons étrangement feutrés qui venaient indubitablement d'un bateau à l'approche.

« J'aurais dû savoir qu'il me tromperait, dit Abou Doun. Il ne faut jamais faire confiance aux chrétiens ! »

Il regarda le marin mort à ses pieds, et Andrej suivit son regard. L'homme était tombé de plus de dix mètres de haut et s'était sans doute rompu tous les os, mais ce n'était pas la chute qui l'avait tué : sa poitrine était ensanglantée. On lui avait tiré dessus. Ce qui signifiait que l'agresseur était proche, qu'il se trouvait, comme eux, sur le fleuve. Même le meilleur des tireurs n'aurait pu atteindre la vigie depuis la berge.

« Là ! »

Abou Doun pointa le bras à tribord. Une rafale de vent déchira le brouillard et, entre les pans de brume grise, apparut un gigantesque bâtiment dont la coque et les voiles brillaient d'humidité. À sa proue, qui surplombait le pont du bateau pirate de deux bons mètres, se dressaient trois hautes silhouettes.

Andrej sursauta en découvrant le nom du vaisseau sur son flanc : la *Mouette*.

C'était le bateau du père Domenicus.

« Chien galeux ! cracha Abou Doun, haineux. Damné menteur ! Je le tuerai pour ça ! Préparez-vous ! Ils veulent nous aborder ! »

Andrej ne partageait pas cet avis. La *Mouette* se dirigeait toujours vers eux, mais, la première surprise passée, il vit que le bateau était loin d'être aussi grand qu'il l'avait cru. Son pont était certes plus haut que celui du négrier, mais aussi plus petit. Ce n'était pas un vaisseau de guerre, seulement un lourd navire de charge.

« Il y a un problème », dit-il.

Abou Doun hocha la tête. C'était peut-être un assassin, mais il n'était pas bête. « Il croit peut-être que son dieu chrétien le protège. Très bien, alors c'est nous qui l'aborderons. Je veux le curé vivant, vous m'entendez ? »

Il avait crié la dernière phrase, mais ses hommes restèrent figés, incapables de lui obéir. Le vent avait fraîchi et une nouvelle rafale avait dispersé définitivement le brouillard, révélant un deuxième bateau, beaucoup plus grand, qui se dirigeait vers eux à bâbord.

Andrej se demanda s'il le voyait réellement ou s'il glissait dans une vision d'horreur.

Le vaisseau semblait venir tout droit de l'enfer.

Il était noir et au moins deux fois plus grand que le voilier d'Abou Doun. Le bastingage était protégé par des boucliers de forme ronde et hérissé de pointes métalliques. Les voiles et le gréement étaient noirs eux aussi. L'unique touche de couleur venait d'un gigantesque dragon rouge feu paradant sur la grand-voile.

« Shaïtan ! » haleta Abou Doun. *Shaïtan*, le mot arabe pour le diable.

« Pas tout à fait, murmura Andrej, mais tu n'en es pas loin. » Il détacha avec peine son regard du vaisseau noir et fit un signe de tête vers la *Mouette*.

Le bateau du père Domenicus était maintenant assez proche pour permettre à Andrej de reconnaître les trois hommes à la proue. Domenicus et ses deux guerriers démoniaques, les hommes aux armures dorées. Domenicus se tenait debout entre les deux chevaliers d'or, mais uniquement parce que ces derniers le soutenaient par les bras. La blessure infligée par Frederic était, semblait-il, loin d'être guérie.

« Les voilà ! cria Domenicus. Tuez-les ! Brûlez ces suppôts de Satan ! Tuez-les tous ! » Il agita violemment le bras gauche et faillit perdre l'équilibre. Derrière le bastingage du bateau noir apparut une silhouette étrange.

L'homme était un géant de plus de deux mètres. Andrej n'était même pas sûr qu'il s'agissait d'un homme, car son visage était aussi peu identifiable que le reste de son corps. Il portait une armure rouge sombre, de la couleur du sang séché, recouverte de pointes et de piques métalliques de la taille d'un doigt. Il dissimulait ses traits derrière une visière évoquant une créature mythique. Sans doute le dragon déjà représenté sur la voile.

« Brûlez les sorciers ! » vociférait Domenicus d'une voix aiguë.

Le chevalier rouge leva le bras. Une minuscule étincelle d'un blanc infernal s'alluma sur le pont derrière lui. Andrej ferma les yeux, ébloui, et se détourna, mais en vain.

L'étincelle se transforma en une ligne de feu orangée qui se dressa vers le ciel avant de retomber lentement en direction du bateau pirate. Trop court, le demi-cercle de feu liquide manqua sa cible et tomba dans l'eau à deux mètres de la proue.

Mais le feu ne s'éteignit pas au contact de l'eau.

Épouvanté, Andrej vit les flammes incendier le fleuve.

Incrédule, Abou Doun aspira bruyamment l'air entre ses dents. « Qu'est-ce que c'est ? haleta-t-il. C'est de la sorcellerie ! »

Pas tout à fait, pensa Andrej, mais ça s'en approche. « Un feu grégeois ! marmonna-t-il. Mon Dieu, c'est un feu grégeois ! »

La réponse d'Abou Doun fut noyée par un cri perçant. Le rayon de feu, qui s'était rapproché, se propagea à la coque et enflamma le bastingage. Les hommes se reculèrent précipitamment, mais l'un des pirates ne fut pas assez rapide. Une seule goutte du liquide incendiaire toucha sa tunique, le transformant aussitôt en torche humaine. Hurlant, il recula en vacillant et s'écroula tandis que, devant lui, la proue tout entière du bateau s'embrasait soudain.

« Par Allah ! murmura Abou Doun. Mettez-vous en sécurité ! Tous à l'eau ! »

Si ses hommes l'entendirent malgré le crépitement des flammes et les hurlements de douleur, ils n'eurent pas le temps de réagir. L'infernal rayon de feu liquide poursuivit son chemin et incendia l'avant du bateau. La chaleur était si intense qu'Andrej suffoqua et leva les bras pour se protéger le visage. Deux puis trois autres des hommes d'Abou Doun succombèrent aux flammes, tandis que le reste de l'équipage parvenait à se mettre à l'abri. Andrej sortit enfin de sa stupeur. Il pivota et courut à grands pas vers l'écoutille par laquelle Frederic était descendu.

« Courez ! criait-il. À l'abri ! »

Mais comment ? Il savait que le bateau était perdu. Rien, aucun pouvoir au monde ne pouvait éteindre un feu grégeois. La proue n'était plus qu'un brasier qui ne mourrait que lorsque les flammes n'auraient plus rien à consumer. Celui qui, à bord du voilier au dragon, servait l'infernale machinerie, réveillant une terreur venue du fond des âges et depuis longtemps oubliée, le faisait avec une précision effrayante.

Le rayon de feu anéantit le pont avant, éclaboussa le gréement de flammèches et embrasa la voile.

Andrej avait perdu Abou Doun des yeux depuis longtemps. La chaleur était insoutenable. Andrej se précipita par l'escalier et vit Frederic ouvrir péniblement la lourde porte fermant le quartier des esclaves.

« Non ! hurla-t-il. Ne fais pas ça ! »

Frederic s'arrêta et se tourna vers lui, l'air désorienté. Il n'avait aucune idée de ce qui se passait au même moment juste au-dessus de sa tête. D'un bond, Andrej le rejoignit et le tira en arrière.

« Hé ! protesta Frederic. Que… ? »

La chaleur commençait à se faire sentir jusque sous le pont. Une lumière hostile, vacillante, emplissait l'écoutille. Andrej n'avait pas le temps de s'expliquer. Sans tenir compte de la résistance de Frederic, il le fit pivoter, le souleva et le porta jusqu'à l'escalier. La fournaise le frappa au visage comme une main invisible, lui coupant le souffle, mais il poursuivit son chemin.

Le pont était un enfer de flammes, de chaleur, de hurlements et d'agitation insensée. Andrej n'essaya pas de s'orienter, il courut à l'aveuglette dans la direction où la lumière était la moins violente et où la chaleur ne lui grillait pas le visage. Une silhouette en flammes leur coupa la route et s'effondra devant eux ; Andrej se cogna contre le bastingage, manquant tomber à son tour. Sans réfléchir, il lança Frederic par-dessus bord, loin du brasier infernal.

« Nage ! cria-t-il. Jusqu'à la rive ! »

Frederic n'avait pas encore touché l'eau qu'il enjambait à son tour le bastingage et sautait.

Après la fournaise diabolique qui régnait sur le pont, l'eau glacée fut un véritable choc. Andrej aspira une grande goulée d'air, avala de l'eau et sentit son cœur battre de manière désordonnée tandis que la violence de l'impact l'enfonçait à quelques mètres sous la surface.

Il se mit, par réflexe, à battre des pieds, remonta, creva la surface et respira goulûment. L'air lui brûla la gorge et emplit ses poumons d'une douleur blanche et liquide. Il cria, s'enfonça de nouveau sous l'eau, remonta à la surface sans savoir où il était ni dans quelle direction il devait se tourner.

Du coin de l'œil, il vit une forme, rien de plus qu'un mouvement. Il crut que c'était Frederic, tendit le bras et sentit qu'il s'était trompé. La silhouette était trop grande, beaucoup trop lourde et parfaitement immobile. L'homme était évanoui ou déjà mort. Au lieu de le lâcher, Andrej s'allongea sur le dos, fit glisser l'homme sur lui de manière à maintenir sa tête hors de l'eau et se mit à nager.

Avec l'espoir qu'il se dirigeait dans la bonne direction.

Pour cette fois, la chance lui sourit. Après quelques brasses, le courant, exceptionnellement fort à cet endroit, l'avait saisi. Il n'avait pas tenté de lutter, s'efforçant juste de trouver un rythme régulier qui lui permettait d'économiser ses forces.

Le fleuve était un univers de tourbillons et de courants sous-jacents qui pouvaient entraîner un nageur à des kilomètres de là, mais il y avait, non loin de la rive, un amas de rochers sur lequel l'eau se brisait avant de venir lécher la berge en grandes spirales plus lentes.

Épuisé, Andrej atteignit l'endroit, rampa sur le sable et les gravillons mouillés de la berge légèrement en pente, tirant derrière lui l'homme qu'il avait sauvé. C'était Abou Doun. Il était évanoui, mais il respirait. Andrej usa ses dernières forces à le tirer au sec et à le tourner sur le côté, puis il se laissa tomber sur le dos, incapable de rien faire d'autre que fixer le ciel et aspirer goulûment l'air.

Des bruits étranglés, douloureux, le firent revenir à lui. Il se redressa péniblement, tourna la tête et vit qu'Abou Doun s'était lui aussi relevé et vomissait dans l'eau.

À cette vue, il sentit la nausée l'envahir à son tour. Il tourna aussitôt la tête de l'autre côté et scruta le fleuve.

Le brouillard achevait de se dissiper, mais une brume grisâtre persistait au ras de l'eau, noyant les contours et plongeant le paysage dans un halo fantomatique.

Le négrier, transformé en bûcher flottant, était en flammes de la proue à la poupe. Le gréement et la voile s'étaient depuis longtemps dissous dans la fournaise infernale du feu grégeois. Sous les yeux d'Andrej, le mât se disloqua et tomba dans l'eau. Même le fleuve brûlait.

La *Mouette* et le vaisseau au dragon s'étaient reculés à distance prudente pour ne pas risquer de succomber à l'enfer qu'ils avaient déclenché. Aux yeux d'Andrej, ils étaient comme deux prédateurs ayant vaincu leur proie et attendant patiemment qu'elle se vide de son sang pour s'en repaître.

À bord du vaisseau pirate, il n'y avait sans doute aucun survivant. Même dans l'eau et à dix mètres de distance, la chaleur avait paru intolérable à Andrej. Nul ne pouvait supporter plus de quelques secondes un tel enfer. En tout cas, Andrej priait pour qu'il en fût ainsi.

Il chercha la *Mouette* du regard. Elle se trouvait toujours à tribord du vaisseau pirate en flammes. Dans la lumière blanche de l'incendie, elle n'était plus qu'un fantôme, et Andrej ne discernait plus les trois silhouettes dressées à l'avant. Sans doute s'étaient-elles mises à l'abri de la chaleur qui, même à vingt ou trente mètres de distance, devait être encore considérable. Il se représenta le visage du père Domenicus aussi clairement que si ce diable en robe d'inquisiteur se tenait devant lui. Sa famille, tous ceux qu'il avait connus, ceux qui étaient de son sang, tous étaient anéantis. Il ne restait plus que lui et Frederic. *Brûlez les sorciers !*

« Tu vas me dire ce que tu avais prévu, pirate », dit-il doucement, mais d'une voix aussi froide et coupante que l'acier.

Abou Doun avait cessé de vomir et fixait désormais le fleuve d'un regard vitreux. Son visage était couvert de grosses cloques.

« Nous n'avions rien…

— Parle, Abou Doun ! l'interrompit Andrej. Ou je te jure que je t'arrache le cœur en te faisant regarder comment je m'y prends ! »

Il ne parlait pas très fort et sa voix ne trahissait aucune émotion, mais Abou Doun comprit à quel point il était sérieux.Le pirate resta silencieux encore un moment, puis il se força à détourner le regard de son bateau en flammes.

« Nous n'avions rien prévu, marmonna-t-il. Les sbires de Domenicus m'ont donné rendez-vous ici. Nous devions remonter le fleuve ensemble pendant une journée.

— Pour quelle raison ?

— Ils ont dit qu'ils avaient un acheteur pour les esclaves, répondit Abou Doun. Un homme prêt à payer un bon prix pour des travailleurs solides et des femmes dures à la tâche.

— Dans ce cas, pourquoi ne pas les lui amener lui-même ? »

Andrej se répondit à lui-même : *Un inquisiteur se livrant au négoce des esclaves ? Impossible !*

« C'est lui qui a tout manigancé, ajouta Abou Doun. Ce… ce chien, ce menteur ! Il voulait tous nous tuer. *Moi !* »

Brûlez les sorciers !

Pendant un bref instant, Andrej se demanda si Domenicus n'avait pas appris le soudain changement de plans d'Abou Doun et si cette attaque sournoise n'en était pas la réponse. Mais non, c'était parfaitement impossible. Le voilier au dragon n'avait pas surgi de nulle part. Le piège dans lequel ils étaient tombés avait été longuement préparé.

Il détacha son regard de la *Mouette* et de l'épave du vaisseau pirate pour observer le voilier au dragon. S'il ne distinguait plus le père Domenicus ni ses deux chevaliers d'or, il voyait en revanche très bien le géant à l'armure rouge sang. Cette dernière ne manquait pas son effet.

« Je le tuerai, dit Abou Doun. Même si c'est la dernière chose que je fais.

— Non, répondit Andrej à voix basse. Tu n'en feras rien, pirate. » Il se leva. « C'est moi qui le tuerai. D'abord lui, ensuite Domenicus et ses deux hommes. » Il s'interrompit et posa sur Abou Doun un regard froid et implacable. « Et si c'est nécessaire, je tuerai tous ceux qui se dresseront sur mon chemin. »

Pendant quelques secondes, Abou Doun lui rendit son regard, l'air effrayé, puis il se retourna et puisa de l'eau dans le fleuve pour se nettoyer le visage.

« Je ne t'ai pas encore remercié de m'avoir sauvé la vie, sorcier, dit-il. Je déduis donc deux mois de ta peine. Ou plutôt trois. Que nul ne dise que ma vie ne vaut rien à mes propres yeux.

— Ma peine ? » Andrej secoua la tête. « Je ne te dois plus rien, pirate. Notre marché est résilié. Ta marchandise a brûlé.

— Et tu oses dire que je suis dur en affaires ? » Abou Doun cracha dans l'eau, se leva et grimaça de douleur en touchant du bout des doigts les cloques qui le défiguraient. « Tu m'as sauvé et tu as laissé le garçon, dit-il, pensif.

— Frederic est capable de faire attention à lui-même », répondit Andrej. Il fixait toujours le voilier au dragon. Deux bonnes douzaines d'hommes étaient apparus sur le pont, mais Andrej n'avait d'yeux que pour le géant à l'armure rouge.

« Le petit est comme toi, lança Abou Doun. Pourquoi serais-je surpris ? Il ne sera quand même pas ravi que tu l'aies laissé tomber pour sauver la vie d'un pirate.

— Il est surtout beaucoup moins patient que moi », répondit Andrej sans vraiment faire attention à ce qu'il disait.

Il ne quittait pas des yeux le chevalier au dragon. L'homme se tenait immobile, telle une statue de pierre rouge, à la proue de son sinistre bateau noir, le visage tourné vers le vaisseau pirate en flammes. Pourtant, Andrej avait la sensation qu'il savait qui l'observait depuis la rive. Une malveillance palpable émanait de la silhouette à l'armure couleur de sang. La violence faite homme.

« C'est une menace ?

— Non, répondit une voix venue de la forêt derrière eux, à la place d'Andrej. C'est une promesse. Donne-moi une seule raison et je t'égorge pour boire ton sang. »

Frederic sortit en trébuchant du couvert des arbres et s'approcha d'eux à petits pas incertains.

« Frederic », s'exclama Andrej avec lassitude.

L'enfant leva sur lui des yeux brillants de colère, mais il n'ajouta pas un mot. Passant devant lui et Abou Doun, il alla s'asseoir en hauteur, sur un rocher émergeant du sable, près de la rive. C'était parfaitement inutile, il n'avait pas besoin de cela pour voir le fleuve et le bateau en flammes. Son comportement parut étrange à Andrej, surtout lorsqu'il vit son visage. Frederic n'était pas bouleversé. Son expression ne trahissait ni peine ni révolte, pas même ce vide affreux qu'Andrej avait ressenti au début et qu'il ressentait toujours. Bien qu'il en fût accablé, tout ce qu'il lisait sur les traits du garçon était un vague intérêt. Il observait la mort de ses amis et de ses parents comme il aurait suivi un spectacle sans grande originalité.

« Nous devrions partir, suggéra Abou Doun. Ce démon va peut-être faire fouiller le rivage pour s'assurer qu'il n'y a pas de survivants.

— Il n'en a pas besoin, murmura Andrej. Il sait que nous sommes ici. »

Comme s'il l'avait entendu, le chevalier à l'armure rouge hérissée de pointes se retourna et regarda dans sa direction.

5

Ils se mirent en route peu de temps après, et pas seulement par crainte que Domenicus et son mystérieux allié ne fassent fouiller les berges du fleuve à la recherche de survivants. Ils choisirent de remonter le courant qui les avait portés jusqu'à la terre ferme. S'ils avaient écouté Frederic, ils se seraient remis à l'eau pour nager jusqu'aux deux vaisseaux et auraient vengé la mort des Delãny. Une partie d'Andrej criait vengeance elle aussi, et d'une voix si forte qu'il lui était difficile de l'ignorer. Il voulait la mort des deux chevaliers d'or et du père Domenicus. Mais il aurait été insensé de tenter une action maintenant.

Le combat aurait été perdu d'avance.

« Qu'as-tu l'intention de faire ? » demanda Frederic après un certain temps de marche. Le brouillard s'était complètement dissipé et les deux bateaux de taille inégale étaient clairement reconnaissables. De la *Mouette* et du voilier au dragon, il aurait aussi suffi d'un coup d'œil dans la bonne direction pour les repérer aussitôt. Les fugitifs, contraints de marcher sous le couvert des arbres, ne progressaient que lentement.

« Enfin, si je suis autorisé à poser la question, et si je ne suis pas trop bête ou indigne d'accéder à la connaissance de tes plans géniaux », poursuivit Frederic sur un ton mauvais, devant le silence d'Andrej. Ces paroles étaient les premières depuis qu'ils s'étaient mis en route. Et même son silence avait déplu à Andrej.

« Tu es surtout un gamin qui s'approche à grands pas d'une bonne fessée, répliqua Abou Doun lorsqu'il comprit qu'Andrej n'ouvrirait pas la bouche. Est-ce ainsi que vous apprenez à vos enfants à parler aux adultes ? »

Frederic ne daigna pas lui répondre, se contentant de lui lancer un regard méprisant. Il se tourna à nouveau vers Andrej et lança, encore plus provocant : « Alors ? Qu'est-ce qu'on fait ?

— Une chose très importante, répondit Andrej d'un ton mat. Rester en vie.

— Oh ! lança Frederic d'un ton de surprise feinte. Pourquoi ne pas l'avoir dit plus tôt ? C'est ça, ton plan ?

— Oui. C'est ça. » Son insolence n'émut pas particulièrement Andrej, mais il dut quand même se retenir pour ne pas lui administrer la correction dont Abou Doun venait de le menacer.

« Et si tu as tellement besoin d'agir, cours dans la forêt et cherche un peu de bois sec. Nous sommes assez loin maintenant, j'ai envie de me reposer et de faire sécher mes vêtements.

— Un feu ! ironisa Frederic. Quelle bonne idée ! Comme ça, ils verront la fumée depuis les bateaux et pourront venir nous chercher ! »

Andrej savait comment faire un feu sans fumée, et Frederic ne l'ignorait pas. Il répondit néanmoins : « Eh bien ! comme ça tu auras ce que tu veux. » Il secoua la tête avec lassitude et, d'un geste, coupa la parole à Frederic, qui ouvrait la bouche pour répondre. « Va ! »

L'enfant se garda d'obéir tout de suite et le fixa encore un instant avec colère avant de tourner les talons et de s'enfoncer dans la forêt d'un pas lourd.

Abou Doun le suivit des yeux en secouant la tête. « Pourquoi ne lui donnes-tu pas une bonne fessée, à ce chenapan ?

— Laisse-le, répliqua Andrej à voix basse. Il est désespéré, c'est tout. C'est toute sa famille qui a brûlé sur le bateau.

— Le désespoir n'est pas une raison pour cesser de se servir de sa tête, grogna Abou Doun. Difficile de se venger quand on est mort. »

En guise de réponse, Andrej désigna du menton un groupe de blocs erratiques, dispersés sur la grève, à une centaine de pas de là. L'alignement de ces blocs rocheux leur permettrait de surveiller les deux bateaux tout en restant hors de vue.

Abou Doun fronça les sourcils mais suivit Andrej sans protester. Une fois qu'ils eurent vérifié qu'aucun danger ne les menaçait du côté des bateaux, ils s'assirent entre les rochers et le pirate reprit la conversation.

« Ces trois bandits avec Domenicus, ils sont comme toi, non ?

— Deux, répondit Andrej. Ils ne sont que deux. »

Abou Doun, agenouillé auprès de lui, secoua la tête. « Tu es mal informé, sorcier. Tu devrais mieux connaître tes ennemis. Ils sont trois. Je les ai vus de mes propres yeux.

— Ils étaient trois, répliqua Andrej. J'en ai tué un.

— Alors ils ne sont pas immortels.

— Si », dit Andrej. Il n'avait guère envie de parler, mais Abou Doun n'était pas d'humeur à lâcher prise.

Le pirate avait l'air perplexe. « Je ne saisis pas. D'abord tu dis qu'ils sont comme toi, et ensuite… » Il se tut un moment, puis une lueur rusée apparut dans ses yeux.

« Je comprends, murmura-t-il.

— Ça, je ne le crois pas.

— Vous n'êtes pas du tout immortels, poursuivit Abou Doun sans s'émouvoir. On peut vous tuer.

— Peut-être, répondit Andrej. Mais avant de te lancer dans une action qui pourrait bien te coûter la vie, sache qu'il n'est pas facile de le faire. Moi-même, je ne connais qu'une seule méthode infaillible.

— Me la dévoilerais-tu ? » demanda Abou Doun, le visage sérieux.

Andrej le dévisagea et ne put s'empêcher de rire.

« Je ne sais pas que penser de toi, pirate, dit-il. Es-tu insolent ou bête ?

— J'en ai autant à ton service, répondit Abou Doun avec un sourire. Je commence à ne plus rien comprendre au monde. J'ai toujours cru qu'il suffisait d'un bon poignard pour tuer quelqu'un, puis j'ai fait ta connaissance. Et, comme si ce n'était pas assez… (il s'interrompit, cherchant ses mots) le monde *fourmille* soudain de sorciers immortels autour de moi. C'est incroyable !

— Que veux-tu ? demanda Andrej, un sourire dans la voix mais le visage grave. Pourquoi restes-tu avec nous ?

— La question est : que veux-tu, toi ? rétorqua Abou Doun. Je n'ai plus rien. Le bateau et sa cargaison étaient tout ce que je possédais. Il va m'être difficile de rentrer chez moi.

— Parce que tu ne serais pas en sécurité sans tes richesses et une bande de coupe-gorge, glissa Andrej. Tu me fends le cœur, Abou Doun. »

Le sourire du pirate s'élargit, mais les cloques suintantes sur son visage le transformèrent en une grimace effrayante. « C'est bon de savoir qu'on a encore des amis.

— Nous ne sommes pas tes amis, répondit Andrej. Et tu ne devrais pas le souhaiter, pirate. Mon amitié n'amène que trop souvent la mort. Nous allons nous séparer. Tu peux te sécher et te réchauffer à notre feu, mais après cela chacun ira son chemin. »

Abou Doun soupira. « Et où ton chemin te mènera-t-il ?

— Pourquoi veux-tu le savoir ? Il n'y a plus rien à voler chez nous. Nous n'avons plus rien.

— Maintenant, c'est toi qui me brises le cœur, soupira Abou Doun. Mais, qui sait ? peut-être que, moi, j'ai quelque chose qui pourrait t'intéresser.

— Quoi donc ? »

Abou Doun secoua la tête. « Pas si vite, Delãny. Si nous faisons un marché, je dois d'abord être certain que j'aurai ma part. Je n'ai plus les moyens d'être généreux. »

Andrej ignorait qu'Abou Doun connaissait ce mot. À son avis, le pirate ne possédait rien qui pût leur être utile, à lui ou à Frederic. Ce n'étaient que de vaines paroles, mais il ne coûtait rien de les écouter.

« Que demandes-tu ? Que je te laisse la vie sauve, peut-être ?

— La vie ? Ça fait plusieurs fois que tu la mets en jeu. Une marchandise perd vite de sa valeur à force d'en abuser.

— Abou Doun !

— C'est bon. » Le pirate leva les mains devant son visage comme s'il avait peur qu'Andrej ne le frappe. « Laisse-moi m'amuser un peu. Le marchandage fait partie de la transaction. Ça n'a aucun intérêt si on ne discute pas un peu avant. »

Andrej hésita, ignorant s'il devait rire ou lui écraser son poing sur la figure. Le pirate l'amusait, quoiqu'il s'en défendît. Abou Doun était un meurtrier, un marchand d'esclaves, et sans doute avait-il d'autres cordes à son arc. Il ne pouvait se permettre d'éprouver de la sympathie pour ce monstre à figure humaine.

« Alors d'accord, dit Abou Doun. Écoute d'abord ce que je veux de toi. Je veux t'accompagner. Sinon comme ton ami, du moins comme… Choisis toi-même.

— M'accompagner ? demanda Andrej. Mais je ne sais pas moi-même où je vais aller.

— Tu vois ? C'est exactement ma direction. Laisse-moi venir avec toi quelque temps. Je ne te demande rien d'autre.

— Comme tu n'as rien proposé de ton côté, je trouve que le prix est juste », lança Andrej. Le jeu commençait à le lasser et il perdait patience.

« Moi, je sais peut-être où tu veux aller, suggéra Abou Doun. Tu veux te venger, n'est-ce pas ? Je peux t'aider.

— Comment ?

— L'homme à l'armure rouge. »

Andrej tendit l'oreille, intéressé. « Le chevalier au dragon ? Tu sais qui il est ?

— Pas qui, corrigea Abou Doun, mais quoi.

— Par tous les saints, parle ! lui ordonna Andrej. Qui est cet homme ? D'où le connais-tu ?

— Pas qui, quoi, répéta Abou Doun. Les chevaliers de l'Ordre du Dragon. Ils combattent les troupes de Sélic ainsi que tous les Ottomans, mais on raconte qu'ils n'hésitent pas à abattre leurs propres compatriotes lorsqu'ils n'ont pas de musulmans sous la main.

— L'Ordre du Dragon ? » répéta Andrej. Il fouilla sans succès sa mémoire. « Je n'en ai jamais entendu parler.

— Ses membres sont réputés pour leur cruauté, lui apprit

Abou Doun. On dit qu'ils n'ont encore jamais perdu une bataille. Mais ils ne sont pas très nombreux.

— Une bataille ? » Andrej fit une grimace de mépris. « Ce n'était pas une bataille, Abou Doun. Il a brûlé les gens de mon village comme… comme du bétail !

— Mes hommes aussi, rappela Abou Doun. Mais ne juge pas trop vite, Delãny. Je ne veux pas le défendre, mais, à vouloir punir trop hâtivement, on risque de laisser échapper le vrai coupable. »

Venant d'Abou Doun, l'idée était étonnamment réfléchie. Andrej n'avait pas oublié ce que Domenicus avait crié. *Brûlez les sorciers !* Il ne l'oublierait jamais.

« Et où trouve-t-on ces chevaliers du Dragon ? questionna-t-il.

— C'est ce que je ne comprends pas, répliqua Abou Doun. Nous sommes bien trop à l'est. Ils contrôlent une petite partie de la région située entre les Carpates de l'est, du sud et de l'ouest. Vous l'appelez, je crois, Transylvanie. »

La Transylvanie, la partie orientale de la Valachie, pensa Andrej : le pays au-delà des forêts. « Que fait ce chevalier ici, alors ?

— Intéressante question, dit Abou Doun. Je n'en sais pas beaucoup plus sur les chevaliers du Dragon. Seulement qu'ils ne quittent que rarement leurs terres, sauf en temps de guerre. Mais je n'ai jamais entendu dire que l'un d'eux se serait aventuré aussi loin à l'est. » Il eut un petit rire. « Ce serait bien téméraire.

— Pourquoi ?

— Le sultan Sélic a mis à prix la tête des chevaliers du Dragon. Et leurs compatriotes ne les aiment pas beaucoup non plus.

— Comme toi.

— Je n'ai jamais tué personne par plaisir, se défendit Abou Doun. Je ne suis pas un saint. Je ne suis même pas un homme honnête mais, crois-moi, comparé aux chevaliers du Dragon, je suis un ange de bonté. » Son visage prit une expression pensive. « Ton ami Domenicus n'a pas eu une bonne idée en s'alliant avec eux. Quel que soit l'accord conclu, c'est lui qui en fera les frais. »

Andrej pensait savoir pourquoi Domenicus avait attiré le vaisseau pirate dans ce piège infernal : il n'avait jamais eu l'intention de laisser la vie aux Delãny. Mais même en sa qualité d'émissaire de la Sainte Inquisition, il ne pouvait pas se permettre de faire tuer plus de cent personnes sur la place publique. En revanche, si les captifs tombaient aux mains d'un marchand d'esclaves et succombaient pendant leur tentative de libération… Et si le marchand d'esclaves en question périssait lui aussi, l'affaire serait réglée. Cependant, Andrej ne comprenait pas le rôle que jouait le mystérieux chevalier du Dragon. Pas encore.

Frederic revint tardivement de la forêt, au moment même où l'inquiétude gagnait Andrej au point d'aller à sa recherche. L'enfant portait une pleine brassée de branches sèches, qui aurait suffi à rôtir un demi-bœuf. Il regarda son aîné d'un air provocateur. Il savait qu'il était resté parti trop longtemps et n'attendait qu'une remarque de sa part pour reprendre leur dispute.

Andrej l'aurait bien tancé, mais il ravala ses paroles en voyant le visage de Frederic. Son teint était rose et frais, comme si l'enfant s'était vigoureusement frotté et lavé les joues. Sans doute avait-il pleuré et ne voulait-il pas qu'on le sache. Andrej respecta sa pudeur, même si elle l'attristait. Le garçon était peut-être encore trop jeune pour savoir qu'une douleur partagée était parfois plus facile à supporter.

Frederic laissa tomber le bois presque sur les pieds d'Abou Doun, ce qui arracha un nouveau froncement de sourcils agacé au pirate.

« Qu'est-ce qu'il fait encore ici, lui ? demanda le gamin avec un mouvement de tête hargneux en sa direction. Je croyais qu'on continuait seuls.

— J'ai changé mes plans, répondit Andrej avec calme. Abou Doun va nous accompagner. Pour un temps, en tout cas.

— Ah, je vois, répliqua Frederic, en colère. On fricote avec les pirates, maintenant ? »

Le visage d'Abou Doun s'assombrit et Andrej comprit que le marchand d'esclaves était à deux doigts de perdre toute patience. Frederic ne lui facilitait vraiment pas la tâche.

« Il sait où nous pourrons trouver le chevalier du Dragon, ajouta-t-il précipitamment.

— Moi aussi », rétorqua Frederic. Il fit un signe de tête vers le fleuve. « Juste là-bas. » Ses yeux étincelaient. « On n'a pas besoin de l'aide d'un marchand d'esclaves. Pourquoi ne pas revenir sur nos pas et tuer ces chiens ?

— Parce que ce n'est pas possible. On arriverait peut-être à les surprendre, mais, en cas de combat, ils l'emporteraient sur nous. Je me ferais tuer. Et toi aussi.

— Tu as peur, affirma Frederic.

— Oui, avoua Andrej sans ambages. Et tu le devrais, toi aussi.

— À moins qu'il n'y ait autre chose ? » Les yeux de Frederic s'étrécirent. « Je sais. C'est cette femme, hein ? Maria. Tu crois qu'elle est à bord du bateau. »

Abou Doun lança un regard interrogateur à Andrej, qui eut toutes les peines du monde à garder son calme. Frederic était blessé et en colère, mais cela ne lui donnait pas le droit de faire mal aux autres. Andrej avait réussi, jusqu'à cet instant, à refouler le souvenir de la sœur de Domenicus, mais les paroles de l'enfant réveillèrent des images douloureuses qu'il tenta, sans succès, de repousser. Pendant quelques secondes, le visage angélique de Maria lui apparut si clairement qu'il dut se retenir de lever la main pour lui caresser la joue.

« Ma décision est prise, dit-il. Abou Doun vient avec nous. Nous avons besoin de lui. Et maintenant aide-moi à faire le feu. Il fait froid. »

Frederic allait lui répondre vertement, mais le regard d'Andrej l'en dissuada au dernier moment et il fit ce qui lui était demandé. Après avoir disposé une partie du bois en forme de pyramide, Andrej alluma le feu au moyen de deux branches sèches qu'il frotta l'une contre l'autre jusqu'à l'apparition d'un mince filet de fumée et des premières étincelles. Quelques minutes plus tard, il avait allumé un feu qui brûlait sans presque faire de fumée.

Abou Doun le regardait avec une surprise grandissante. « C'est vraiment payant de te côtoyer, sorcier, dit-il. Du feu sans pierre à feu, comme c'est pratique.

— C'est une technique qui vient de ton pays, rétorqua Andrej d'un ton légèrement ironique. Bien, comme tu viens de recevoir une partie de ton paiement, à ton tour de parler. Quelle direction devons-nous prendre ? »

Abou Doun tendit les mains vers les flammes crépitantes. « Tu es un trop bon élève, sorcier, grogna-t-il. Ou moi un trop bon professeur. Nous devons aller vers l'ouest, je n'en sais pas plus pour le moment. La route est longue. Un bateau serait idéal, mais nous n'en trouverons pas. Peut-être devrions-nous nous procurer des chevaux.

— Tu veux dire les voler, précisa Andrej.

— As-tu de l'argent pour les acheter ? » demanda Abou Doun sans s'émouvoir. Il rit. « Ne t'inquiète pas, chrétien. Je ne veux pas que le salut de ton âme puisse pâtir d'une action que tes lois réprouvent. C'est moi qui m'occuperai de trouver un moyen de transport. Et tout ce dont nous aurons besoin.

— Tu ne tueras personne, lui ordonna Andrej.

— Bien sûr que non, promit Abou Doun. Je le jure sur mon âme.

— Me voilà rassuré, répondit Andrej, sarcastique.

— Ne le sois pas trop, prévint le pirate. Comme je l'ai déjà dit, nous allons bientôt tomber sur les troupes du sultan Sélic. Je suis à peu près certain qu'elles ne me feront rien, mais la prudence s'impose tout de même. » Il hocha pensivement la tête. « Vous êtes des chrétiens. Il ne sera pas facile d'expliquer pourquoi vous voyagez avec moi.

— Il en sera de même pour nous », dit Andrej. Il ne voyait pas où Abou Doun voulait en venir.

« Tu as raison, l'inverse sera également vrai, confirma le pirate. Le mieux serait que je vous présente comme mes esclaves si nous tombons sur les hommes du sultan. »

Frederic écarquilla les yeux et Andrej ajouta : « Nous dirons la même chose à ton sujet si nous rencontrons des soldats chrétiens.

— Bien entendu, répondit Abou Doun.

— Tu plaisantes, jeta Frederic. Tu ne veux quand même pas…

— … rester en vie ? l'interrompit Andrej. Si.

— Il y a encore le temps, le tranquillisa Abou Doun. Plusieurs jours, au moins. La région est assez calme, il n'y a rien d'intéressant ici. C'est bien pourquoi j'avais choisi l'endroit pour ma… transaction. »

L'hésitation n'échappa pas à Frederic qui plissa les yeux.

« Ça suffit maintenant, lança Andrej. Reposons-nous jusqu'à ce que nos vêtements soient secs, nous partirons ensuite.

— Manger un peu serait une bonne idée, dit Abou Doun. Je meurs de faim.

— La forêt est pleine de gibier, répondit Andrej. Pourquoi ne pas marchander un beau rôti bien gras avec les arbres ?

— Pourquoi ne pas te trancher la main pour la manger ? rétorqua Abou Doun. Elle repousserait sûrement. » Il lança une branche dans le feu et le regarda éclater dans une gerbe d'étincelles.

« Sais-tu nager, sorcier ? reprit-il.

— Je ne sais pas marcher sur l'eau, si c'est ce que tu veux dire.

— Non. As-tu besoin de respirer quand tu es sous l'eau ?

— Tout comme toi, assura Andrej. Mais je peux retenir ma respiration assez longtemps. Pourquoi ?

— Mon bateau, répondit Abou Doun. Le fleuve n'est pas très profond à l'endroit où il a coulé. Quelqu'un pourrait plonger et récupérer un peu d'or dans mon coffre. On en a besoin.

— Vas-y toi-même, dit Andrej. Tu t'y connais mieux que moi sur ton bateau.

— En principe, oui, esquiva Abou Doun. Mais il y a juste un petit… détail.

— Lequel ? »

Abou Doun hésita un moment. « Je ne sais pas nager », finit-il par avouer.

Andrej le regarda, perplexe. « Quoi ?

— Je ne sais pas nager, répéta Abou Doun, la mine sombre. Je n'ai jamais appris. Pour quoi faire ? J'avais un bateau.

— Un pirate qui ne sait pas nager ? demanda Andrej, incrédule.

— C'est comme un sorcier qui ne sait pas faire de magie.

— Je ne suis pas un sorcier.

— Et moi, je ne suis pas un pirate. » Abou Doun grimaça. « Alors ? Vas-tu le faire ? »

Andrej réfléchit un instant. Il était un excellent nageur et pouvait retenir longtemps sa respiration. Sans doute assez pour plonger jusqu'à l'épave et récupérer l'or dans la cabine d'Abou Doun. Le pirate avait raison : ils auraient besoin de chaque pièce de monnaie qu'il pourrait arracher au vaisseau coulé.

Mais les risques étaient importants. L'eau était glacée et il avait déjà fait l'expérience de la brutalité du courant. Il ne savait pas s'orienter sur le bateau et ignorait dans quel état se trouvait l'épave. Les feux grégeois dégageaient une chaleur considérable : sans doute ne restait-il rien du trésor d'Abou Doun.

« C'est d'accord, dit-il. Attendons un peu. S'ils partent, je tenterai ma chance ; sinon, il n'y aura plus qu'à nous mettre en route. »

Ils attendirent longtemps avant d'oser quitter leur cachette entre les rochers. Peu avant la fin du délai arbitrairement décidé par Andrej, la *Mouette* hissa une seule voile, bien trop petite pour sa lourde coque, pivota dans le courant et reprit sa route. Le voilier au dragon quitta lui aussi sa position, tournant lentement sur lui-même. Andrej ne s'en était pas rendu compte plus tôt, mais il vit soudain que la gigantesque voile ornée du dragon rouge était secondée par plus d'une douzaine de rames qui plongeaient maintenant dans l'eau d'un mouvement régulier et propulsaient lentement le bateau.

Andrej avait éteint le feu en hâte, et ils s'étaient rencognés entre les rochers pour attendre le départ de l'effrayant voilier noir. Il naviguait au milieu du fleuve, là où l'eau était la plus profonde. Le brouillard avait disparu, ainsi que les nuages, et Andrej put enfin voir le bateau dans tous ses détails.

Il était toujours aussi effrayant et mystérieux en pleine lumière, mais beaucoup moins majestueux. Rien ne persistait de sa beauté inquiétante et il paraissait juste sordide. Le chevalier à l'armure rouge avait disparu. Andrej observa néanmoins le bateau avec attention. Il avançait lentement, car même les grandes rames peinaient contre le courant.

Le bâtiment, de construction ancienne, était grand, même s'il n'était pas aussi gigantesque qu'il lui avait paru au premier abord. L'association des voiles et des rames le rendait sûrement très maniable, bien que peu rapide. La voile au dragon rouge était déchirée et reprisée à maints endroits. Au grand étonnement d'Andrej, la couleur noire qui recouvrait la coque n'était autre que du charbon. Sur le pont se tenaient une petite douzaine d'hommes vêtus de noir, mais d'allure négligée. Ils étaient trop loin pour tout discerner, mais il avait l'impression qu'il s'agissait d'esclaves plutôt que de soldats, ou alors d'hommes enrôlés de force.

Il mémorisa le moindre détail tandis que le bateau les dépassait lentement. Andrej fut à la fois déçu et soulagé de ne pas voir le mystérieux capitaine de plus près. Il doutait de plus en plus que le chevalier du Dragon ait regardé dans sa direction par simple hasard.

Andrej resta à couvert des rochers longtemps après la disparition du voilier noir, puis il se releva et rebroussa chemin, avec ses deux compagnons, jusqu'à l'endroit qu'ils avaient quitté quelques heures plus tôt.

Frederic tenta, en vain, de le faire revenir sur sa décision, et Andrej se déshabilla puis demanda à Abou Doun de faire un feu. Il entra dans l'eau et nagea jusqu'à l'endroit où le bateau avait coulé. Le pirate lui avait expliqué où il devait chercher et il se mit aussitôt au travail.

Le fleuve n'était pas très profond à cet endroit et le vaisseau gisait sur le flanc, complètement dévasté. L'eau était si trouble qu'Andrej n'y voyait rien, et il lui fallut trois tentatives avant de trouver la cabine d'Abou Doun.

Il mit longtemps avant de revenir jusqu'à la berge avec un maigre butin. Il avait trouvé deux bourses de pièces d'or qui avaient sans doute une valeur inestimable, mais qui furent loin de satisfaire Abou Doun. Au lieu de se réjouir, il se perdit en reproches et en malédictions. Andrej laissa passer l'orage en silence. D'une certaine manière, il comprenait le pirate. Il avait vu, dans sa cabine, des caisses entières de joyaux et de pierres précieuses, mais il n'y avait pas touché, malgré le mal qu'il avait eu à trouver les bourses. Ce n'était pas de bijoux qu'ils avaient besoin, mais d'argent.

Pour le voyage qui les attendait, elles suffiraient. Andrej consola Abou Doun en lui disant qu'il pourrait toujours revenir plus tard et faire renflouer son bateau, puis il se rhabilla et insista pour qu'ils se mettent en route. Frederic ne put s'empêcher de persifler et Abou Doun se retira dans un silence vexé, d'autant plus qu'Andrej ne manifesta aucune velléité de lui rendre son bien et mit les deux bourses soigneusement à l'abri sous sa ceinture.

Il était presque midi quand ils quittèrent les rochers à l'abri desquels ils avaient fait leur feu. Andrej avait faim maintenant, et il était si fatigué qu'il se serait bien arrêté sans attendre pour dormir un moment. Tel était le prix à payer pour son invulnérabilité. Son corps était capable de guérir ses blessures à une vitesse inconcevable, mais il consommait pour cela beaucoup d'énergie. Peut-être plus qu'il n'en avait pour l'instant.

Au bout de plusieurs douzaines de pas, Abou Doun s'arrêta soudain et tendit le doigt vers le talus. « Le chemin a l'air meilleur là-haut », dit-il.

Andrej suivit son regard. Abou Doun avait raison. La forêt s'éclaircissait, le sous-bois n'était plus aussi dense qu'avant et la clarté du soleil pénétrait entre les arbres. Peut-être ne s'agissait-il que d'une bande étroite le long du talus, mais la berge du fleuve devenait impraticable. Rochers et pierres acérées étaient de plus en plus nombreux dans le sable et rendraient leur progression pénible.

« D'accord, dit-il. Nous aurons une meilleure vue de là-haut.

— Et nous serons aussi plus visibles, ajouta Frederic, inquiet.

— C'est un risque à prendre, répondit Andrej. On avance trop lentement en bas.

— Mais... commença Frederic.

— Tu peux rester ici, l'interrompit sèchement Andrej. Tu peux même nager si tu veux ! » Sa patience était à bout. Il s'était contenu autant que possible, mais maintenant c'en était trop. Il lança un regard furieux à Frederic, puis il tourna les talons et entreprit d'escalader le talus à grands pas. Arrivé en haut, il s'arrêta pour permettre à ses compagnons de le rejoindre et pour regarder autour de lui.

À cet endroit, la forêt se réduisait à une bande de petite largeur, derrière laquelle s'étendait une prairie herbeuse en contrebas, parsemée de buissons et d'arbustes. Il leur serait bien plus facile d'avancer sur ce terrain. Il crut apercevoir un léger voile de brume dans le lointain. Peut-être était-ce de la fumée. Une ville ?

Abou Doun s'approcha de lui à pas lents, un sourire satisfait aux lèvres. « Encore un bon point pour moi, dit-il. Je vais peut-être commencer à les noter pour ne pas en perdre le compte.

— Un bon point ? » Andrej secoua la tête. « Seulement si tu nous portes.

— Tu apprends vite, sorcier, lança Abou Doun en riant. Allons ! Il est encore tôt.

— C'est de la folie, protesta Frederic. On est visibles à des lieues à la ronde.

— Et quand bien même ! dit Andrej en se mettant en route. Nous sommes d'inoffensifs voyageurs qui n'ont rien à cacher. Nous sommes à la recherche de gens, Frederic. » Il désigna la brume à l'horizon, certain désormais qu'il s'agissait de la fumée d'un feu de cheminée. « Avec un peu de chance, nous pourrons acheter là-bas un cheval ou une carriole. As-tu vraiment envie de faire plusieurs centaines de lieues à pied ? »

Il s'efforçait de parler d'un ton aimable. Sa colère s'était envolée. Frederic ne paraissait pas vouloir poursuivre la querelle lui non plus, car il ne lui rendit qu'un regard buté. Il semblait très inquiet.

« Peut-être trouverons-nous quelques baies, lança Abou Doun qui les précédait. Ou alors… »

Il s'interrompit, s'immobilisa puis fit soudain un pas sur la droite avant de s'accroupir. Andrej s'approcha et l'imita. Il sursauta en voyant ce qu'Abou Doun venait de ramasser dans l'herbe.

À première vue, ce n'était rien d'autre qu'un lapin parfaitement normal. Mais il était en piteux état. L'une de ses oreilles était arrachée, ses deux yeux étaient crevés et, quand Abou Doun lui ouvrit la gueule, il vit que ses incisives étaient brisées.

« Par Allah, marmonna Abou Doun. Quel animal peut bien faire ça ? »

Andrej était incapable de répondre. Il ne parvenait pas à imaginer quel prédateur pouvait mettre sa proie en pareil état. Un chat, une fouine ou un renard ne se serait pas donné la peine de le tuer sans au moins en dévorer une partie.

« Tu vois ça ? » Abou Doun balança légèrement le lapin à bout de bras. Le petit cadavre avait des mouvements bizarres et Andrej comprit que chacun de ses os avait dû être brisé. Il secoua la tête.

S'aidant de l'autre main, Abou Doun arracha la tête du lapin d'une seule secousse, devant les yeux effarés d'Andrej.

« Enfer ! s'exclama-t-il en sursautant. Que signifie ? Tu es… »

Puis il comprit le geste d'Abou Doun.

« Pas de sang, annonça le pirate d'un ton lugubre. Quelqu'un a vidé ce pauvre animal. »

Il laissa tomber le lapin, se redressa et s'essuya les mains sur ses vêtements d'un air dégoûté. Son regard explora les environs. « Quelle est cette diablerie ? Aucun animal ne ferait ça !

— Et quoi d'autre ? demanda Frederic d'un ton acerbe. Tu crois peut-être qu'un démon sévit ici ? » Il fit un geste vers le lapin. « Pourquoi ne pas le rôtir, maintenant que tu l'as découpé ? »

Abou Doun le dévisagea d'un air incrédule et Andrej sentit, lui aussi, un frisson glacial. La seule idée d'avaler cet animal lui retournait l'estomac.

« Nous trouverons autre chose à manger, décida-t-il. Venez, on continue. »

6

Ils parvinrent assez rapidement à un chemin qui menait approximativement vers l'ouest, mais le jour déclinait déjà lorsqu'ils croisèrent les premiers habitants. Ce qu'Andrej avait vu de loin était bien de la fumée de cheminée : un petit village. Mais il était plus éloigné qu'il ne l'avait pensé, et la route, loin d'y mener en ligne droite, serpentait à travers champs. Bien que large et en bon état, elle était peu fréquentée et ils ne rencontrèrent personne de toute la journée.

En approchant de l'agglomération, Andrej s'aperçut qu'il s'agissait d'une petite place forte plutôt que d'un village. Une palissade en bois de plus de deux mètres de haut ceignait quelque deux douzaines de bâtiments simples. Certains étaient à colombages grossiers, mais la plupart étaient bâtis en pierres et en torchis. Une tour de garde en bois dressait sa silhouette à une hauteur de huit mètres, permettant de surveiller les alentours sur une longue distance. Le lourd portail, grand ouvert, semblait capable de résister à tous les assauts. L'ensemble du dispositif de défense était vieux, rafistolé et amélioré en d'innombrables endroits, mais il était dans un état impeccable.

Les villageois les accueillirent avec la méfiance naturelle des gens simples, mais sans hostilité. Andrej réussit à trouver des quartiers de nuit pour lui-même et ses compagnons à un prix étonnamment bas. La plus petite pièce de la bourse d'Abou Doun leur donna le droit à un dîner.

Au menu : du civet de lapin.

Malgré la taille modeste du village, l'auberge comptait plusieurs chambres pour les voyageurs. La grande salle se remplit rapidement dès le coucher du soleil. Frederic, le seul à avoir mangé avec appétit en voyant arriver le civet, s'était retiré sans attendre après le repas. Ses deux compagnons étaient restés à table, même si Andrej aurait préféré monter et s'étirer sur une couche confortable. Ces derniers temps, il avait enchaîné les nuits à même le sol, parfois avec une selle en guise d'oreiller, et l'idée de s'allonger dans un vrai lit, fût ce un sac rempli de paille, exerçait sur lui une séduction certaine.

Mais ils avaient besoin d'informations. Ils devaient apprendre où ils étaient, qui régnait dans cette région du pays, quelles villes se trouvaient dans les parages, lesquelles il était sage d'éviter… mille questions dont chacune revêtait une importance vitale. Par-dessus tout, ils avaient besoin de chevaux.

Andrej était conscient qu'ils ne pouvaient pas poser leurs questions directement. Les habitants de ce village isolé étaient avides de nouvelles, mais ils n'aimaient pas les curieux. La palissade défensive établissait clairement qu'ils avaient de bonnes raisons de se méfier des étrangers.

En dépit de quoi, Abou Doun fit montre d'une grande habileté à engager la conversation. Tout d'abord, les villageois se tinrent à distance, sur la défensive à la seule vue des voyageurs, mais Abou Doun, riant fort et beaucoup, donna l'ordre au tavernier d'apporter un pichet de bière à chaque table, et la curiosité l'emporta. Au bout d'un moment, une douzaine d'hommes s'étaient rassemblés autour d'eux, buvant à leurs frais et pendus aux lèvres d'Abou Doun, qui enchaînait des histoires aussi invraisemblables que palpitantes, leur soutirant peu à peu toutes les informations dont ils avaient besoin.

Andrej se tenait en retrait, admiratif devant la verve intarissable du pirate. Le musulman s'y entendait à merveille non seulement pour dissiper la méfiance des villageois, mais aussi pour créer une atmosphère qui les poussait à parler d'eux-mêmes. Quelques heures après le départ de Frederic, on aurait dit une tablée de vieux amis en train d'écouter les histoires de l'un des leurs, de retour d'un long voyage plein d'aventures.

Il ne devait pas être loin de minuit lorsque du bruit se fit entendre de la rue. Andrej crut percevoir un cri, des appels et des pas. Surpris, il tourna les yeux vers la porte. Deux hommes se levèrent et quittèrent l'auberge. Andrej voulut les imiter, mais il se laissa aussitôt retomber sur son siège en voyant l'avertissement dans les yeux noirs d'Abou Doun et son discret signe de dénégation. Le musulman avait raison : ce qui se passait dehors ne les regardait pas.

Abou Doun leva son gobelet et fit signe à l'aubergiste de servir une nouvelle tournée. Il parvint à relancer la conversation interrompue, sans toutefois réussir à rétablir l'ambiance décontractée qui régnait jusque-là. Les hommes assis à leur table lançaient de fréquents regards vers la porte, tiraillés entre l'envie d'écouter les fascinantes histoires d'Abou Doun et celle de savoir ce qui se passait au-dehors. Au moins ne s'agissait-il pas d'une attaque surprise des Turcs, se disait Andrej, tentant vainement de se tranquilliser. Le bruit avait cessé. Il crut entendre pleurer une femme au loin, sans en être tout à fait sûr.

La porte s'ouvrit à la volée sur l'un des villageois, un grand homme maigre aux cheveux noirs tombant sur ses épaules, qui, quelques instants plus tôt, riait encore de bon cœur aux anecdotes d'Abou Doun. Il était blême. Ses mains tremblaient et il avait l'air hagard, comme s'il venait de rencontrer le diable.

« Que s'est-il passé ? demanda l'un des hommes assis à la table.

— Miroslav », répondit l'homme aux cheveux noirs. Sa voix tremblait elle aussi. « Ils ont trouvé… la fille de Miroslav. »

Il referma la porte derrière lui, s'approcha à pas incertains et s'empara du premier gobelet à portée de main pour le vider d'un trait. La bière coula sur son menton et goutta sur sa chemise, mais il n'y prêta aucune attention.

« Que lui est-il arrivé ? Raconte ! »

L'homme reposa le gobelet sur la table et balaya l'assemblée du regard comme s'il ne reconnaissait plus les visages de ses amis. Il parut à Andrej qu'il regardait longuement Abou Doun.

« Morte, dit-il finalement. Elle est morte. »

Un silence total régna quelques secondes, puis le tumulte se déchaîna. Les hommes repoussèrent brutalement leurs chaises en vociférant. Certains quittèrent l'auberge en courant, les autres continuèrent de parler tous en même temps jusqu'à ce que l'homme qui avait questionné celui qui venait d'entrer leur intime sèchement le silence.

« Raconte ! » ordonna-t-il en tendant un deuxième gobelet de bière à l'homme aux cheveux noirs, qui l'accepta sans le boire.

« Il n'y a pas grand-chose à dire, répondit ce dernier, nerveux. On vient de la trouver près du portail. Elle a dû sortir, je ne sais pas pourquoi. » Il s'ébroua. « Je l'ai vue. C'était affreux. Quelqu'un lui a crevé les yeux et... »

Il se tut, mais son expression leur fit comprendre que ce n'était pas tout ce que l'enfant avait subi. Peut-être même pas le pire.

Il avala une gorgée de bière. « Terrible, marmonna-t-il. Elle a été proprement découpée. »

Andrej fit appel à toute sa maîtrise pour ne pas sursauter. Il tenta de capter le regard du pirate, mais Abou Doun n'avait d'yeux et d'oreilles que pour l'homme aux cheveux noirs. Son visage était neutre, ses traits comme figés.

Andrej sentit sur lui le regard d'un autre villageois. Il l'ignora tout d'abord, puis il se tourna vers l'homme avec une lenteur calculée et le regarda droit dans les yeux. L'expression qu'il y découvrit lui déplut.

« C'est horrible, n'est-ce pas ? » demanda-t-il.

L'homme acquiesça. « Oui. Rien de tel n'était jamais arrivé. Jusqu'à aujourd'hui.

— Que veux-tu dire ? questionna Andrej.

— Ce que je dis, rien de plus, répondit l'autre. Nous vivons ici en paix. Il n'y a pas de meurtriers chez nous. Jusqu'à aujourd'hui.

— Avant notre arrivée, c'est ça ? » s'immisça Abou Doun. Andrej se demanda s'il avait perdu la tête.

« Par exemple, oui.

— Ne dis pas de bêtises, Usked, l'interrompit l'homme aux cheveux noirs. Ils n'ont pas bougé d'ici. D'ailleurs, ça ne peut pas être l'œuvre d'un homme.

— Pourquoi pas ?

— Parce qu'aucun être humain ne serait capable de tant de cruauté, répondit l'homme aux cheveux noirs en frissonnant. Elle a été mise en pièces, son sang... »

Il chercha ses mots et secoua la tête derechef. « Non, c'était sûrement un animal, même si je ne vois pas lequel pourrait faire ça.

— Peut-être était-ce un sorcier, insista l'homme.

— Ça suffit, maintenant », lança l'aubergiste.

Il avait fait le tour du comptoir et s'était joint à eux. Il tenait un plein pichet de bière dans la main droite mais, loin de vouloir les servir, il paraissait se demander sur quel crâne il allait le fracasser.

« De la sorcellerie ! Foutaises ! Une enfant est morte et il n'est pas convenable de blasphémer ! » Il leva le pichet. « La dernière tournée. Après, vous rentrez chez vous.

— Il a raison, dit l'homme aux cheveux noirs. Il se fait tard, nous devrions aller dormir. Demain matin nous trouverons peut-être des traces et nous donnerons la chasse au monstre. »

Aucun des villageois n'avait plus soif et ils s'en allèrent les uns après les autres. Le dernier à quitter l'auberge fut Usked, qui dévisagea longuement Andrej et surtout Abou Doun d'un air soupçonneux.

L'aubergiste le suivit du regard en secouant la tête. « Je dois m'excuser pour lui, messires, dit-il. Vous êtes…

— C'est bon, l'interrompit Andrej. Ce qui est arrivé est horrible. Je ne lui en veux pas. Connaissais-tu l'enfant ?

— On se connaît tous, ici.

— Les soupçons se portent donc naturellement sur les seuls étrangers, ajouta Abou Doun. Heureusement que nous sommes restés ici à boire et à manger, sinon nous aurions des problèmes à l'heure qu'il est.

— Oui, répondit l'aubergiste. Mais vous étiez ici. »

Le ton qu'il employa parut déplaire à Abou Doun qui lui demanda :

« Tu ne crois quand même pas que nous sommes des mages ou des sorciers ? »

L'aubergiste hésita un tout petit peu trop longtemps avant de répondre. « Je ne sais pas ce que je dois croire. La sorcellerie existe peut-être, peut-être pas. Je sais seulement que vous étiez ici et que vous avez assez de témoins. » Il fit un pas en direction du comptoir, puis il s'arrêta. « Mais si je peux vous donner un conseil…

— Vas-y, l'encouragea Andrej.

— Vous avez fait la connaissance des habitants, dit l'aubergiste, mal à l'aise. Ils sont effrayés, en colère, et ce sont des gens simples. Ils vont chercher un coupable.

— Tu penses que nous ferions mieux de disparaître dès demain matin, conclut Andrej.

— Vous avez parlé de chevaux, continua l'aubergiste sans répondre. J'ai trois bêtes que je peux vous céder. Elles sont vieilles et pas vraiment habituées à être montées, mais elles vous mèneront jusqu'à Tandarei, à une journée d'ici. Je vous donne le nom de mon frère, il y possède une écurie. Vous y trouverez d'excellentes montures. Il vous fera un bon prix s'il apprend que vous venez de ma part.

— Tu nous confierais trois de tes chevaux ? demanda Abou Doun. N'est-ce pas un peu inconscient de ta part ?

— Ce sont de vieilles carnes, répondit l'aubergiste. Vous aurez de la chance si elles tiennent jusqu'à Tandarei. Donnez-moi ce que le boucher m'aurait payé. Mon frère vous déduira la somme.

— Voilà une offre équitable, à mon avis. » Abou Doun se leva. « À moins que chez vous les vieilles carnes ne valent leur pesant d'or.

— Bonne nuit, messires », se contenta de répondre l'aubergiste, sans se départir de son air préoccupé.

Andrej attendit qu'il ait disparu pour finir son gobelet de bière et se lever. « Il a hâte de nous voir partir, dirait-on.

— Je crois qu'il est sérieux, répondit Abou Doun. Tu penses à la même chose que moi ?

— Je ne sais pas, mentit Andrej. À quoi penses-tu ?

— Au lapin.

— C'est peut-être un hasard. Un animal féroce qui sévit dans la région. » Il haussa les épaules. « Qui sait ? il est possible que nous ayons une part de culpabilité dans l'affaire. Nous avons peut-être mené l'animal jusqu'ici à notre insu.

— Peut-être est-il des nôtres, hasarda Abou Doun.

— Que veux-tu dire ? demanda Andrej sèchement.

— Rien, répondit le pirate. C'était... juste une idée. Une mauvaise idée. Pardonne-moi. » Il fit un signe de tête vers l'escalier. « Monte te coucher.

— Et toi ?

— Je dormirai avec les chevaux. Cela me permettra de les examiner et de décider s'ils sont capables ou non de nous emmener jusqu'à Tandarei. »

Il quitta la salle sans ajouter un mot. Andrej monta l'escalier et entra dans la chambre qu'il avait louée. Elle était sombre, son unique fenêtre étroite était close et il y régnait un froid étonnant. Andrej ferma la porte aussi silencieusement que possible et s'immobilisa pour laisser à ses yeux le temps de s'habituer à l'obscurité.

La chambre était grande et vide, hormis trois lits d'une personne et une commode grossière. Frederic, habillé de pied en cap, dormait dans le lit du milieu.

Mais dormait-il vraiment ?

Andrej regarda une fois encore vers la fenêtre puis s'approcha sans bruit du lit de Frederic. L'enfant était couché en chien de fusil. Ses yeux étaient fermés, et sa respiration légère et régulière. Andrej tendit la main vers lui et la retira sans le toucher. Aucun doute n'était permis. Frederic dormait à poings fermés.

7

Ils se mirent en route le lendemain à l'aube. Les adieux furent courts et froids. L'aubergiste ne tentait plus de cacher qu'il était soulagé de les voir partir. Plusieurs villageois s'étaient déjà réunis près du portail, sans doute à la recherche de traces, ainsi que l'homme aux cheveux noirs l'avait proposé la veille. Andrej surveillait Frederic du coin de l'œil tandis qu'ils dépassaient la demi-douzaine d'hommes. Le garçon paraissait fatigué et il observa le petit groupe avec un mélange de curiosité enfantine et d'incompréhension. Andrej ne lui avait pas raconté ce qui s'était passé.

Les chevaux étaient de véritables haridelles tout juste bonnes pour l'abattoir. Les trois compagnons avançaient à peine plus vite que s'ils étaient allés à pied, mais leur voyage était plus confortable. Ils atteignirent Tandarei en fin d'après-midi et demandèrent leur chemin jusqu'à l'écurie du frère de l'aubergiste. Ils achetèrent de nouvelles montures et, lorsque l'homme apprit qui les avait envoyés, il leur indiqua une auberge où les étrangers étaient les bienvenus et où nul ne leur poserait de questions.

Ils reprirent la route le lendemain matin. Renseignements pris, Abou Doun avait établi qu'il fallait se rendre de Tandarei à Buzau, poursuivre vers l'ouest pour atteindre

Cimpina et enfin Brasov, avant de parvenir en Transylvanie, fief des guerriers du Dragon. Même avec de bons chevaux, le voyage durerait au moins une semaine. Néanmoins, cet itinéraire était plus sûr que la route directe, car il leur permettait de contourner la plupart des régions dans lesquelles ils risquaient de rencontrer les troupes du sultan Sélic.

Ils suivirent la route prévue pendant six jours, évitant autant que possible les villes et les villages. Ils dormaient dans de simples auberges de campagne ou encore dans des fermes lorsqu'ils trouvaient un paysan prêt à leur céder une grange pour la nuit. Quand Abou Doun se rendit compte qu'Andrej ne quittait pratiquement jamais Frederic des yeux, il ne fit pas une seule remarque, mais son silence était éloquent.

Plus ils progressaient vers l'ouest, plus la présence d'Abou Doun devenait problématique. Les habitants de ces contrées avaient peur des musulmans, beaucoup sans doute à raison, pensa Andrej, et presque tous les accueillaient avec crainte, voire avec haine. Il était de plus en plus difficile de trouver une explication plausible à la présence du géant noir. Parfois, seule la vue du cimeterre du pirate dissuadait les gens de dire ce qu'ils pensaient vraiment.

Ce fut pourtant Abou Doun qui leur sauva la vie au soir du sixième jour. Ils avaient quitté les environs de Kronstadt de bon matin, en direction de Sighisoara, et Andrej comptait atteindre Rettenbach avant le coucher du soleil. C'était leur dernière étape sur la route de Pietrosita où, selon Abou Doun, ils trouveraient une base de l'*Ordo draconis*, l'Ordre des guerriers du Dragon, non loin de la rivière Arges et de la citadelle de Poenari. Ils n'avaient rencontré que peu de monde, mais au fil des jours les rumeurs s'étaient intensifiées selon lesquelles des troupes turques écumaient la région. L'armée du sultan Sélic était encore à plusieurs jours de route, et Andrej ne croyait pas qu'elle parviendrait jusqu'à eux. Il ne s'intéressait pas particulièrement au cours de la guerre. Ses enjeux le dépassaient et ne le concernaient pas. Il était trop insignifiant pour attirer sur lui l'attention des puissants et, en fin de compte, il lui était égal de savoir quel drapeau flottait sur le pays. Les gens du peuple, avec les larmes et le sang desquels la guerre était menée, ne vivraient pas nécessairement plus mal sous le règne des Ottomans que sous la bannière des princes de Valachie, bien connus pour la cruauté de leur régime.

Il avait toutefois compris que la situation était critique pour les Valaques, qui risquaient de se faire broyer entre Hongrie et Turquie. Rien ne semblait pouvoir arrêter les envahisseurs ottomans, même s'ils ne sortaient pas vainqueurs de chacune de leurs batailles. Andrej doutait néanmoins de les rencontrer ici, car l'essentiel de leurs attaques se concentrait plus à l'ouest. Leurs cibles étaient Budapest et Vienne, puis le reste de l'Europe. Pas Pietrosita. Mais le danger subsistait de tomber sur des troupes séparées du reste de l'armée turque ou encore sur une patrouille envoyée en éclaireur par Sélic.

Si le terrain avait été aussi plat qu'à l'est, où leur voyage avait débuté, ils auraient eu une bonne chance de flairer le piège à temps et de l'éviter. En l'occurrence, ils ne sentirent le danger que lorsqu'il fut trop tard. Ils venaient de traverser l'une des collines escarpées, caractéristiques de la région, et sortaient de la forêt, chevauchant de front, quand ils tombèrent sur une douzaine de cavaliers.

Les hommes avaient mis pied à terre et s'affairaient à dresser un bivouac pour la nuit. Certains avaient appuyé leur lance contre les arbres et déposé leur cuirasse et leur bouclier. La plupart des chevaux étaient attachés les uns aux autres pour les empêcher de s'enfuir.

Andrej soupesa rapidement leurs chances de tourner bride et de fuir au galop. Elles n'étaient peut-être pas si mauvaises. Les soldats étaient au moins aussi surpris qu'eux, aucun n'était en selle et il leur faudrait un certain temps pour organiser la poursuite. Mais Abou Doun leva si vite la main qu'il n'eut pas le temps d'aller au bout de sa pensée. Le pirate siffla :

« Ne bougez pas et, au nom d'Allah, ne manifestez aucune crainte ! Je m'en occupe.

— Es-tu fou ? souffla Frederic. Il faut s'enfuir !

— Silence ! ordonna Abou Doun. Plus un mot ou nous sommes tous morts. »

Frederic parut comprendre la gravité de la situation car il n'ajouta rien. Abou Doun lui lança un dernier regard d'avertissement et se tourna vers le danger. Il leva lentement la main et dit quelques mots dans sa langue, sans obtenir de réponse.

Les soldats étrangers, vite remis de leur surprise, étaient maintenant prêts au combat. Cimeterre au clair, ils encerclèrent les trois voyageurs.

Andrej n'avait encore jamais vu aucun des soldats qui se répandaient du sud-est vers l'Europe en une marée irrépressible, mais il sut aussitôt qu'il avait affaire à des guerriers turcs. Ils n'étaient pas très grands. Leur visage aux traits acérés était basané, leurs cheveux noirs et leurs yeux plus sombres encore. Ils étaient armés de cimeterres, de lances et de boucliers ronds et étincelants. Certains portaient des casques pointus ornés de foulards rouges. Andrej ne vit nulle part le symbole haï du croissant de lune.

Instinctivement, sa main voulut se porter à son épée, mais il refréna son mouvement au dernier moment. Cela aurait sans doute été le dernier de sa vie.

Abou Doun répéta ses paroles et les accompagna d'un rire guttural. Cette fois, il obtint une réponse. Andrej n'en comprit pas le sens, mais le ton était loin d'être amical.

Abou Doun continua tout de même de rire, désigna tout d'abord Andrej, puis Frederic, et se laissa glisser de cheval.

« Descendez, ordonna-t-il. Faites comme si tout était normal. Tout va bien. »

Andrej en doutait. Les soldats turcs les observaient d'un air peu amène. Certains avaient baissé leurs armes, mais la plupart restaient menaçants. Andrej n'avait pas encore complètement mis pied à terre qu'un soldat s'approcha par l'arrière et lui retira l'épée de la ceinture.

« Que se passe-t-il ? demanda Frederic.

— Tais-toi ! » Abou Doun lui lança un regard furieux et leva la main comme s'il menaçait de le frapper. Il se retourna vers les soldats musulmans et fit de nouveau entendre son rire brutal.

« Il a raison, souffla Andrej. Tais-toi, Frederic, je t'en supplie ! Il va régler l'affaire.

— Régler l'affaire ? » La voix de l'enfant se fit stridente. « Tu es aveugle ? Il nous a attirés dans un piège ! Ils vont nous trancher la gorge ! »

Andrej n'eut pas le temps de répondre car Frederic et lui furent emmenés à quelques pas de distance et jetés à terre sans ménagements. Andrej s'attendait à ce qu'on les ligote, mais les Turcs y renoncèrent. Deux d'entre eux les menacèrent de leur lance et quelques autres restèrent à proximité, l'arme à la main.

« Dès le début, je ne lui ai jamais fait confiance, cracha Frederic. Tu verras ce que ta crédulité va te rapporter. »

Andrej garda le silence, priant pour que Frederic en fît autant. Si Abou Doun parlait le turc ou un autre idiome oriental avec les soldats aux yeux noirs, cela ne signifiait pas pour autant que ces derniers ne comprenaient pas leur langue.

Tandis qu'Abou Doun continuait de parlementer avec le chef de la patrouille, Andrej en profita pour examiner discrètement les soldats étrangers.

Il révisa son jugement un peu hâtif sur eux. Il en comptait presque deux douzaines et ils n'étaient pas en aussi mauvais état qu'il l'avait cru de prime abord. Loin d'être amaigris, ils étaient seulement plus petits et plus minces, ce qui ne les empêchait pas de paraître très coriaces. Leurs vêtements étaient déchirés et reprisés en de nombreux endroits, mais leurs armes étaient en parfait état. Certains d'entre eux arboraient des bandages récents. Andrej supposa qu'ils avaient livré bataille peu de temps auparavant.

Une éternité parut s'écouler jusqu'à ce qu'Abou Doun les rejoigne. Il avait le sourire, mais Andrej avait depuis longtemps compris que cela ne voulait strictement rien dire chez le marchand d'esclaves.

« Alors ? demanda-t-il.

— Tout est arrangé, le rassura Abou Doun. Ne vous inquiétez pas.

— Pour toi ou pour nous ?

— Tout est arrangé, répéta Abou Doun. Il me croit. L'essentiel, pour vous, c'est de jouer le jeu. Faisons comme nous l'avions décidé. Vous êtes mes esclaves. Nous cherchons à rejoindre l'armée de Sélic, car je souhaite m'engager comme éclaireur et interprète.

— Et ils ont avalé ça ? » Frederic renifla avec mépris. « C'est drôle, moi, je ne te crois pas. »

Abou Doun l'ignora. « Nous avons tout de même un problème, poursuivit-il. Ces hommes font route vers l'armée du sultan, qui se trouve à deux jours de marche d'ici.

— Et ils ont proposé que nous les accompagnions, supposa Andrej.

— Proposé… » Abou Doun hocha la tête. « Oui, on peut le dire comme ça.

— Belle preuve de confiance de leur part, persifla Andrej.

— Aucune importance, lança Abou Doun. Pour le moment, en tout cas, ils ne sont pas nos ennemis. Le reste viendra de lui-même.

— Nous devons nous enfuir, siffla Frederic.

— Nous devons surtout garder notre sang-froid, rétorqua le pirate. Et être prudents. Je ne suis pas sûr qu'aucun d'eux ne comprend votre langue.

— Mais il a raison, dit Andrej. Nous ne devons en aucun cas…

— J'en suis conscient, l'interrompit Abou Doun. Nous atteindrons l'armée de Sélic au plus tôt dans deux jours, ça nous laisse un peu de temps. Ne faites rien de stupide. Ils me croient, ce qui ne veut pas dire qu'ils me font une confiance aveugle. Nous devons attendre une occasion favorable.

— Et pourquoi devrions-nous te faire confiance ? » demanda Frederic d'un ton rogue.

Abou Doun regarda l'enfant d'un air navré et se tourna vers Andrej, attendant manifestement une réaction de sa part. Mais Andrej garda le silence.

Même si cette pensée l'attristait, Frederic avait raison. Au cours des derniers jours de voyage commun, il avait fini par oublier qui Abou Doun était réellement : un pirate, un marchand d'esclaves et, surtout, un musulman. Pour lui, l'armée de Sélic représentait la patrie et la sécurité.

« Je comprends », dit Abou Doun au bout d'un moment, d'un air froissé. Puis son grand sourire habituel fit étinceler ses dents d'une blancheur surnaturelle. « Je te comprends vraiment. À ta place, je ne réagirais sans doute pas autrement. Puis-je compter que nous nous en tiendrons à ce qui était convenu ? Tu es mon serviteur et mon garde du corps... il a bien fallu que j'invente pour justifier ton épée. »

Andrej n'avait guère le choix. Il hocha la tête.

« Et moi ? » demanda Frederic.

Abou Doun le regarda d'un air pensif. « Mon garçon de joie ? » proposa-t-il finalement.

Le visage de Frederic se tordit de colère et Andrej intervint aussitôt : « Disons que c'est mon fils. Nous avons l'habitude de nous présenter ainsi.

— Si c'est ton fils, je n'ai pas envie de connaître la mère, soupira Abou Doun, mais soit. Surtout, gardez la tête froide. Nous avons du temps. »

Il fit un signe aux hommes qui surveillaient Frederic et Andrej. Il n'échappa pas à ce dernier qu'ils lancèrent un regard interrogateur à leur chef, attendant son ordre pour baisser leurs armes. Au bout de quelques instants, Andrej s'enhardit et se leva lentement. Nul ne l'en empêcha, mais les deux soldats qui le surveillaient lui emboîtèrent le pas lorsqu'il rejoignit Abou Doun.

L'homme avec qui le pirate avait parlementé le regarda approcher avec une attention mêlée de méfiance. Son visage, qui ne laissait rien paraître de ses sentiments, était néanmoins ouvert. Il fixa Andrej assez longtemps pour le mettre mal à l'aise, puis il posa les yeux sur Abou Doun pour lui adresser une question soulignée d'un mouvement compliqué de la main. Abou Doun répondit et se tourna vers Andrej.

« Il dit que tu n'as pas l'air d'être mon garde du corps », traduisit Abou Doun.

Andrej ébaucha un sourire. Il comprenait les réticences du Turc : Abou Doun était beaucoup plus grand que lui et son visage d'ébène le faisait paraître plus menaçant encore. En les voyant l'un à côté de l'autre, on aurait pu penser qu'Abou Doun était le garde du corps d'Andrej, et non l'inverse.

« Et alors ? demanda-t-il enfin.

— Il veut que tu le prouves, dit Abou Doun.

— Que je le prouve ? Comment ? »

Cette exigence était plus qu'inquiétante. Avant qu'Abou Doun ait pu répondre, le commandant turc rendit son arme à Andrej, dégaina sa propre épée et le défia d'un signe de tête.

« Que veut-il ? demanda Andrej.

— Il veut que tu l'affrontes, répondit Abou Doun. Tu dois lui prouver que tu es vraiment mon garde du corps.

— Je ne me bats pas pour le plaisir, rétorqua Andrej. Je ne l'ai jamais fait.

— Alors il est temps de t'y mettre. Si tu refuses, les autres te tomberont dessus. Et ils ne feront pas semblant. »

Andrej garda le silence. Abou Doun avait raison. Il aurait été naïf de croire qu'un homme tel que le commandant de la patrouille turque ferait confiance à un inconnu rencontré au beau milieu du territoire ennemi, de surcroît accompagné de deux infidèles. Mais il répugnait à affronter cet homme. Andrej ne doutait pas de l'emporter : il n'avait que rarement rencontré son égal ou son maître à l'épée. Le problème était tout autre. Il ne devait pas blesser l'homme trop grièvement, tout en évitant d'être touché lui-même. Il ne pouvait pas même se permettre une égratignure. Les habitants du village qu'ils avaient traversé une semaine plus tôt ne croyaient pas à la sorcellerie, mais il en irait autrement avec ces païens. Si les soldats s'apercevaient que ses blessures guérissaient en quelques secondes, ils prendraient tous leurs armes pour tester son invulnérabilité.

« Qu'il en soit ainsi », dit-il à contrecœur. Il recula d'un pas et leva son épée. « Mais je ne veux pas le blesser. Le combat s'arrête dès que l'un de nous est désarmé. »

Abou Doun comprit son dilemme. Il traduisit les paroles d'Andrej et le Turc acquiesça. Il leva son cimeterre et fit un geste impérieux de sa main libre. Aussitôt, ses guerriers formèrent autour d'eux un cercle d'environ cinq mètres de diamètre. Puis il se lança à l'assaut sans autre forme de procès.

Andrej sut aussitôt qu'il avait affaire à un adversaire de taille. L'homme avait du talent. Pas autant que lui, mais il était doué, et surtout il était déterminé à ne pas perdre la face devant ses hommes. Andrej para ses premiers assauts en feignant la difficulté pour se faire une meilleure idée de sa puissance et de sa rapidité, puis il le repoussa et se concentra pour une attaque définitive.

Le Turc était plus fort qu'il ne l'avait cru. Andrej ne parvint pas à lui faire lâcher son épée, mais il savait combien le coup qu'il venait d'assener était douloureux. L'homme tituba en arrière, le visage crispé par la souffrance. Exploitant son avantage, Andrej fondit sur lui, le frappa au genou gauche et acheva de le déséquilibrer. Le soldat s'effondra et Andrej fut sur lui en un seul pas. Son épée vint appuyer sur la main qui tenait le cimeterre, sans toutefois la blesser.

Le Turc se raidit. Ses yeux s'écarquillèrent en un mélange d'incrédulité et d'effroi.

« Il devrait lâcher son arme, dit Andrej. Avant que je ne la lui prenne des mains. Dis-le-lui. »

Abou Doun traduisit fidèlement (il l'espérait en tout cas) et le Turc hésita le temps d'un battement de cœur avant de lâcher son cimeterre, au grand soulagement d'Andrej.

Il recula d'un pas, rengaina son épée et tendit la main pour aider le guerrier à se relever. Le Turc contempla un moment la main tendue comme s'il ne savait pas qu'en faire, puis il la saisit et se laissa remettre sur pied. Les commissures de ses lèvres frémirent lorsqu'il s'appuya sur sa jambe blessée, mais son expression avait changé du tout au tout. Il adressa quelques mots à Andrej en riant quand, soudain, un carreau d'arbalète, tiré depuis le bois derrière eux, vint se ficher en sifflant au milieu de son front. Et ce fut l'enfer.

Tandis qu'Andrej pivotait à la vitesse de l'éclair en dégainant de nouveau son épée, d'autres carreaux et flèches furent tirés. Un groupe d'hommes en habits sombres jaillit du sous-bois, assaillant les Turcs sidérés à coups de lances, d'épées et de haches. Près de la moitié des hommes succombèrent sous ce premier assaut, avant que le reste de la patrouille ne se ressaisisse et n'organise sa défense.

Andrej resta immobile, l'épée à la main, pendant deux bonnes secondes, sans que nul ne fasse attention à lui, puis deux ennemis l'attaquèrent en même temps. Il para l'assaut du premier d'un mouvement réflexe, le repoussant violemment sans toutefois le blesser, et infligea une profonde blessure au bras du second, qui laissa aussitôt tomber son arme. Autour de lui, tout ne fut bientôt que corps à corps, cris de douleur ou de rage, armes étincelantes, et il n'eut plus le temps de réfléchir. Il contrait, parait, se fendait, reculait, attaquait sans relâche, sans savoir ni contre qui ni pourquoi il luttait. Abou Doun était à ses côtés et combattait aussi farouchement que lui, sinon davantage, car il était assailli non seulement par les attaquants surprise, mais aussi par les Turcs de la patrouille qui le tenaient sans doute pour un traître.

Le pirate était en mauvaise posture. Il se battait vaillamment, mais il devait faire face à trois adversaires à la fois et ne tarderait pas à succomber sous le nombre. Il perdait déjà du sang d'une profonde entaille au bras.

Andrej se tailla littéralement un chemin jusqu'à lui et l'atteignit au moment précis où il allait être terrassé. Abou Doun avait réussi, par miracle, à repousser deux de ses adversaires d'un seul coup de son cimeterre mais, ce faisant, prêtait le flanc au troisième. Ce dernier saisit l'avantage et tenta de lui assener un coup mortel en plein cœur. Andrej fit dévier la lame au dernier moment, déchirant l'habit d'Abou Doun au passage. Il repoussa l'homme d'un violent coup de pied et se plaça derrière le pirate. Ils luttaient dos à dos, mais les perspectives étaient sombres.

Subitement, Andrej comprit qu'ils étaient perdus. Quelle que soit l'issue du combat, Abou Doun et lui seraient les ennemis des vainqueurs.

Il n'aurait su dire qui allait l'emporter. Les assaillants avaient l'avantage du nombre et leur attaque surprise avait fait subir de lourdes pertes aux Turcs, mais ces derniers étaient des soldats aguerris et habiles, capables d'en découdre avec deux, parfois trois adversaires à la fois. Celui qui avait préparé cette embuscade ne s'était pas montré très adroit.

Et, soudain, tout bascula.

Andrej vit l'un des soldats turcs s'effondrer, le crâne enfoncé.

Derrière lui, une gigantesque silhouette surgit de la forêt. Son armure rouge sang était hérissée de piques et d'épines métalliques. Le géant tenait dans la main droite une étoile du matin à trois boules. Ce n'était peut-être pas l'arme la plus efficace qui soit, mais c'était incontestablement la plus effrayante.

Andrej fixait du regard la visière de l'armure rouge.

Le chevalier du Dragon. L'homme qui avait coulé le bateau d'Abou Doun et anéanti toute sa famille.

« Toi ! » haleta Andrej. Puis il répéta d'une voix stridente : *« Toi ! »*

Plus rien ne comptait à ses yeux. La bataille et les combattants perdirent toute importance. Il n'y avait plus que le chevalier du Dragon, le meurtrier des siens, l'homme qu'il voulait voir mourir.

« Toi ! hurla Andrej une troisième fois. *Tu es à moi ! Prépare-toi ! »*

Le chevalier tourna la tête vers lui d'un mouvement serpentin. Un soldat turc l'attaqua. Il le jeta à terre d'un seul geste de son gant hérissé de piques, brandit son effroyable étoile du matin et adressa à Andrej un signe plein de morgue par lequel il acceptait le défi.

Andrej se précipita vers lui sans que nul ne tente de le retenir. En dépit de la bataille qui faisait rage, les hommes avaient peut-être compris ce qui se passait entre lui et le chevalier du Dragon, à moins que ce ne fût l'expression de son visage qui les fit reculer.

Le chevalier à l'armure rouge leva plus haut encore son étoile du matin et Andrej lui assena un coup furieux sur le bras pour le désarmer.

Il avait sous-estimé son adversaire. Le chevalier ignora son assaut, comptant – à raison ! – sur la solidité de son armure, et le frappa du bras gauche protégé par son gant clouté.

Le coup d'Andrej avait quand même dû lui paralyser le bras car il laissa soudain tomber l'étoile du matin et recula en titubant, mais sa propre offensive avait eu le temps d'atteindre son but avec un effet dévastateur. Andrej tomba à genoux. Une douleur atroce explosa dans son ventre lorsque les piques de dix centimètres de long s'enfoncèrent dans sa chair, et il sentit toute force l'abandonner d'un seul coup. Il lâcha son épée, bascula vers l'avant et vomit du sang mêlé de salive. Du coin de l'œil, il vit le chevalier du Dragon recouvrer son équilibre et se pencher pour ramasser son arme.

Mais autre chose dans son champ de vision lui fit momentanément oublier son adversaire.

Frederic, armé d'une épée sans doute récupérée sur le cadavre d'un soldat, s'élança, esquiva la lance d'un guerrier turc et lui infligea une sévère blessure au mollet. L'homme hurla de douleur et de rage, pivota sur lui-même et frappa Frederic dans le dos du plat de sa lance. L'enfant s'étala, les bras tendus en avant, et lâcha son arme. Le Turc acheva son geste, redressa la lance et l'enfonça entre les omoplates du garçon.

Andrej cria comme si la pointe assassine avait transpercé sa propre chair, bondit sur le Turc, le jeta à terre, arracha la lance du dos de Frederic et s'en servit pour tuer l'homme. Puis il se laissa tomber à côté de l'enfant et le retourna.

Frederic était conscient, mais il souffrait et des larmes roulaient sur son visage. Sa plaie à la poitrine ne s'était pas encore refermée, mais elle avait déjà cessé de saigner. La lance avait manqué le cœur. La blessure n'était pas mortelle.

« Efforce-toi de te détendre, lui souffla Andrej. N'essaie pas de résister ! Laisse ton corps faire le travail. »

Il ne savait pas si Frederic l'avait entendu et il n'avait plus le temps de s'occuper de lui. Le chevalier du Dragon n'avait pas profité de l'occasion pour achever sa tâche. Le combat était loin d'être terminé et Andrej dut faire face à un nouvel assaut. Un soldat turc, cette fois.

Désarmé, il se laissa tomber sur le côté, entendit une lame fendre l'air au-dessus de sa tête et croisa instinctivement les bras devant le visage lorsque le soldat le frappa de son écu.

Son mouvement défensif arriva trop tard. Durement touché, Andrej bascula en arrière, ce qui ne l'empêcha pas de tendre les bras en avant pour se saisir du bouclier. Il déséquilibra son adversaire d'une rude secousse, le fit voler au-dessus de lui et se servit de l'élan pour se redresser d'une roulade. Avant même que le Turc n'ait touché le sol, Andrej était sur lui, lui arrachait son épée et la lui enfonçait dans le cœur.

Un coup violent l'atteignit dans le dos. Il trébucha, retrouva l'équilibre et pivota sur lui-même. Un nouvel ennemi lui faisait face. Il sentit le sang couler dans ses reins, mais la blessure était superficielle. Andrej passa à l'attaque sans hésiter, avec une violence inouïe. Surpris, le guerrier parvint à esquiver, mais il dut reculer, puis il trébucha sur un obstacle et tomba en arrière en agitant vainement les bras.

Lorsqu'il toucha le sol, Frederic se jeta sur lui.

Tout alla si vite qu'Andrej ne put le retenir.

Frederic s'abattit sur le guerrier à terre, le plaqua de toutes ses forces sur le sol et planta ses dents dans sa gorge. Le Turc hurla de douleur et se cabra, tentant vainement de se dégager. Les dents de Frederic déchirèrent sa pomme d'Adam et sa jugulaire en quelques secondes. Le cri de l'homme se perdit en un gargouillement affreux, tandis que ses membres étaient pris de tremblements incontrôlés.

Frederic ne cessa pas pour autant. Il enfouit son visage plus loin encore dans la gorge du mourant et ses doigts, transformés en serres, tâtonnèrent à la recherche de ses yeux. Il se mit à boire le sang de l'homme.

Andrej sortit enfin de sa transe, laissa tomber l'épée qu'il avait ramassée, se précipita en avant et arracha Frederic à sa victime. L'enfant se défendit comme un possédé, criant et essayant de le frapper. Il offrait un spectacle effrayant. Sa bouche était maculée de sang, même ses dents étaient rouges de l'élixir de vie volé à sa victime. Dans ses yeux brûlait un feu pire que la folie.

Andrej le secoua aussi durement qu'il put. « Frederic ! cria-t-il. Arrête ! Au nom de Dieu, *arrête* ! »

Loin d'obéir, l'enfant se débattit de plus belle et faillit réussir à lui échapper. Andrej n'avait plus le choix. Il l'assomma d'un coup de poing au visage. Frederic s'affaissa aussitôt dans ses bras. Andrej le laissa glisser doucement à terre et se redressa.

La bataille était terminée. Ici ou là, des hommes combattaient encore, mais les assaillants l'avaient emporté. Les rares soldats turcs encore en vie et pas trop gravement blessés tentaient maintenant de se débarrasser de leurs adversaires pour prendre la fuite. Le chevalier du Dragon, quant à lui, avait cessé de se battre. À quelque distance de là, il fixait Andrej du regard. Ce dernier comprit qu'il avait dû être témoin, lui aussi, de la scène abominable avec Frederic.

Saisissant son épée, il fit un pas en direction du chevalier mystérieux et le provoqua d'un geste de la main. Il était temps de finir ce qu'ils avaient commencé.

Le chevalier du Dragon hocha la tête.

Mais ce n'était pas pour accepter le défi d'Andrej. Comment avait-il pu croire que cet homme combattrait à la loyale ?

Andrej eut le temps d'entendre un bruit dans son dos, mais pas celui de se retourner. Un coup violent l'atteignit à l'arrière du crâne et lui fit perdre connaissance.

8

Lorsqu'il revint à lui, ses mains et ses pieds étaient liés. Il était allongé sur le ventre, en travers de la selle d'un cheval ou d'une mule, à en juger par le balancement qui le secouait. Un sac de toile sur la tête l'aveuglait et l'empêchait de respirer librement.

Au moins était-il capable d'entendre. Des bruits de sabots, de nombreuses voix humaines, le brouhaha caractéristique d'un cortège à cheval, parfois un mot qu'il comprenait. Les différents idiomes qu'il entendait autour de lui lui donnaient une indication sur la composition de la troupe qui avait assailli la patrouille turque.

Andrej eut l'impression qu'une éternité s'écoulait ainsi, mais il savait aussi combien la notion du temps pouvait être relative.

Il perçut soudain un changement. La troupe ralentit et les sons autour de lui se modifièrent. Les sabots des chevaux résonnaient maintenant comme si le bruit se réverbérait contre des murs en pierre. D'autres bruits lui révélèrent qu'ils avaient atteint une ville ou peut-être une place forte. Ils s'arrêtèrent peu après. Andrej fut descendu de cheval et mis sur pied sans ménagements. Quelqu'un sectionna la corde qui lui entravait les chevilles. Il pouvait marcher, mais toute tentative de fuite était impossible. Deux hommes au moins le tenaient par les bras et il ignorait combien d'autres les entouraient.

Andrej reçut une série de bourrades qui le firent avancer jusqu'à une maison. On lui fit descendre un escalier raide et il se retrouva dans une pièce froide qui sentait le renfermé. Une lueur sombre et rougeâtre perçait la toile grossière du sac qu'il portait sur la tête. Il entendit un tintement métallique. Les liens qui retenaient ses poignets furent tranchés à leur tour, mais ses bras aussitôt saisis par deux paires de mains robustes. Il sentit la pierre froide d'un mur dans son dos. Ses poignets furent attachés au-dessus de sa tête par des menottes en fer. Alors seulement, ses geôliers lui enlevèrent le sac de la tête.

Andrej cligna plusieurs fois des yeux. Non loin de son visage brûlait une torche dont la lumière, désagréablement forte, l'aveugla pendant quelques instants.

Il constata néanmoins que ses déductions étaient correctes. Il se trouvait dans une basse cave voûtée, dont les murs se composaient de pierres grossièrement taillées. Le sol était recouvert de paille à l'odeur nauséabonde. Une étroite fenêtre, située en hauteur, juste sous le plafond, ne laissait pas entrer la lumière du jour. Trois autres hommes se tenaient avec lui : deux des soldats dépenaillés qui avaient attaqué la patrouille turque et le chevalier du Dragon. Il se tenait à quelques pas et l'observait avec insistance à travers la fente de son masque étrange.

Andrej entendit un léger gémissement et, en tournant la tête vers la gauche, découvrit un nouvel occupant du cachot : Abou Doun était enchaîné au mur à côté de lui. Il offrait un spectacle pitoyable. À moitié inconscient, il ne tenait debout que par les menottes qui lui enserraient les poignets. L'état de son visage prouvait qu'il avait été brutalement battu.

« Disposez ! »

Le chevalier du Dragon fit un geste impérieux de la main et les deux soldats sortirent de la cave avec précipitation. Andrej eut l'impression qu'ils fuyaient la proximité de leur maître.

Le mystérieux chevalier fit quelques pas vers lui. Il avait remplacé l'étoile du matin par une épée à lame dentée qu'il portait à la ceinture, une arme qui semblait avoir été faite pour infliger un paroxysme de souffrance. Dans le rougeoiement vacillant de la torche, son armure paraissait avoir été plongée dans le sang. Le chevalier observa Andrej pendant quelques instants, puis il s'approcha lentement d'Abou Doun et lui souleva le menton d'une main. Le pirate gémit et essaya d'ouvrir les yeux, mais ses paupières étaient trop gonflées.

Le chevalier lâcha le menton d'Abou Doun, se plaça devant Andrej et leva une nouvelle fois la main. Andrej se doutait de ce qui allait arriver, mais il ne tenta pas de se défendre ou de tourner la tête. Toute résistance eût été vaine, et il refusait de montrer sa peur à son ennemi.

Le chevalier tourna lentement la main. Andrej serra les dents lorsque l'une des pointes acérées qui ornaient le dos de son gant lui entailla la joue. Du sang chaud se répandit sur son visage. Le chevalier retira sa main, attendit un moment et essuya le sang de la joue d'Andrej. Les yeux derrière la fente du masque s'écarquillèrent.

« C'est donc vrai, dit-il. Je ne me suis pas trompé. » Il retourna auprès d'Abou Doun et lui fit subir le même sort. Le pirate grogna de douleur, mais il n'avait même plus la force de tourner la tête.

« Non, constata le chevalier. Ça ne marche pas chez celui-là.

— Pourquoi fais-tu cela ? demanda Andrej. Ça t'amuse de torturer les gens ?

— Oui, répondit le chevalier. C'est même mon plus grand plaisir. Mais je ne suis pas sûr que vous soyez des êtres humains. » Il s'approcha de nouveau d'Andrej. « Le Maure en est un, en tout cas, mais toi, qui es-tu ?

— Détache-moi et donne-moi une arme, tu verras bien, gronda Andrej. Ou contente-toi de me détacher, ça devrait suffire. »

Le chevalier eut un rire méprisant. « Il n'en est pas question. Mais je te donne ma parole que je n'essaierai pas de t'empêcher de te libérer par tes propres moyens. As-tu déjà vu un renard pris au piège ? Certains se rognent la patte pour retrouver la liberté. Je me demande si tu en serais capable. Et si ta main repousserait.

— Je vois que tu es un homme d'une grande bravoure, persifla Andrej. Il faut du courage pour se moquer d'un ennemi sans défense enchaîné à un mur.

— Je suis courageux mais pas stupide, répondit le chevalier. Quelle chance aurais-je contre un homme qu'on ne peut blesser ? »

Andrej rit à son tour, bien qu'il n'en eût aucune envie. « Tu veux me torturer ? Ça ne t'avancerait à rien.

— Mais au contraire, ça me simplifierait la vie. Ces bons à rien de paysans ne supportent pas grand-chose. Il me faut sans cesse de nouveaux sujets et, par les temps qui courent, il n'est pas facile de renouveler le cheptel. À toi tout seul, tu résoudrais mon problème pour un bon moment. Je pourrais m'amuser longtemps avec toi. Très longtemps.

— Cherches-tu à m'impressionner ? demanda Andrej.

— Non, répondit le chevalier. Je te rendrai une nouvelle visite demain. Ça te laissera le temps de méditer mes paroles.

— Quelles paroles ? Tu n'as encore rien dit.

— Ton secret. Je veux que tu me l'apprennes. »

Andrej ricana. « Tu dois être dément pour penser que je confierais un tel secret à un monstre comme toi… même si je le pouvais.

— Dément… qui sait ? Mais, pour toi, ça ne fera aucune différence, tu parleras, d'une manière ou d'une autre. Je vais te faire une proposition généreuse. Je te promets une mort rapide et sans douleur si tu parles. Si tu te tais, elle durera des jours ou des semaines.

— Tu as vraiment l'intention de me torturer ? » Andrej se força à prendre un air moqueur. « Ne sois pas ridicule.

— Qui parle de toi ? demanda le chevalier. Que dirais-tu de lui ? » Il tendit la main vers Abou Doun. « Je viens d'apprendre de son peuple de nouvelles façons exquises de donner la mort et je les essaierais bien sur lui. À toi de choisir… Et, bien sûr, il te faudrait assister au spectacle. Par ailleurs, t'es-tu déjà demandé où était passé ton jeune ami ?

— Frederic ? laissa échapper Andrej. Que lui as-tu fait ?

— Frederic, c'est donc ainsi qu'il s'appelle. Pour répondre à ta question : je ne lui ai rien fait. Il va bien. Pour le moment.

— Si tu t'en prends à lui…

— … tu reviendras de l'enfer pour me tuer, oui, oui, je sais, l'interrompit le chevalier. C'est toi qui décides.

— Je ne peux pas te donner ce que tu veux, dit Andrej. Ce n'est pas une chose qui s'apprend.

— Dans ce cas, permets-moi au moins de satisfaire ma soif de connaissance, lança le chevalier d'un ton ironique. Tu as la nuit devant toi pour y réfléchir. Tu excuseras la simplicité de ton hébergement, mais nous sommes en guerre et il nous faut parfois renoncer au luxe habituel. S'il te faut quelque chose, n'hésite pas à sonner le domestique. » Il éclata de rire, tourna les talons et sortit. La cellule n'avait pas de porte et Andrej entendit le bruit de ses pas décroître sur les marches.

Il ne resta pas seul bien longtemps. Quelques instants à peine s'étaient écoulés quand il entendit de nouveau des pas. L'un des soldats était revenu. Il lui lança un bref regard, s'approcha d'Abou Doun et lui releva la tête. Il eut un mouvement de recul en découvrant le visage tuméfié du pirate.

« Dieu du ciel, murmura-t-il, ébranlé. Quel… animal !

— Tu n'as pas peur que ton maître t'entende ? questionna Andrej.

— Tsepech ?

— C'est son nom ? Le chevalier du Dragon ?

— Prince Vladimir Draculea, confirma le soldat. Mais on le surnomme Tsepech. Tu peux l'appeler par ce nom, ça ne le gêne pas. Je crois même qu'il apprécie. Il veut qu'on le craigne. » Il fit un signe de tête vers Abou Doun. « C'est un de tes amis ?

— Oui, répondit Andrej. Même si c'est un Arabe.

— Nous sommes ici dans les Balkans, alors tout le monde a un peu de sang oriental dans ses veines. Même Tsepech, mais il vaut mieux éviter d'en parler devant lui. Ça pourrait le mettre en colère. » Il pencha la tête. « Je m'appelle Vlad. Et toi ?

— Andrej. Vlad ?

— Vladimir en réalité, répondit l'homme en haussant les épaules. Mais depuis que Draculea règne sur la forteresse de Vaïks, la Valachie et toute la Transylvanie, ce nom n'est plus très apprécié. Ne t'en fais pas, je n'ai aucun autre point commun avec lui.

— À part celui d'être à son service.

— La seule alternative serait de lui servir de jouet. » Vlad grimaça. « D'où venez-vous donc pour en savoir aussi peu sur lui ? Sa réputation n'est pourtant plus à faire.

— D'assez loin, répondit vaguement Andrej.

— Je comprends, dit Vlad en hochant la tête. Tu ne veux pas en parler. Ça ne me regarde pas, d'ailleurs. As-tu besoin de quelque chose ? Je peux t'apporter de l'eau ou un morceau de pain.

— Un médecin pour Abou Doun serait une bonne idée.

— C'est impossible, si Draculea l'apprenait… » Il secoua la tête.

Andrej prit le temps de détailler Vlad. C'était un homme d'âge indéterminé, au visage anguleux et dur, et aux yeux noirs. Un peu plus grand qu'Andrej, il était aussi bien plus mince. Son regard éveillé trahissait une intelligence plus affûtée que sa mise dépenaillée et son attitude ne le laissaient soupçonner. Andrej ne lui faisait pas confiance – comment l'aurait-il pu ? – mais il se garda de le ranger trop vite parmi ses ennemis. La distance séparant une saine prudence et une méfiance maladive était très mince.

« Peut-être pourrais-tu vraiment faire quelque chose pour moi, dit-il. Il y avait un enfant avec nous. Il s'appelle Frederic. J'aimerais savoir ce qui lui est arrivé.

— Je ne poserai pas de questions, répondit Vlad. On y perd trop vite sa langue. Mais je resterai à l'écoute. J'apprendrai peut-être ce qu'il en est.

— Merci, dit Andrej. Et une gorgée d'eau ne me ferait pas de mal, finalement. »

9

Vlad revint quelque temps plus tard avec de l'eau et un petit morceau de pain. Après son passage, les captifs restèrent seuls toute la nuit. Andrej s'endormit, mais la douleur occasionnée par ses liens le réveilla fréquemment. Ses poignets le faisaient abominablement souffrir, tandis que les muscles tétanisés de ses épaules et de ses bras étaient comme endoloris. Il n'osait même pas imaginer les souffrances d'Abou Doun.

Toute la nuit, le pirate fut en proie à une forte fièvre qui le fit délirer dans sa langue maternelle, mais quand les premières lueurs de l'aube éclairèrent la petite fenêtre au-dessus de leurs têtes, il émergea de ses cauchemars. Ses yeux étaient assombris par la douleur et son visage plus gris que noir. Au moins paraissait-il avoir surmonté sa fièvre.

« Sorcier, murmura-t-il. J'aimerais pouvoir dire que je me réjouis de te voir, mais ce serait un mensonge. » Il parlait si indistinctement, en raison de ses lèvres gonflées, qu'Andrej eut de la peine à le comprendre. Les dents du pirate étaient rouges de son sang coagulé.

« Moi, je me réjouis de te voir encore en vie, répondit Andrej.

— Et tu te demandes sûrement pourquoi, marmonna Abou Doun. Si tu connais la réponse, merci de me la donner. Je n'ai encore jamais entendu dire que Tsepech avait laissé la vie sauve à un musulman. Et si c'était le cas, ce dernier aurait certainement souhaité la mort. »

Il tenta de se redresser et ahana de douleur quand le fer des menottes mordit dans la chair à vif de ses poignets.

« Tu savais donc de qui il s'agissait, constata Andrej.

— J'ai entendu parler de lui, émit Abou Doun dans un gémissement. L'ange noir est le pire des chevaliers du Dragon. Mais j'ignorais que c'était lui. Il paraît que peu de gens connaissent son visage.

— Alors comment sais-tu…

— Parce que je ne suis pas sourd, l'interrompit Abou Doun. Vous avez parlé assez fort.

— Tu faisais semblant d'être inconscient ?

— Ça m'a semblé une bonne idée. Il n'est pas amusant de torturer un homme qui ne sent pas la douleur. Je ne suis pas très brave, te l'avais-je déjà dit ?

— Tu es un menteur. »

Abou Doun essaya de nouveau de changer de position. Avec succès, cette fois. « J'espère que tu accepteras de réviser ton opinion. Pour ma part, je ne suis pas pressé de faire connaissance avec l'inventivité de Draculea.

— Tu crois vraiment qu'il te laisserait la vie ? demanda Andrej. Ou qu'il tiendrait parole ?

— Non », concéda Abou Doun après une courte réflexion. Il grimaça un sourire. « Si tu es vraiment un sorcier, c'est le moment de nous montrer quelques-uns de tes tours.

— Si je savais faire de la magie, nous ne serions pas ici.

— Oui, c'est ce que je craignais, soupira Abou Doun. Alors que faire ?

— Attendre, répondit Andrej. À moins que tu n'aies une meilleure idée.

— Non. Qu'ai-je donc fait à Allah pour qu'il me punisse ainsi ?

— Je pourrais te l'expliquer, mais j'aurais peur de manquer de temps. » Andrej remua doucement les mains. La souffrance était intolérable mais, contre toute attente, ses doigts lui obéirent. Il testa la résistance de sa chaîne et comprit aussitôt qu'il s'agitait en vain. Elle était assez forte pour retenir un taureau en colère.

« Ça ne sert à rien, dit Abou Doun. Draculea sait de quoi tu es capable, ainsi que le garçon. D'ailleurs, je l'ai vu, moi aussi. »

Andrej se tut, bien qu'il eût compris le message contenu dans cette remarque d'apparence anodine.

« Ne me laisse pas mourir sans savoir, sorcier, ajouta Abou Doun au bout d'un moment. Raconte-moi. Tu me dois bien ça.

— Tu ne vas pas mourir, lança Andrej. Et je ne te dois rien.

— On pourrait discuter longtemps de l'une de ces affirmations, rétorqua Abou Doun. Alors ?

— Je ne peux pas, avoua Andrej. Crois-moi. Moi-même, j'ignore ce secret. Je me suis réveillé un jour et… et c'était comme ça. » Il hésita un instant. « Malthus… le chevalier d'or que j'ai tué, m'a donné quelques informations. Mais je ne sais pas si c'est la vérité.

— Je l'ai vu de mes yeux, dit Abou Doun. Le garçon a bu du sang. Et ce n'était pas la première fois. »

Andrej savait à quoi le pirate faisait allusion mais préféra ne pas réagir.

« Ce n'est pas sa faute, dit-il. Je n'en suis pas certain, mais il a dû voir ce qui s'est passé à la mort de Malthus. Il a mal compris. Il ne pouvait que mal interpréter, d'ailleurs. Si la faute incombe à quelqu'un, alors c'est moi le coupable. J'aurais dû lui expliquer.

— Quoi ? Que vous devez boire du sang pour rester en vie ?

— Mais non, ce n'est pas ainsi que ça se passe ! » Andrej fut lui-même surpris de la véhémence de sa dénégation. « Pas vraiment.

— Alors j'ai seulement imaginé ce que j'ai vu.

— Non. Mais ça ne nous donne rien de boire le sang d'un être humain normal. Il faut que ce soit l'un des nôtres. Quelqu'un comme nous. Je ne le savais pas moi-même avant d'avoir absorbé le sang de Malthus. » Au seul souvenir de sa première transformation, sa voix se mit à trembler.

L'expérience avait été aussi abominable qu'enivrante, la plus exaltante de toute son existence. Il lui était impossible d'expliquer à Abou Doun ce qu'il avait ressenti, car il ne le comprenait pas complètement lui-même. Mais il essaya quand même.

« J'ai longtemps cru que j'étais le seul, dit-il. Je ne savais pas qu'il en existait d'autres comme moi. Et j'ignorais que nous devions boire le sang de l'un des nôtres. Peut-être est-ce le prix à payer pour être ce que nous sommes. »

Abou Doun ferma entièrement l'un de ses yeux aux paupières gonflées. « Vous devez vous entretuer pour rester en vie ? Je n'y crois pas.

— C'est pourtant la vérité, insista Andrej. Je ne suis même pas sûr que ça vienne du sang. Ce n'est sans doute qu'une sorte de… symbole. C'est la force de vie que nous absorbons.

— C'est impossible », dit Abou Doun, incrédule. Il secoua violemment la tête en dépit de la douleur que ce geste devait lui infliger. « S'il en était ainsi, tu ne pourrais pas être ici. Vous vous seriez exterminés depuis longtemps.

— C'est peut-être la seule raison pour laquelle nous ne vous avons pas encore exterminés, vous autres », hasarda Andrej.

Abou Doun réfléchit moment. « C'est effrayant, finit-il par dire. À l'encontre de toutes les lois de la nature.

— Tu voulais savoir, répliqua Andrej.

— Je n'ai peut-être pas envie d'y croire, avoua Abou Doun. Même si c'est sûrement vrai. Les voies d'Allah sont vraiment mystérieuses. Malheureusement, ça ne nous avance pas pour le moment.

— Moi, je peux peut-être vous aider. » Vlad se courba pour passer sous l'arcade basse et s'approcha. Il avait l'air très fatigué. Apparemment, il n'avait pas fermé l'œil de la nuit. Mal à l'aise, Andrej se demanda depuis combien de temps il était là et ce qu'il avait surpris de sa conversation avec Abou Doun.

« Je ne peux pas rester longtemps, poursuivit Vlad en s'approchant. Mais j'ai des nouvelles du garçon.

— Frederic ? Est-il encore en vie ? »

En entendant la question, Vlad haussa brièvement le sourcil gauche, mais il s'abstint de répondre. Il s'approcha et porta un gobelet rempli d'eau saumâtre aux lèvres d'Andrej. Il attendit que le captif l'ait vidé à moitié, puis il se tourna vers Abou Doun pour lui permettre de se désaltérer à son tour. Alors seulement, il répondit à la question d'Andrej.

« Il est chez Tsepech, dit-il. J'ai entendu dire qu'il l'avait emmené à Pietrosita et, peut-être, à la forteresse de Vaïks. Les Turcs sont en marche. Nous allons quitter Rettenbach ce soir même et nous réfugier, nous aussi, à Pietrosita. C'est plus sûr. La ville est fortifiée. Pas très bien, mais c'est mieux que rien. Les Turcs ne la trouveront peut-être pas assez importante pour l'assiéger et la conquérir.

— Et Draculea ? »

Vlad haussa les épaules. « Il doit revenir dans le courant de la journée pour te parler encore une fois. Mais je n'en suis pas certain. Il ne partage pas ses plans avec moi. » Il se tourna vers la sortie. « Je reviendrai plus tard pour vous apporter de l'eau. Je ne peux pas faire davantage. »

C'était déjà plus que ce qu'ils pouvaient demander.

Vlad revint deux fois ce jour-là. La première pour apporter l'eau promise, la seconde pour leur donner un peu de pain qu'il divisa en deux parts égales. Au début, Abou Doun refusa de manger, mais Andrej réussit à le faire changer d'avis. Il trouvait humiliant de recevoir la becquée comme un nourrisson impuissant, mais la situation était aussi embarrassante pour Andrej que pour lui. Le fait d'être enchaîné et de ne pas pouvoir se déplacer engendrait des situations bien plus gênantes encore. Abou Doun admit finalement qu'ils avaient besoin de toute l'énergie qu'ils pourraient recevoir.

Une troisième fois, l'après-midi arrivait déjà à son terme, ce fut Vladimir Tsepech qu'ils entendirent descendre l'escalier. Draculea. Il était toujours revêtu de son étrange armure couleur rouille, ce qui devait être une véritable torture à porter toute la journée. Il était accompagné de Vlad et de trois autres hommes.

« Je vois que vous avez apprécié votre nuit dans ma modeste auberge, persifla-t-il. As-tu pris le temps de réfléchir à ma proposition ?

— Oui, répondit Andrej.

— Et ?

— Va au diable. »

Tsepech fit entendre un rire. « Non, je crains que Dieu ne me fasse pas cette faveur. Je m'y trouverais sans doute trop bien. J'ai bien peur qu'on ne m'envoie au paradis pour y souffrir mille maux pour toute l'éternité.

— Tu m'ennuies », fit Andrej. Son regard traversait Draculea comme s'il était transparent.

Tsepech rit de nouveau. « J'aurais bien quelques idées pour rendre notre conversation plus divertissante, répondit-il. Malheureusement, le temps nous est compté. »

Il fit un signe de tête en direction d'Abou Doun. « Ses frères sont en route vers nous. Ils sont encore loin, mais nous allons nous retirer dans un endroit plus sûr. Ne vous inquiétez pas, cher ami. Nous aurons tout le temps de nous entretenir en chemin.

— Qu'as-tu fait de Frederic ? demanda Andrej.

— Ton jeune compagnon ? Rien. Ce n'était pas nécessaire. Ce petit est beaucoup plus raisonnable que toi. Je crois que nous pourrions devenir amis. »

C'était bien ce qu'Andrej craignait le plus. Il se reprochait amèrement de n'avoir pas parlé plus tôt à Frederic. Le destin avait joué un tour affreux au jeune garçon en lui offrant si tôt son invulnérabilité, alors qu'il n'avait pas encore découvert qui il était réellement. Comment comprendre alors *ce* qu'il était ? Même Andrej n'en était pas certain. Si Frederic se retrouvait sous l'influence d'un monstre tel que Tsepech…

Il n'osait même pas imaginer ce que l'enfant pourrait devenir.

« Je n'attends pas de réponse de ta part, continua Tsepech devant le silence obstiné d'Andrej. Nous allons partir dans un moment. Jusque-là, nous devons veiller à vous faire retrouver figure humaine. Sans parler de l'odeur. » Il fit un signe à Vlad. « Lavez-les et donnez-leur des vêtements propres. Je vous attends près de la rivière. »

Il tourna les talons et sortit. Vlad et les trois hommes restèrent et détachèrent tout d'abord Abou Doun, puis Andrej, en prenant d'infinies précautions pour empêcher toute tentative d'évasion de sa part.

Ils les firent remonter sans ménagements de la cave et arrachèrent d'abord les vêtements du pirate, puis les siens. Ils les plongèrent ensuite dans un baquet d'eau glacée qui les attendait et les décrassèrent grossièrement, manquant de les noyer à plusieurs reprises. Des vêtements propres les attendaient. Vlad profita de l'occasion pour panser les plus graves blessures d'Abou Doun, ce qui provoqua l'étonnement du pirate. Enfin, les geôliers leur attachèrent les mains dans le dos. Par mesure de précaution supplémentaire, ils entravèrent aussi les pieds d'Andrej, au cas où il aurait eu la force de s'enfuir.

« Ai-je ta parole ? s'enquit Vlad quand ils s'apprêtèrent à quitter la maison.

— Ma parole ?

— Que tu n'essaieras pas de t'échapper, répondit Vlad, l'air sérieux. Ou de me jeter un sort.

— Où pourrais-je aller ? demanda Andrej, ironique. Et comment ? En plus, Frederic est avec ton maître. J'irais retrouver Draculea même si j'étais libre de m'en aller. »

Vlad le regarda un moment d'un air inquisiteur, puis il pivota et s'adressa aux trois hommes armés qui l'accompagnaient. « Amenez le Maure au prince Tsepech, dit-il. Traitez-le bien. Nous en aurons peut-être besoin. Si nous rencontrons les Turcs en chemin, il pourra nous servir de monnaie d'échange. »

Andrej s'attendait à des protestations, mais les trois gardes disparurent aussitôt avec leur prisonnier. Après un instant d'étonnement, il comprit qu'ils étaient soulagés de s'éloigner de lui.

« Pourquoi fais-tu cela ? demanda-t-il lorsqu'il fut seul avec Vlad.

— Quoi ?

— Tu sais très bien de quoi je parle, insista Andrej. Ton maître risque de se fâcher s'il apprend que tu nous traites bien.

— Draculea n'est pas mon maître », répondit Vlad d'une voix soudain haineuse. Il maîtrisa vite son accès de colère et haussa les épaules. « Peut-être m'a-t-il justement demandé de faire ça pour que j'obtienne ta confiance.

— Sottises, lança Andrej.

— Et peut-être ai-je surpris votre conversation de ce matin, continua Vlad, ce qui m'a donné des idées.

— Peut-être. Où veux-tu en venir ? »

Vlad haussa de nouveau les épaules pour toute réponse. Il s'accroupit soudain et trancha d'un seul geste la corde qui entravait les chevilles d'Andrej.

« Marche. »

Andrej n'insista pas. Il ne faisait pas encore confiance à Vlad, mais, qu'il soit sincère ou non, c'était lui qui était en position de force.

Il obéit à l'ordre et sortit de la maison. Ayant vu qu'Abou Doun et les trois gardes étaient partis vers la gauche, il voulut emprunter la même direction, mais Vlad secoua la tête et fit signe vers la droite. Andrej lui obéit.

Il découvrit alors la ville dans laquelle ils étaient retenus prisonniers. « Ville » était un bien grand mot pour désigner Rettenbach, qui ne consistait qu'en une poignée de maisons alignées de part et d'autre d'une unique ruelle boueuse. La plupart étaient petites et pauvres, et il ne vit personne dehors. Les habitants avaient sans doute déjà fui devant l'avancée des Turcs.

« Je suis un Rom, commença Vlad, après qu'ils eurent cheminé côte à côte pendant un certain temps. Sais-tu ce que c'est ? »

Andrej secoua la tête et Vlad plissa les lèvres ; il était blessé, mais pas surpris de la réponse.

« Le mot de tsigane t'en dira peut-être plus », dit-il amèrement.

Andrej savait maintenant de quoi il parlait. Il acquiesça.

« Ça ne m'étonne pas, reprit Vlad. Sais-tu d'où vient ce mot ? Nous ne l'avons pas choisi nous-mêmes. Il signifie : Qui ne touche pas. C'est ce que nous sommes à vos yeux : un peuple à ne pas toucher. Mais cela nous est égal, nous sommes habitués à votre mépris. Nous n'avons pas de pays et nous vivons une vie de nomades. Nous n'en voulons pas d'autre. »

Andrej sentit combien il était difficile à Vlad d'en parler. Il se demanda pourquoi il le faisait quand même.

« Je faisais autrefois partie d'un vaste clan, Andrej, poursuivit Vlad. Un clan très puissant. Nous nous sentions libres et forts. Trop forts. Et, un jour, nous avons commis une erreur. Peut-être était-ce la réponse de Dieu à notre arrogance. Nous étions près de huit cents, tu te rends compte ? Aujourd'hui, nous ne sommes plus qu'une poignée. Je suis peut-être le dernier.

— Quelle erreur ? demanda Andrej, comprenant que Vlad attendait qu'il pose la question.

— Nous sommes venus ici. Pas dans cette ville, mais dans cette région maudite. On nous avait prévenus, mais nous n'en avons pas tenu compte. Nous nous sentions si forts. Mais nous n'avions aucune idée de la cruauté de ce… diable.

— Tsepech.

— Draculea Tsepech, oui. » Vlad cracha littéralement le nom. « Nous avons été capturés. Tous. Hommes, femmes, enfants, vieux, malades, tous sans exception. Draculea a fait rôtir vivants trois d'entre nous. Ils ont été découpés et nous avons dû manger leur chair. »

Andrej se figea et regarda l'homme, les yeux écarquillés. « *Quoi ?* »

Vlad hocha la tête. « Il a fait crever les yeux et couper la langue de ceux qui refusaient de manger, continua-t-il. Les autres ont eu le choix de le rejoindre pour combattre les Turcs ou de mourir. La plupart ont choisi de se battre.

— Tu as…

— J'ai mangé la chair de mon frère », l'interrompit Vlad. Sa voix tremblait. « Tu ne dois pas me haïr pour cela, Andrej, je m'en charge déjà moi-même, à chaque instant que Dieu fait. Mais je voulais vivre. Je suis peut-être le seul à avoir atteint ce but. Les autres sont presque tous morts au combat ou ont été tués par Draculea.

— Quel monstre ! murmura Andrej, bouleversé. Pourquoi me raconter tout cela ? Tu n'as pas à te justifier. Je sais ce que c'est que d'agir sous la contrainte. »

Vlad garda le silence. Il pivota soudain et se remit en route sans plus se soucier d'Andrej. Ce dernier hésita un instant, puis il le rejoignit. Il n'était pas seulement choqué de ce qu'il venait d'entendre, il se demandait aussi pourquoi Vlad lui avait raconté son histoire. Sans doute pas seulement pour soulager sa conscience.

Poursuivant leur chemin, ils laissèrent la ville derrière eux. Un spectacle abominable les attendait. Andrej s'arrêta, au bord de l'écœurement. Il avait cru que l'histoire de Vlad était le pire qui puisse arriver à un être humain, mais il avait tort.

Andrej refusait de croire ce qu'il voyait.

Devant eux se dressaient trois pieux de quatre mètres de haut. Sur chacun d'eux, un être humain était empalé : deux hommes et une femme.

« Mon Dieu », souffla Andrej.

Vlad lui saisit le bras et le tira si brutalement qu'il en trébucha. L'épouvante d'Andrej croissait à chaque pas. L'estomac révulsé, il ressentait un effroi qui, outre la nausée, provoquait en lui une réelle souffrance physique.

Les malheureuses victimes de cette abomination n'avaient pas le thorax transpercé comme les papillons d'un collectionneur. Non. Les pieux, de l'épaisseur d'un bras, les traversaient depuis le fondement jusqu'à la nuque d'où ils ressortaient, contraignant la tête à se courber de façon peu naturelle. Quand Andrej crut avoir atteint la limite de l'horreur qu'il était capable de supporter, il se vit de nouveau dans l'erreur.

L'un des hommes était encore en vie !

Ses yeux étaient ouverts. Son visage ne reflétait rien d'autre que la souffrance. Une souffrance infinie.

« Trois jours, chuchota Vlad. Le record de survie d'une victime est de trois jours.

— Tsepech ? » demanda Andrej.

Vlad fit entendre un bruit étrange. « Tu ignorais qu'on l'appelait l'Empaleur ?

— Oui », répondit Andrej. Même s'il l'avait su, il n'aurait pas été plus avancé. Il avait entendu parler des atrocités que les hommes étaient capables de s'infliger. Il en avait même vu plus qu'il ne l'aurait souhaité, mais il aurait été incapable de se représenter une telle horreur.

« Pourquoi me montres-tu cela ? » réussit-il à demander d'une voix étranglée.

Au lieu de répondre, Vlad sortit un poignard de sa ceinture, leva le bras et délivra l'homme de ses souffrances d'un coup rapide. Il essuya la lame dans l'herbe et rengaina son arme avant de se tourner vers Andrej.

« Pour que tu saches à qui tu as affaire, répondit-il. Au cas où tu aurais cru qu'il y avait en lui ne fût-ce qu'une parcelle d'humanité. »

Andrej se détacha avec peine de l'effroyable spectacle (pourquoi la cruauté exerçait-elle une telle fascination sur l'homme ?), se détourna et respira plusieurs fois profondément pour calmer sa nausée.

« Maintenant tu sais de quoi il est capable.

— Par principe, l'homme est capable de tout », marmonna Andrej. Puis il s'ébroua. « Non. Je n'aurais jamais rien imaginé de tel.

— Maintenant tu sais, répéta Vlad, amer. Je voulais te le montrer avant de te poser ma question. »

Andrej était à peu près certain de savoir où il voulait en venir, mais il demanda néanmoins : « Quelle question ?

— J'ai surpris votre conversation ce matin, avoua Vlad. Et j'ai entendu ce que se racontaient les hommes qui ont combattu les Turcs.

— Et ?

— Je sais ce que tu es, déclara Vlad.

— Alors, tu en sais plus que moi.

— Des légendes parlent d'hommes comme toi, poursuivit Vlad. Des hommes qui changent de forme et volent à l'aide d'ailes noires. Des immortels qui se nourrissent de sang.

— Tu l'as dit toi-même, Vlad, répondit Andrej. Des légendes. Des contes pour faire peur aux enfants.

— Tu es un vampyre, dit Vlad. Je le sais.

— C'est notre nom ? » Andrej répéta plusieurs fois le mot, s'imprégnant de sa sonorité. Il lui parut sinistre, très ancien, maléfique, et il le détesta.

« Si j'étais bien un… vampyre, dit-il, que devrais-je faire pour toi ?

— Pas pour moi, répliqua Vlad. Nul ne peut plus rien faire pour moi, à part me donner une mort clémente. Mais je ne peux pas mourir tant que ce monstre est en vie.

— Je comprends, dit Andrej. Tu veux que je le tue. » Il eut un rire silencieux et sans joie. « Tu me prends pour un monstre et tu veux que je tue un autre monstre pour toi.

— Pas pour moi, le contredit Vlad. Pour les gens d'ici. Pour le pays. Pour eux. » Il fit un signe vers les trois empalés. « Pour ton jeune ami, aussi. Veux-tu qu'il devienne comme Tsepech ?

— Ce pays n'est rien pour moi, répondit froidement Andrej. Tu l'as dit toi-même : on nous prend pour des monstres. Crois-tu que les habitants lèveraient le petit doigt pour nous venir en aide, à Frederic ou à moi ?

— Je ne te demande pas ton aide gratuitement, répondit Vlad. N'oublie pas que je suis un Rom. Nous n'avons pas de terre, mais nous avons des histoires. Nous connaissons tous les anciens récits et légendes. Je pourrais te dire d'où vous venez et pourquoi vous êtes là.

— Pourquoi ? » demanda Andrej.

Vlad secoua la tête.

« Non. Je ne peux pas me permettre de dilapider mes informations. Tu n'as pas besoin de te décider maintenant. Draculea ne te fera rien ni au garçon. Vous êtes trop précieux pour lui. Réfléchis à mon offre. Je pourrais t'être utile.

— Je réfléchirai », promit Andrej. Mais sa décision était prise. Il débarrasserait la terre de ce nuisible, pas pour Vlad, pas pour les trois victimes empalées, pas pour le pays et ses habitants, mais uniquement parce que Draculea était un animal qui ne méritait pas le nom d'être humain et qui avait perdu le droit de vivre.

« Je réfléchirai », répéta-t-il.

10

Ils rejoignirent Tsepech et sa suite, comme prévu. À en croire les paroles de Draculea, Andrej s'attendait à une véritable armée, mais le chevalier du Dragon n'avait pas trois douzaines d'hommes avec lui, dont la plupart n'étaient même pas des guerriers. Abou Doun chevauchait à côté de lui. Ses mains liées étaient attachées au pommeau de sa selle, lui interdisant de saisir ses rênes. Incapable de combattre, il était perdu s'ils rencontraient des ennemis.

« Vous arrivez tard, leur lança Tsepech en guise d'accueil.

— Ah ? Je croyais que nous étions exactement à l'heure, répondit Andrej.

— Alors espérons que les frères de ton ami s'en tiendront, eux aussi, à l'horaire prévu, dit Tsepech avec un signe de tête vers Abou Doun. Ils ne sont plus très loin. Il est temps de quitter les lieux. »

Andrej se retourna à moitié pour jeter un dernier regard à Rettenbach. De loin, la ville, dépourvue de murs d'enceinte, de maisons en dur et de tours de guet, paraissait encore plus petite, plus misérable et plus vulnérable. Les Turcs n'auraient aucun mal à investir la place et à faire des habitants ce que bon leur semblerait. Andrej espérait que les hérétiques montreraient plus de compassion que l'homme qui combattait au nom du Christ. Tsepech les abandonnait purement et simplement à leur sort mais, finalement, c'était peut-être une chance pour eux.

« Épargne ta salive, dit Draculea. Je ne pourrais rien faire pour eux, même si je le voulais.

— Tu pourrais les emmener, répondit Andrej.

— Pour que ces culs-terreux me ralentissent ? » Draculea eut un rire de mépris. « Ce ne sont que des poids morts. Vlad ! Son cheval ! »

Vlad trancha les liens qui retenaient les mains d'Andrej, s'éloigna et revint peu après avec deux chevaux. Andrej se mit en selle et tendit les bras devant lui, poignets joints, mais Draculea se contenta de secouer la tête.

« Je t'en prie, cher ami, ironisa-t-il. Un minimum de confiance est de mise, non ? Entre deux futurs alliés.

— Où est Frederic ? » demanda Andrej.

Tsepech le considéra pensivement pendant un instant puis donna le signe du départ. Il ne répondit à la question qu'une fois en chemin.

« En lieu sûr.

— À l'abri de toi aussi ?

— Oui, aussi, confirma Tsepech sans s'émouvoir. En tout cas, je l'espère.

— Que veux-tu dire ? »

Tsepech rit. « Que je ne sais pas exactement où il se trouve en ce moment, dit-il. Je ne suis pas stupide. Et je ne ferai pas l'erreur de te sous-estimer. Mon plus fidèle serviteur l'a emmené dans un endroit que j'ignore.

« À la forteresse de Vaïks ? » supposa Andrej.

Tsepech soupira. « Vlad parle trop, dit-il. Il est digne de confiance, mais sa langue est trop bien pendue. Peut-être faudrait-il la lui faire clouer au palais… Non, je ne sais pas où il est. On me l'amènera dès que j'aurai rejoint la forteresse sans encombres. En revanche, si quelque chose m'arrivait…

— Je comprends, l'interrompit Andrej d'un air sombre. Tu dois vraiment me craindre.

— Ne confonds pas respect et crainte. J'ai vu de quoi tu étais capable.

— Et si nous tombons dans une embuscade ?

— Il se pourrait que ton jeune ami y laisse la vie, répondit Tsepech, impassible. L'existence est pleine de risques. »

Andrej se tut. Il n'avait pas l'intention de mener avec Tsepech une discussion qu'il ne maîtrisait pas. L'homme était dangereux. À tous les égards.

Ce fut pourtant lui qui brisa le silence au bout d'un moment. « Il y a une chose que tu pourrais faire pour gagner ma confiance.

— Ah ? Quoi donc ? » Tsepech ne semblait pas particulièrement intéressé. Il ne tourna même pas la tête vers lui.

« Abou Doun. » Andrej désigna le pirate qui, surpris, leva les yeux en entendant son nom. « Rends-lui sa liberté.

— Pour quelle raison ?

— Il ne te sert à rien, expliqua Andrej. Ce n'est qu'un prisonnier de plus qu'il faut surveiller.

— C'est vrai, dit Tsepech. Peut-être devrais-je le faire mettre à mort.

— Laisse-le partir, insista Andrej. Laisse-le et nous pourrons discuter.

— Tu es vraiment sérieux, s'étonna Tsepech. Je ne pensais pas obtenir gain de cause à si bon compte.

— Tu ne sais pas de quoi tu parles, dit Andrej. Même si je te donne ce que tu attends de moi, le prix serait plus élevé que tu ne peux l'imaginer.

— J'ai une imagination fertile, répondit Draculea. Mais soit. Je me montrerai généreux. Le païen peut partir : un jour ou l'autre, il se fera trancher la gorge de toute façon.

— Alors détache-le, exigea Andrej.

— Maintenant ? » Tsepech secoua la tête. « Avec l'armée turque sur nos talons ? Ce serait une erreur. Il sera libéré dès que nous arriverons à Pietrosita. Je t'en donne ma parole.

— Et que vaut ta parole ? » demanda Andrej.

Tsepech eut un rire mauvais. « Je dirais au moins autant que la tienne. Pas moins. Mais pas plus, non plus. »

Ils chevauchèrent jusque tard dans la nuit, firent une brève halte, juste suffisante pour permettre aux chevaux de boire et aux hommes d'étirer leurs membres gourds, et se remirent en selle. Andrej se doutait qu'ils feraient route sans s'arrêter jusqu'à Pietrosita, qu'ils atteindraient au plus tôt le lendemain midi, selon ses estimations. La peur de Draculea devant l'armée turque était plus forte qu'il ne voulait l'admettre.

Sans doute avait-il de bonnes raisons.

Il devait être minuit quand Andrej se retourna pour regarder vers l'est, dans la direction d'où ils venaient. L'horizon rougeoyait. Un incendie. De grande taille. Ou seulement le campement des Turcs dont les feux illuminaient le ciel. Ou peut-être Rettenbach en proie aux flammes.

La nuit s'écoula sans plus de péripéties. Aux premières lueurs de l'aube, ils firent halte un peu plus longuement que la première fois. Andrej réitéra sa demande de libération immédiate d'Abou Doun, mais Tsepech refusa de nouveau. Ils reprirent la route et atteignirent en début d'après-midi les collines boisées qui cernaient Pietrosita, sur le cours supérieur de l'Arges, non loin des falaises de Poenari où le prince de Valachie faisait construire une nouvelle et puissante forteresse. Mais peut-être n'était-ce qu'une rumeur lancée par Tsepech lui-même, destinée à impressionner ses ennemis.

La ville de Pietrosita, quant à elle, était bien réelle. Nettement plus grande que Rettenbach, elle était défendue par une muraille de cinq mètres de haut, pourvue de trois colossales tours rondes. Derrière les murs se dressait la silhouette sombre et mal définie d'une forteresse de taille moyenne : Vaïks, la sinistre résidence de Vladimir Tsepech.

Alors qu'ils approchaient du portail, Andrej tira sur les rênes de son cheval et provoqua Tsepech du regard. « Abou Doun. »

Draculea s'arrêta à son tour. Andrej était quasi certain qu'il ne jouait qu'un jeu cruel avec lui, mais le maître des lieux finit par hocher la tête et leva la main d'un geste impérieux.

« Détachez-le. Il peut partir. Que personne ne le touche, vous avez entendu ? »

Andrej ne fut pas le seul à être surpris quand Vlad approcha sa monture de celle d'Abou Doun pour le libérer de ses liens. Le pirate écarquilla les yeux d'un air incrédule, regarda tour à tour ses mains, Tsepech et Andrej. Il lui semblait difficile de croire ce qu'il voyait.

« Qu'attends-tu, païen ? jeta Tsepech. Disparais. Va rejoindre tes frères et dis-leur que je les attends.

— Je… refuse, répondit Abou Doun d'une voix hachée.

— Quoi ? » Tsepech inclina la tête d'un air étonné.

Ce n'est pas lui qu'Abou Doun regardait, mais Andrej. « Je reste avec toi.

— C'est ridicule ! lança Andrej.

— Non, ça ne l'est pas », rétorqua le pirate, s'efforçant de rester impassible, mais sa voix tremblait très légèrement et il ne pouvait empêcher son regard de se tourner vers Draculea. « N'oublie pas que nous avons passé un marché.

— Tu es fou, dit Andrej.

— Mais, Andrej, interrompit Tsepech, tu ne vas tout de même pas refuser ce plaisir à ton ami ! Je suis très déçu. » Il se leva dans ses étriers et poursuivit d'une voix plus forte : « Vous avez tous entendu ! Le Maure est mon invité et vous le traiterez comme tel ! »

Andrej, les yeux fixés sur Abou Doun, doutait très sérieusement de sa santé mentale. Les accompagner dans cette ville signifiait une mort certaine. L'ancien marchand d'esclaves s'imaginait-il vraiment que Tsepech tiendrait parole ? Andrej était convaincu que Draculea ignorait jusqu'à l'existence de ce mot.

« Vlad, tu continues avec les autres, reprit Tsepech. Je m'assure que nos hôtes sont convenablement logés et je vous rejoins. »

Vlad hésita. Il paraissait consterné.

« Seigneur, êtes-vous sûr que… »

Tsepech le toisa et Vlad se tut en baissant le regard.

« À vos ordres. » Il tourna bride et s'en fut, suivi par le reste de la petite troupe. Pendant un instant, ils se retrouvèrent seuls. Ils n'étaient qu'à quelques pas des murs de la ville, mais ils étaient seuls et libres de toute entrave.

« Je sais ce que tu penses, jeta Draculea. Je sais que tu es capable de m'attaquer et de me tuer avant qu'on puisse me venir en aide, même si je suis armé et que tu ne l'es pas. Le feras-tu ?

— Tu as vraiment perdu l'esprit, répondit Andrej.

— C'est possible. » Tsepech montra le portail ouvert de la ville de Pietrosita. « Fais-le ou entre. Mon temps est compté. »

Pourquoi ne le fit-il pas ? Andrej n'était pas sûr de pouvoir vaincre en aussi peu de temps l'homme lourdement armé et protégé d'une armure qui le provoquait ainsi. Les gardes donneraient aussitôt l'alarme. Ils regardaient déjà dans sa direction d'un air méfiant.

Andrej laissa passer quelques secondes, puis il fit volte-face et se dirigea vers l'entrée de la ville.

Ils s'arrêtèrent sous la voûte de la porte cochère et mirent pied à terre. Deux sentinelles en cotte de mailles, armées de longues lances, s'approchèrent mais restèrent à distance respectueuse de leur maître.

Tsepech devait baisser la tête pour ne pas se cogner à la voûte, mais il ne manifesta aucune intention de descendre de sa monture. D'un geste, il indiqua Andrej et Abou Doun.

« Emmenez ces hommes dans le donjon, ordonna-t-il. Je reviens tout de suite pour m'entretenir avec eux.

— Dans le donjon ?

— Ne t'inquiète pas, répondit Draculea. C'est moins dramatique que ça en a l'air. »

Les gardes les emmenèrent par un escalier étroit et raide jusqu'à une pièce minuscule, sommairement meublée, située au sommet de la tour massive. Ils ne furent pas enchaînés et la petite fenêtre n'était pas grillagée, mais quand la porte se referma sur eux, ils entendirent le bruit d'un lourd verrou qu'on tirait.

Andrej n'y prêta guère attention. Ils n'étaient pas plus tôt seuls qu'il se tourna vers son compagnon et siffla : « Qu'est-ce qui t'a pris ?

— Je ne comprends pas, prétendit Abou Doun.

— Tu sais très bien de quoi je parle ! » Andrej prit sur lui pour ne pas crier. « C'est une folie ! Pourquoi es-tu resté ? »

Abou Doun s'approcha de la fenêtre et se pencha d'un air

curieux. « Il y a dix bons mètres, constata-t-il. Et la paroi est lisse. On pourrait quand même y arriver.

— Abou Doun ! lança Andrej, excédé.

— Mais à quoi bon ? poursuivit Abou Doun. Dans deux jours au plus tard, l'endroit va grouiller des guerriers du sultan. » Il se retourna, s'adossa au mur près de la fenêtre et croisa les bras. « Savais-tu que deux des soldats avaient réussi à s'enfuir ?

— Quels soldats ?

— De la patrouille turque attaquée par les hommes de Draculea, expliqua le pirate. Deux d'entre eux, au moins, ont pris la fuite. Je ne survivrais pas une journée, là-dehors.

— Oh, fit Andrej.

— Ils nous ont vus combattre dos à dos contre leurs frères, Delãny. Je suis un traître, désormais. Pire qu'un ennemi. Chacun des soldats de cette armée me trancherait la gorge sans hésiter.

— Tsepech te tuera lui aussi, répondit Andrej.

— Tout comme toi, ajouta Abou Doun. Dès qu'il aura obtenu ce qu'il attend de toi.

— Je sais, mais j'ai une raison de prendre ce risque. Frederic. »

Abou Doun le regarda d'un air étrange. « On pourrait croire que c'est vraiment ton fils.

— Il l'est, d'une certaine manière, murmura Andrej. » Indécis, il inspecta la petite pièce. Il n'y avait pas de lit, mais une table et quatre tabourets bas. Il alla s'asseoir sur l'un d'eux avant de poursuivre. « En tout cas, il est tout ce qui me reste.

— Tu lui accordes trop d'importance, dit Abou Doun d'un ton sérieux. Ce garçon est mauvais, Andrej, comprends-le enfin.

— Ce n'est pas vrai, protesta Andrej avec véhémence. Il est jeune, sans expérience. Il a besoin de quelqu'un pour le guider.

— Je crois qu'il l'a trouvé, répondit Abou Doun. Et je ne sais pas qui est le plus à plaindre de lui ou du prince Tsepech.

— Je te donne raison sur un point, concéda Andrej. Draculea est un danger pour lui. Je dois le tirer des griffes de ce monstre. Aussi vite que possible. »

Abou Doun se décolla du mur et s'approcha à pas lents. Il ne s'assit pas mais resta debout, les bras croisés, de l'autre côté de la table, et toisa Andrej qui se demanda s'il avait conscience à quel point il était imposant et menaçant dans cette posture.

« Ne t'est-il jamais venu à l'idée que certains pouvaient tout simplement naître mauvais ? demanda-t-il.

— J'en connais bien un, rétorqua Andrej, mais Abou Doun ne saisit pas l'allusion. C'est donc pour ça que tu as décidé de rester et de faire attention à moi, poursuivit-il d'un ton rogue. Je vais te dévoiler un secret : je n'ai pas besoin de garde du corps, moi. Je ne peux pas être blessé.

— Dommage, rétorqua Abou Doun. Parce que si c'était le cas, je te rouerais de coups jusqu'à ce que tu entendes enfin raison. » Il inspira bruyamment, se tut un moment et se laissa finalement tomber sur l'un des tabourets. Le meuble craqua sous son poids. « Arrêtons de nous quereller, dit-il, cela ne mène à rien.

— Ce n'est pas moi qui ai commencé », bougonna Andrej.

Il ressemblait tellement à un enfant obstiné qu'il dut en rire lui-même. Abou Doun l'imita, mais ses yeux restèrent sérieux.

« Nous n'avons plus beaucoup de temps, dit-il finalement, d'un ton plus doux. Je ne connais pas les plans de Sélic, mais je peux imaginer ce qu'il trame. Pour le moment, tout à l'air calme, mais ce n'est qu'une illusion. Dans deux ou trois jours au plus tard, toute la région va sombrer dans le chaos. Je ne sais pas si Sélic pense que cette ville est digne d'être prise. À sa place, je ne m'en préoccuperais pas. Mais même s'il ne s'attaque pas à Pietrosita, ses soldats envahiront toute la contrée alentour.

— Et ? l'interrogea Andrej.

— Il est encore temps de fuir, dit Abou Doun.

— Fuir ? Où donc ?

— Vers l'ouest, répondit le pirate. Tous tes serments de vengeance n'étaient-ils donc que de belles paroles ? Nous sommes à la recherche de ce damné inquisiteur et de la fille, tu t'en souviens ?

— Quelle… » Andrej serra les poings. « Frederic, murmura-t-il. Il en a trop dit. Je n'ai parlé d'elle qu'une fois ou deux. Et je n'ai jamais prétendu qu'elle avait de l'importance pour moi.

— Tu aurais dû voir tes yeux lorsqu'il était question de Maria, rétorqua Abou Doun avec un sourire. Tu l'aimes, n'est-ce pas ? »

Andrej garda le silence. Il ne s'était pas encore posé la question. Peut-être avait-il peur de la réponse. Du temps était passé depuis qu'il avait enterré la femme à laquelle il avait offert son cœur et qu'il avait juré de ne plus jamais succomber au doux poison de l'amour. Le prix était trop élevé. Car même s'il durait toute une vie, la douleur de sa perte durait plus encore.

Il ne se passait pourtant pas une journée sans qu'il pense à Maria. Cette fois, le destin lui avait joué un tour particulièrement cruel. La souffrance était déjà là. Il payait le prix de l'amour perdu sans avoir goûté à ses joies.

« Si tu ne te mets pas à sa poursuite, moi je le ferai, déclara Abou Doun. Ce scélérat n'a pas seulement tué toute ta famille, il a aussi mes hommes sur la conscience et il m'a honteusement trompé.

— Pourquoi ne pars-tu pas sans moi, alors ?

— Parce que je ne peux pas, avoua Abou Doun sans ambages. Ceux de mon peuple ne sont guère appréciés en ce moment dans ton pays, tu comprends ? J'ai besoin de toi. Et toi de moi.

— Dans ce cas, nous avons un problème, répondit Andrej. Car je ne partirai pas d'ici sans Frederic.

— Qui aimes-tu le plus, Delãny ? L'enfant ou cette femme ? Si tu veux mon avis, tu ne le sais pas toi-même. Et si ce n'était pas de l'amour ? Est-il possible que tu cherches seulement à te punir ? »

Andrej ne répondit pas. Mais, pendant quelques instants, il haït Abou Doun d'avoir posé cette question.

Sans doute parce qu'il savait, au plus profond de lui, que le pirate avait raison.

Tsepech ne revint pas les voir ce jour-là, mais plusieurs serviteurs leur apportèrent des sacs de paille pour la nuit et un repas étonnamment copieux. Ils paraissaient tous frappés de surdité car ils ne répondirent à aucune de leurs questions et ne réagirent pas à leurs tentatives d'engager la conversation. Le jour se coucha sans qu'ils aient revu le chevalier du Dragon ou l'un de ses soldats. Ils restèrent tout aussi seuls le lendemain.

Il ne leur était pas permis de quitter leurs quartiers, mais, la seule fenêtre de la pièce se trouvant juste au-dessus de l'entrée de la ville, ils purent se rendre compte de l'animation qui régnait dans les rues. Tout le jour, des gens se pressèrent à la grande porte, certains seuls, d'autres en groupes, ou encore avec des carrioles tirées par des chevaux ou des bœufs, dans lesquelles ils avaient jeté leurs biens à la hâte. Ce spectacle effraya Andrej car il lui dévoilait les faits.

Pietrosita se préparait à la guerre. Les gens ne venaient pas parce que c'était jour de marché ou de fête. Ils avaient abandonné leurs fermes et leurs villages car ils fuyaient un danger encore invisible mais tangible.

Le soleil était sur le point de disparaître derrière les montagnes à l'ouest lorsqu'ils reçurent la visite de Vlad. Il paraissait épuisé par une nuit sans sommeil. Ses yeux étaient bordés de cernes sombres et ses mains agitées d'un léger tremblement. Il était arrivé quelque chose, Andrej en était sûr.

« Draculea m'envoie, dit-il sans perdre de temps à les saluer. Je dois l'excuser. Il aurait aimé parler lui-même avec vous, mais il a été retenu.

— Il avait quelques personnes à torturer, je présume, persifla Andrej.

— Sélic approche de la ville. Avec toutes ses troupes.

— Il vient ici ? demanda Andrej, sceptique.

— Plus de trois mille hommes, confirma Vlad. Tsepech et les autres chevaliers de l'Ordre du Dragon étaient certains qu'ils éviteraient Pietrosita et Vaïks afin d'établir sans retard la jonction avec le reste de l'armée, rassemblée à l'ouest pour préparer l'attaque contre le roi Mathias Corvin de Hongrie. Mais nos éclaireurs viennent de nous rapporter qu'ils se dirigent ici en droite ligne. Pietrosita va tomber entre leurs mains. Ainsi que la forteresse de Vaïks, ça ne fait aucun doute.

— Ça me fend le cœur », dit Abou Doun.

Vlad lui jeta un regard hostile, sans toutefois relever sa remarque. Andrej s'empressa de demander :

« Qu'a-t-il l'intention de faire ?

— Le prince Tsepech ne discute pas ses plans avec moi, répondit Vlad. Mais vous pourrez le lui demander vous-mêmes. Je suis venu avec une vingtaine d'hommes pour vous mener à lui. Il veut vous voir.

— Quel honneur, se moqua Abou Doun. Je suppose qu'il a besoin de nos épées pour vaincre les soldats de Sélic. »

Vlad lui lança un nouveau regard plus hostile encore, et Andrej sentit qu'il faisait un effort considérable sur lui-même pour garder son calme. Il se tut et, tournant ostensiblement le dos au pirate, passa une main sous sa tunique.

Andrej oublia de respirer en voyant ce que Vlad fit apparaître.

« Il m'a demandé de te donner ça, dit Vlad. Il paraît que tu sauras ce que ça signifie. »

Andrej se saisit d'une main tremblante de l'étoffe que Vlad lui tendait. Il s'agissait d'un fin morceau de lin bleu foncé, orné d'une délicate bordure dorée, manifestement prélevé sur une pièce plus grande.

Il venait d'une robe qu'Andrej connaissait. C'était la robe que Maria portait à Constanta quand…

Il interrompit le cours de ses pensées et referma le poing sur l'étoffe.

« Je vois que tu sais », dit Vlad.

Andrej fixa Vlad sans répondre jusqu'à ce que ce dernier reprenne la parole. « Hier soir, des hôtes sont arrivés à la forteresse de Vaïks.

— Je suppose qu'ils avaient autant le choix que nous », avança Abou Doun.

Cette fois, Vlad répondit. « Ils n'étaient pas captifs, si c'est ce que tu penses. Mais je n'ai pas l'impression qu'ils soient venus ici entièrement de leur plein gré.

— Peux-tu les décrire ? demanda Abou Doun.

— Deux d'entre eux sont des chevaliers, le troisième est sûrement un religieux. Il doit être malade, car il n'était pas capable de marcher seul.

— Domenicus », gronda Abou Doun. Son visage s'assombrit, mais un instant plus tard il se mit à rire. « Il m'a tout l'air de s'être associé avec la mauvaise personne. Le renard est tombé dans le piège du loup.

— Et la jeune femme ? » s'enquit Andrej.

Vlad haussa les épaules. « Je ne l'ai vue qu'à son arrivée. Elle n'est pas blessée, c'est tout ce que je peux te dire. » Il fit un signe de tête vers l'étoffe bleue entre les mains d'Andrej. « Elle compte pour toi ?

— Beaucoup, avoua Andrej sans tenir compte du regard d'avertissement que lui lançait Abou Doun. Mais je me demande comment Tsepech le sait.

— Tu te le demandes vraiment ? dit Abou Doun. Ton jeune ami est un bavard, c'est tout.

— Pourquoi ferait-il… » Andrej s'interrompit. Il était parfaitement inutile de poursuivre la discussion. Cela n'avait plus d'importance. Plus maintenant. Le morceau d'étoffe bleue qu'il tenait dans sa main changeait tout.

Il le fit disparaître sous sa tunique et se leva, le visage de marbre. « Allons-y. »

II

Ce ne fut pas facile de quitter les lieux. Andrej n'avait presque rien vu de Pietrosita, mais il ne pensait pas que la ville comptât plus de trois ou quatre cents habitants. C'était le double qui s'abritait aujourd'hui derrière les hauts murs, et l'imposant portail laissait toujours entrer un flot ininterrompu de réfugiés. Ils étaient tous à pied car une troupe armée, postée à l'extérieur, leur interdisait d'entrer avec leurs carrioles, ne leur laissant emporter que ce qu'ils avaient sur le dos. Les voitures s'entassaient en un carré irrégulier non loin de la ville. Andrej remarqua sans surprise que les trente à quarante hommes de Tsepech, détachés pour garder les biens abandonnés par les fugitifs, se livraient en réalité à un pillage éhonté.

Il trouva cruel de dépouiller de leurs dernières possessions de pauvres gens qui avaient déjà tout abandonné, mais il admettait qu'il n'y avait pas vraiment d'autre solution. La ville était déjà bondée.

Il ne vit que peu de gardes sur les chemins de ronde et derrière les créneaux des grandes tours. Si la ville s'apprêtait à résister à un siège prolongé, elle ne s'y prenait pas de manière très réfléchie.

« Combien d'hommes compte l'armée de Draculea ? »

demanda-t-il à Vlad, tandis qu'ils s'approchaient d'un petit groupe de cavaliers armés qui les attendait non loin.

« Pas beaucoup, répondit Vlad. Dans les cent cinquante hommes. Les autres ne sont que de simples soldats, des mercenaires ou des paysans et des prisonniers enrôlés de force. » Il réfléchit un instant. « En tout, peut-être cinq à sept cents hommes. Pas plus.

— Contre trois mille soldats aguerris du côté de Sélic. » Abou Doun secoua la tête. « C'est du suicide.

— Ne sous-estime pas ceux qui luttent pour leur droit à la vie », rétorqua Vlad.

Abou Doun acquiesça. « Ce n'est pas le cas. Je sais de quoi ils sont capables, j'en ai tué assez pour ça. »

Andrej fut soulagé d'atteindre les chevaux qui les attendaient et de monter en selle.

Vlad leva la main pour donner le signal du départ ; un geste qui en dévoila davantage sur lui qu'il n'en avait sans doute conscience. Il fut trop rapide, trop naturel. Vlad était habitué à commander. Et il avait l'habitude que ses ordres soient suivis.

La petite troupe se mit en marche. Les gardes restèrent à une certaine distance, mais ils formèrent autour d'eux un ovale allongé les enfermant de toutes parts et prévenant toute tentative de fuite. Andrej n'avait pas l'intention de s'évader. Il avait trop hâte de découvrir la forteresse de Vaïks et de voir Tsepech.

Ils ne prirent pas le chemin direct pour se rendre à la forteresse du chevalier de l'Ordre du Dragon, mais se dirigèrent tout d'abord vers le nord-est.

Chevauchant à une allure faible mais constante, ils avancèrent parallèlement à la sinistre forteresse dont la silhouette se détachait à l'horizon comme l'émissaire d'un monde étrange et mystérieux, sans vraiment s'en rapprocher. Andrej regrettait de ne pas mieux la distinguer. Tôt ou tard, il devrait affronter Tsepech et chaque détail qu'il connaîtrait de la forteresse du chevalier du Dragon pourrait faire la différence entre la vie et la mort. Il éprouvait aussi une sorte de soulagement. Il émanait de Vaïks une aura inquiétante qu'il n'aurait su définir, mais qui était bien réelle.

Ils grimpèrent longuement une pente douce et, parvenus au sommet de la colline, ils découvrirent l'armée de Sélic à leurs pieds. Andrej eut le souffle coupé en apercevant la multitude des tentes, des hommes et des bêtes, et fut surpris de voir quelques chameaux parmi les chevaux. Ils étaient encore loin, mais ils étaient sûrement plus de trois mille. Andrej n'avait encore jamais vu autant d'hommes à la fois. Lui eût-on dit qu'ils étaient dix mille, il l'aurait cru.

Vlad lui laissa le temps d'observer l'armée ottomane, puis il lui effleura le bras et pointa le doigt dans la direction opposée. Andrej suivit le geste du regard. Les troupes de Tsepech avaient établi leur camp au-delà de la chaîne de basses collines, à deux milles à peine des Turcs. Ils étaient peut-être six cents mais, face à leurs ennemis, leur nombre paraissait dérisoire.

« Dois-je attaquer seul ou m'accompagneras-tu ? » demanda Andrej, ironique.

Vlad lui lança un regard d'avertissement mais garda le silence. Abou Doun ajouta : « Laisse-moi le temps d'arriver de l'autre côté. Tu les rabats vers moi et je les descends.

— Intéressante proposition, païen, lança une voix derrière eux. J'y réfléchirai si mon propre plan échoue. »

Andrej se retourna sur sa selle et sursauta si fort que son cheval fit un écart et gratta nerveusement le sol du sabot. Tsepech s'était matérialisé à quelques pas – Andrej avait reconnu sa voix avant même d'apercevoir le chevalier dans son armure rouge sang. Sa monture, pourvue de protections tout aussi bizarres, ressemblait à une créature de légende. Une courte lance munie d'un drapeau noir orné d'un dragon rouge était fixée à l'étrier de Tsepech. Cependant, l'effroi d'Andrej ne fut pas provoqué par Draculea.

Deux chevaliers apparurent à une vingtaine de pas derrière lui, tout aussi inhabituellement vêtus que Tsepech ; leurs armures n'étaient cependant pas rouges mais d'un or étincelant. Biehler et Kerber, les hommes de main du père Domenicus.

« Ah oui ! dit Tsepech, sarcastique, en voyant le visage d'Andrej. J'ai failli oublier. J'ai amené des visiteurs. J'étais certain que tu voudrais les saluer et discuter avec eux du bon vieux temps. Malheureusement, le moment ne s'y prête guère. J'ai une bataille à gagner. »

Andrej l'entendit à peine. Son regard ne quittait pas les chevaliers d'or. Ils avaient enlevé leur heaume et l'avaient posé devant eux, sur leur selle. Leur expression était indéchiffrable. Lui-même n'était que haine, une haine aveugle et brûlante qui lui disait de se jeter sur les deux hommes – les deux vampyres ! – et de leur arracher le cœur.

« Je vois que tu te réjouis au moins autant qu'eux de vos retrouvailles », persifla Tsepech.

Andrej garda le silence. Il se mit à trembler de tout son corps. La violence de sa réaction l'étonna. Il avait juré de tuer ces deux hommes, mais il ignorait jusque-là à quel point il les haïssait. Sa colère avoisinait la folie.

« Vous voulez attaquer Sélic ? demanda Abou Doun.

— C'est, en général, la raison d'être d'une armée que d'en attaquer une autre, ironisa Draculea.

— Avec une telle différence de forces ? C'est de la folie !

— La taille d'une armée ne détermine pas toujours l'issue de la bataille, répondit Tsepech. Je ne vois pas en quoi cela peut t'intéresser, mais, si tu veux le savoir, Sélic ne s'attend pas à une attaque.

— Tu crois vraiment qu'il n'a pas remarqué ton approche ?

— Ses espions sont si près que je peux sentir leur haleine, répondit Tsepech. Mais il pense, comme toi, que nous n'oserons pas prendre l'initiative d'un assaut. Le comte Oldesky se trouve à une journée de route à l'ouest d'ici, avec mille hussards prêts à s'allier à nous et à pulvériser les Ottomans avant qu'ils n'arrivent aux portes de la Hongrie. Sélic s'attend à ce que nous allions les rejoindre pour grossir nos forces. Par ailleurs, les musulmans sont des fous superstitieux qui refusent de combattre la nuit. Nous attaquerons dès l'arrivée de l'obscurité, avec l'avantage de la surprise.

— Et beaucoup moins de soldats.

— J'ai des alliés auxquels Sélic ne s'attend pas. » Tsepech se tourna de nouveau vers Andrej. « C'est bien le cas, n'est-ce pas ?

— Si je te disais que tu as pactisé avec le diable lui-même, cela te ferait-il changer d'avis ? » Andrej ne parlait qu'avec peine. Il fixait, comme hypnotisé, le visage des chevaliers d'or. Il n'aurait su dire s'ils étaient en colère, triomphants ou haineux, mais ils lui retournaient son regard avec une égale intensité.

« Le choix t'appartient, dit Tsepech. Nous allons attaquer. Au plus tard quand le soleil se couchera. À toi de décider si c'est toi qui m'accompagneras ou ces deux-là. » D'une main, il détacha une épée de sa selle et la lui tendit. Andrej reconnut son arme mais ne fit pas un geste pour la saisir.

« Qu'as-tu fait de Domenicus ? demanda-t-il. Et...

— Et de sa ravissante compagne ? » Tsepech abaissa l'épée et la posa en travers sur sa selle. « Il ne leur est rien arrivé de fâcheux, rassure-toi. Ce sont mes hôtes et, en tant que tels, ils sont traités avec la même courtoisie que ton jeune ami. En tout cas, aussi longtemps que je serai vivant. Si je meurs pendant la bataille, ils perdront la vie eux aussi. Tout comme toi et ton compagnon à la face noire. » Il leva l'épée derechef. « En revanche, si nous l'emportons... je saurai vers qui ira ma sympathie. Alors réfléchis bien avant de te décider.

— Va au diable, cracha Andrej.

— Comme tu voudras. » Tsepech refixa la précieuse épée sarrasine d'Andrej à sa selle, se tourna et apostropha ses gardes : « Restez ici et surveillez-les. Si je suis tué, abattez-les. »

Il tourna bride et s'éloigna. Arrivé près de Biehler et de Kerber, il s'arrêta et échangea quelques mots avec eux. Les chevaliers d'or coiffèrent leurs heaumes et ils s'en furent tous trois au galop.

« Était-ce une bonne idée ? » demanda Abou Doun. Il ne semblait pas effrayé, mais clairement inquiet.

« Non, admit Andrej. Mais je n'aurais rien gagné à l'accompagner. Il va vers une mort certaine. » Il se tourna à demi sur sa selle pour s'adresser à Vlad. « Vont-ils le faire ?

— Vous tuer ? » Vlad haussa les épaules. Il approcha son cheval et baissa la voix pour que les autres soldats ne l'entendent pas. « Je ne saurais le dire. Draculea n'est pas particulièrement apprécié, mais ses hommes obéissent à ses ordres.

— Même après sa mort ? » s'étonna Abou Doun.

Pour toute réponse, Vlad haussa de nouveau les épaules. Andrej n'était pas aussi convaincu qu'il l'avait laissé entendre, que le prince Tsepech n'en réchapperait pas vivant. Qui que soit Draculea, il n'était ni stupide ni suicidaire. S'il se lançait dans cette attaque insensée, c'est qu'il pensait avoir une chance de l'emporter.

« Si nous essayons de nous échapper, murmura Andrej, nous aideras-tu ? »

Vlad posa sur lui un regard insistant mais ne répondit pas.

Ils avaient mis pied à terre. Les hommes que Draculea avait assignés à leur garde avaient allumé un feu car, avec le soir, la fraîcheur était venue. Andrej avait tenté, à plusieurs reprises, d'engager la conversation avec eux, mais ils avaient refusé de répondre et de croiser son regard. Leur surveillance ne se relâchait jamais. Si Abou Doun et lui pouvaient se déplacer librement dans le camp improvisé, il n'y avait jamais moins de trois hommes à leurs côtés.

Andrej fut tout d'abord surpris qu'ils aient la témérité d'établir un camp à portée de vue de l'armée ottomane et d'y allumer un feu. Puis il se remémora les paroles de Draculea. Les Turcs savaient depuis longtemps qu'ils étaient là. Cela ne semblait pas les gêner outre mesure. Ils se croyaient en parfaite sécurité.

Le prince Draculea tint parole. Son armée fit mouvement peu avant le coucher du soleil. Les soldats se hissèrent sur leurs chevaux et formèrent trois troupes de taille inégale qui se mirent en route sans plus hésiter. Cela n'échappa sans doute pas aux Turcs, mais Andrej dut convenir que Tsepech était habile. Son armée ne se dirigea pas en droite ligne vers l'ennemi mais prit une direction qui la ferait passer à quelque distance du campement. Les espions de Sélic durent conclure qu'ils se mettaient en chemin pour rejoindre les renforts qui les attendaient à l'ouest.

Naturellement, ils ne les laisseraient pas faire. Il était plus facile d'attaquer deux adversaires faibles qu'un fort, et Sélic réagit ainsi qu'Andrej l'eût fait à sa place et ainsi que Tsepech l'avait prévu : il donna l'ordre à une partie de ses cavaliers de se mettre en selle et de quitter le campement pour contourner la troupe de Tsepech et l'attaquer par le flanc.

« Il est loin d'être bête », remarqua Abou Doun qui se tenait aux côtés d'Andrej et suivait, comme lui, ce qui se passait dans la vallée.

Le spectacle était effrayant. Ils ne voyaient rien de plus qu'un grand ondoiement, un lent glissement qui s'opérait sans un bruit. Andrej dut faire un effort pour se rappeler que les ombres et les mouvements qu'il percevait étaient des hommes. Des hommes qui, dans quelques minutes, fondraient les uns sur les autres et s'entretueraient. Il chercha Draculea et ses deux compagnons du regard. Ils chevauchaient à la pointe de la troupe centrale. Deux étincelles dorées aisément reconnaissables dans la faible lumière du soir.

Il s'arracha avec peine au spectacle. « Pardon ?

— Tsepech, expliqua Abou Doun en montrant la scène du doigt. Il contraint Sélic à diviser ses forces. À sa place, je ferais la même chose, mais je ne comprends pas vraiment pourquoi Sélic tombe dans le piège.

— Il est en bas et nous ici, sur les hauteurs, intervint Vlad. Il ne voit pas ce que nous voyons. »

Plusieurs minutes s'écoulèrent, pendant lesquelles ils observèrent sans mot dire les manœuvres en contrebas.

Andrej ne vit pas le signe que Draculea adressa à ses hommes, mais les trois rangées de cavaliers bifurquèrent soudain et forcèrent l'allure. Le silence céda la place au grondement de centaines de sabots ferrés, et Andrej crut sentir la terre vibrer. Un effrayant cri de guerre, jailli de dizaines de gorges, leur parvint.

La surprise des Turcs fut complète. Les trois détachements, formant un V, visaient un point situé loin à l'intérieur du campement turc. Ils avaient déjà parcouru la plus grande partie du chemin quand leurs adversaires pensèrent à organiser leur défense. De rares flèches furent tirées, certaines trouvèrent leur cible, mais les Turcs ne purent ralentir et encore moins arrêter leurs assaillants. L'armée de Tsepech s'abattit comme un gigantesque poing d'acier sur les soldats de Sélic et pulvérisa leur ligne de défense hâtivement organisée.

« C'est quand même de la folie, marmonna Abou Doun. Ils vont se faire prendre en étau. » Il indiqua l'ouest. Les cavaliers turcs s'étaient arrêtés en comprenant ce qui se passait. Il ne leur faudrait que quelques minutes pour revenir et se jeter dans la bataille.

La cavalcade des assaillants commença à ralentir. La pointe de l'armée réunifiée, menée par Draculea lui-même et ses deux scintillants compagnons, avait pratiquement atteint le cœur du campement, mais il devenait plus difficile de se frayer un chemin à coups d'épée à proximité de la tente de Sélic. Le mur d'acier incoercible qui se ruait en avant, anéantissant tout ce qui lui barrait la route, commençait à s'effriter. La grande bataille s'effaça au profit de petits combats individuels. Les défenseurs reculaient toujours, épouvantés par la violence de l'assaut suicidaire, mais ils reprenaient leurs esprits. Bientôt, leur supériorité numérique inverserait le rapport de forces.

Draculea et ses deux compagnons devinrent la proie d'attaques de plus en plus violentes. Ils avaient pratiquement atteint la tente de Sélic, aisément reconnaissable à sa grande taille et aux innombrables fanions et écussons multicolores qui l'ornaient. Andrej supposait que Tsepech cherchait à s'emparer du sultan lui-même à tout prix. Peut-être espérait-il infléchir ainsi l'issue du combat, avant le retour de la cavalerie turque. Mais les guerriers de Sélic combattaient avec une énergie et un courage inégalables. Si beaucoup furent purement et simplement jetés à terre et écrasés par les sabots des chevaux lourdement cuirassés de leurs opposants, les survivants se battirent d'autant plus farouchement. Et, très lentement, leur retraite cessa.

Du haut de la colline et de leur poste de commandement improvisé, Andrej vit ce que Tsepech ne pouvait voir dans sa position. Les soldats turcs, comprenant le danger qui menaçait leur dirigeant, affluaient de toutes parts pour le protéger.

« Que manigance-t-il ? murmura Abou Doun. Dans peu de temps, ils seront submergés par le nombre !

— Prends patience », dit Vlad. Andrej leva brièvement les yeux vers lui et ce qu'il vit l'emplit d'une nouvelle inquiétude. La plupart des soldats qui les entouraient suivaient la bataille aussi intensément qu'Abou Doun et lui car, même s'ils n'étaient pas dans le feu de l'action, son issue déterminerait leur avenir.

Bon nombre d'entre eux tournaient régulièrement le regard vers les captifs, la main sur la poignée de l'épée. Leur attitude montrait sans équivoque qu'ils étaient prêts à exécuter l'ordre de Draculea si ce dernier venait à mourir.

Mais Draculea ne tomba pas.

Ce furent les deux chevaliers d'or qui emportèrent la décision. Leur avancée définitivement stoppée, ils étaient encerclés par une vingtaine de soldats musulmans. La moitié des cavaliers autour de Tsepech étaient déjà tombés et les survivants avaient de plus en plus de mal à rester en selle. L'étoile du matin de Draculea et les épées des deux chevaliers d'or infligeaient de sérieux dégâts dans les rangs de leurs ennemis, mais leur nombre ne cessait de croître. Les premiers éléments de la cavalerie turque, enfin de retour, attaquèrent les arrières de Tsepech. Le rang de bataille encore ordonné des chevaliers du Dragon se brisa. Dans quelques secondes, les guerriers de Sélic captureraient Draculea, scellant l'issue de la bataille.

C'est alors que Biehler et Kerber commirent une folie : jetant leur bouclier, ils sautèrent de selle. Brandissant à deux mains leur large glaive massif, ils se taillèrent une voie sanglante entre les rangs des guerriers ottomans. Leurs coups étaient si violents qu'ils fendaient les boucliers et les casques. La rage de leur assaut fit de nouveau reculer leurs adversaires. Pourtant, même ainsi, ils ne pouvaient plus changer le sort. S'il s'était agi d'hommes normaux, ils auraient été submergés par le nombre et tués en quelques instants. Mais ils appartenaient à la race des vampyres, invulnérables et quasiment imbattables.

Ils furent touchés, l'un d'un coup de lance dans le dos, l'autre de deux flèches tirées à bout portant, qui transpercèrent son armure et sa gorge.

Les deux vampyres ne vacillèrent même pas. Kerber arracha la lance de son dos et s'en servit pour tuer le guerrier le plus proche, tandis que Biehler brisait la pointe de la flèche qui lui traversait le cou et l'arrachait de l'autre côté. Une fontaine de sang rouge clair jaillit de sa gorge puis se tarit presque aussitôt. Avant d'arracher la flèche de sa poitrine, le chevalier d'or tua deux autres Turcs d'un seul et furieux coup d'épée. La lame de son compagnon faisait, elle aussi, une hécatombe dans les rangs ennemis. Ils furent de nouveau touchés, sans que cela les ralentisse, tuant même ceux qui les avaient blessés.

La panique se saisit des Ottomans. Tsepech choisit ce moment précis pour bondir de sa selle et se lancer dans la bataille, brandissant impitoyablement son étoile du matin. Les Turcs commençaient à croire qu'ils avaient affaire au diable en personne, venu des enfers en compagnie de deux démons invulnérables. Ils étaient de plus en plus nombreux à jeter leurs armes et à s'enfuir, en proie à une terreur indicible. Draculea et ses deux guerriers infernaux ne connaissaient aucune pitié. Épaulés par les quelques hommes qui leur restaient, ils les poursuivirent avant de fondre sur Sélic et sa garde rapprochée. En quelques secondes, le chef des musulmans était tombé entre leurs mains.

« C'est Sélic, dit Abou Doun. Je le reconnais à son turban ridicule.

— Ah bon ? répondit Andrej. Je croyais que tu ignorais tout de cette guerre. »

Abou Doun grimaça un sourire et reporta son attention, sans mot dire, sur la scène qui se déroulait à leurs pieds. La débandade des Ottomans se poursuivait. De l'ouest, le détachement de cavalerie turque, qui revenait vers le campement à bride abattue, ne croisait plus que ses propres soldats en fuite. L'histoire de la présence du diable aux côtés de leurs adversaires se répandit comme une traînée de poudre.

Telle était donc la surprise mortelle que Tsepech avait réservée à Sélic, pensa Andrej.

Les blessures de Biehler et de Kerber ne devaient rien au hasard. Elles avaient été voulues et provoquées pour emplir de peur et d'épouvante le cœur de leurs ennemis. Pourtant, Andrej n'était pas sûr que Tsepech l'emporterait. Certes, les fuyards turcs étaient de plus en plus nombreux, mais les renforts approchaient. Andrej savait que les batailles obéissaient souvent à leurs propres lois, capables d'anéantir les plans les plus audacieux.

Les cavaliers turcs se frayaient un chemin vers la tente de Sélic, faisant refluer les hommes de Tsepech. Et soudain les chevaliers du Dragon se retrouvèrent encerclés et assaillis de toutes parts au cœur du campement.

« Mais que fabrique-t-il ? » marmonna Abou Doun en fronçant les sourcils.

Andrej ne put que hausser les épaules. Draculea avait attaqué l'homme au turban multicolore, mais il ne l'avait pas tué. Biehler et Kerber maintenaient le sultan à terre en le tenant par les bras, tandis que Draculea gesticulait et criait des ordres. Quelques secondes suffirent à ses hommes pour abattre la tente de Sélic, ne laissant que le pieu central de trois mètres de haut. Tsepech avait peut-être l'intention d'y hisser ses couleurs. La tente avait été érigée sur une petite hauteur, et le drapeau aurait été visible de tout le champ de bataille. Ou la tête du sultan, si Tsepech le faisait décapiter.

À moins que…

« Non, murmura Abou Doun. Il ne va pas faire ça ! »

Mais Tsepech n'hésita pas. Tandis qu'il maintenait Sélic au sol, aidé par les deux vampyres, ses hommes arrachèrent le pieu du sol et le traînèrent jusqu'à eux.

Effarés, Andrej et ses compagnons virent Tsepech se saisir du pieu et commencer son œuvre de mort.

Il s'était demandé combien de temps il fallait pour commettre une telle abomination et fut surpris de la vitesse à laquelle tout fut terminé. C'était parfaitement impossible, mais il lui semblait quand même entendre les cris abominables de Sélic par-delà le champ de bataille. Quelques secondes suffirent à l'empaler, puis les hommes de Tsepech remirent le pieu en place.

Ce fut la fin du combat.

Ajoutée à la rumeur que le diable lui-même était lié avec Tsepech, la vue de leur sultan empalé acheva de décourager les guerriers turcs. Ceux qui combattaient encore laissèrent à leur tour tomber leurs armes et prirent la fuite.

« On dirait que vous allez vivre un peu plus longtemps, remarqua Vlad. Tant mieux. Je n'aurais pas aimé mentir à Draculea pour lui expliquer comment vous nous aviez échappé. »

Andrej n'était pas sûr du sens de ces paroles. Sans qu'il sût l'expliquer, il trouvait Vlad beaucoup moins sympathique depuis qu'ils avaient établi leur camp sur la colline.

Il avait toutefois raison sur un point : la bataille était terminée. Les mises à mort dureraient encore un moment, car les vainqueurs poursuivaient maintenant les Ottomans en fuite, mais Tsepech avait gagné.

« C'est le diable », marmonna Abou Doun. Sa voix était atone, sans expression, et Andrej ne comprenait que trop bien l'effroi dans son regard. Il ressentait la même chose. Des centaines d'hommes venaient de mourir sous ses yeux, mais la vue du sultan empalé le glaçait plus que tout. Tsepech avait compté sur l'incroyable cruauté de cet acte de barbarie pour décourager les guerriers du croissant de lune, et les événements lui avaient donné raison.

« Nous devrions partir », suggéra Vlad. Il fit un signe vers la vallée. « Les païens sont peut-être en fuite, mais je n'aimerais pas tomber sur un groupe avide de vengeance.

— Ton maître nous a dit d'attendre ici, lui rappela Abou Doun.

— Faux, le corrigea Vlad. Il nous a dit d'attendre ici jusqu'à ce que nous sachions si vous resteriez en vie ou non. » Il haussa le ton. « En selle ! » Puis il ajouta à voix basse, pour que seul Andrej puisse l'entendre : « Vous devez vous enfuir, mais attendez mon signal. Rendez-vous au moulin en ruine, près du fleuve. »

Le groupe se remit en selle. Ils s'éloignèrent dans l'ordre exact selon lequel ils étaient venus et s'approchèrent des vestiges du campement de Sélic. La nuit était tombée, mais il était plus éclairé que jamais. Les combats avaient cessé et les soldats de Tsepech étaient en train de piller ce qu'il restait, détruisant ce qu'ils ne pouvaient emporter.

Inquiet, Andrej fouillait les environs du regard à mesure qu'ils s'approchaient. La vallée résonnait encore de cris, du bruit sourd des sabots et du cliquetis des armes. Les chevaliers de Draculea pourchassaient impitoyablement les fuyards turcs. Si les musulmans s'étaient regroupés et avaient réuni leurs forces, ils auraient facilement vaincu l'armée de Tsepech, mais ils étaient hagards, terrifiés jusqu'au plus profond de leur âme. Peu importait, alors, qu'ils fussent plus nombreux.

Le groupe d'Andrej était sur le point de traverser un cours d'eau quand ce que Vlad attendait se produisit. Plusieurs silhouettes coiffées de turbans et de casques pointus, portant des boucliers de forme ronde, surgirent de la nuit. La plupart étaient blessés et en fuite, mais le combat éclata aussitôt. Les hommes affectés à leur garde par Draculea paraissaient avides de massacre et ils se jetèrent sur les Turcs.

Vlad fit volte-face si brutalement que son cheval vint cogner contre celui d'Andrej et poussa un hennissement affolé. La monture d'Andrej prit peur à son tour. Il aurait pu en reprendre le contrôle sans trop de peine, mais il tira si fortement sur les rênes que l'animal se cabra et le fit tomber. Pendant sa chute, il vit Abou Doun se retourner et jeter à terre le soldat qui chevauchait à ses côtés d'un seul coup de poing. S'enfonçant sous l'eau, Andrej se mit à nager aussi vite et aussi loin qu'il put avant d'avoir à remplir de nouveau ses poumons.

Il ne s'était pas autant éloigné qu'il l'avait espéré. Les Ottomans paraissaient offrir une résistance inattendue, peut-être avaient-ils été rejoints par d'autres fuyards, car il ne vit qu'une mêlée indistincte de silhouettes au corps à corps. Vlad avait repris le contrôle de son cheval, mais Abou Doun se jeta sur lui et lui assena trois coups de poing qui le firent tomber.

Quelque chose s'écrasa dans l'eau près d'Andrej. Peut-être une pierre ou de la boue soulevée par les sabots des chevaux, peut-être un projectile lancé dans sa direction. Pivotant sur lui-même, il essaya en vain d'apercevoir l'éventuel agresseur dans le noir, puis il replongea et s'éloigna à la nage.

Mieux préparé, cette fois, il parcourut une distance plus importante avant que le besoin d'air ne le fît remonter à la surface. À l'endroit où il était tombé à l'eau, le ruisseau faisait un bon mètre de profondeur, mais, à présent, ses mains et ses pieds touchaient le fond à chaque brasse. Il se releva, fit encore quelques pas dans l'eau boueuse et se laissa lourdement tomber à genoux sur la rive. Le combat faisait toujours rage. Andrej s'était éloigné d'une quarantaine de mètres, mais il était encore visible. Il rampa à l'aveuglette, atteignit des buissons, se dissimula sous leurs branches et se laissa aller sur le dos. Il avait la respiration sifflante et l'air lui brûlait la gorge. Il était aussi épuisé que s'il s'était battu seul contre tous.

Quelques minutes plus tard, il entendit des branches craquer dans son dos et une voix familière lui dit : « Tu as vraiment de la chance, sorcier, que je sois ton allié. Et que je sache qu'il est inutile de te trancher la gorge.

— C'est sûrement la seule raison pour laquelle tu es de mon côté », grogna Andrej. Il donna mentalement raison à Abou Doun et se fustigea en silence. Le pirate s'était glissé jusqu'à lui sans qu'il l'entende.

« Voudrais-tu parler encore un peu avec nos nouveaux amis ou pouvons-nous partir avant qu'ils ne se rendent compte qu'ils nous ont perdus ? interrogea Abou Doun.

— Où aller ? Je n'ai aucune idée de l'endroit où se trouve ce satané moulin.

— Moi je le sais », répondit Abou Doun avec un rire silencieux.

12

Beaucoup plus tard, Andrej et Abou Doun atteignirent une ruine étouffée par la végétation, espérant que c'était bien le lieu de rendez-vous indiqué par Vlad. Andrej n'était pas certain d'être au bon endroit, ce qui ne les empêcha pas d'escalader les murs effondrés et de chercher un emplacement d'où ils pourraient surveiller les environs sans être vus. Le moulin était abandonné depuis longtemps. Des buissons, des herbes folles et même de petits arbres avaient enfoncé leurs racines dans les fentes des murs et s'accrochaient au plancher vermoulu.

« Ce n'est pas un bon endroit pour se retrouver, dit Abou Doun, exprimant ce qu'Andrej pensait lui aussi. S'ils décident de passer la région au peigne fin à la recherche des soldats de Sélic, ils viendront sûrement ici.

— Si c'est bien l'endroit convenu. » Inquiet, Andrej regarda autour de lui. « Pourquoi as-tu frappé Vlad ? Ce n'était pas nécessaire. Pas si fort, en tout cas.

— Il lui faut un alibi pour convaincre son maître que nous lui avons vraiment échappé, répondit Abou Doun. Si ma méfiance était justifiée et s'il nous avait menti, alors il l'aurait bien mérité. » Il se tut et fit un geste vers la gauche. « On dirait qu'on peut descendre par là. »

Une fois encore, Andrej ne put s'empêcher d'admirer le regard perçant d'Abou Doun. Lui-même ne voyait que des ombres noires dans la direction indiquée par le pirate. Mais en s'approchant il distingua les deux premières marches d'un escalier en bois qui descendait. Quand Abou Doun les testa du pied, elles craquèrent nettement.

« Qu'attends-tu, sorcier ? As-tu peur qu'un vampyre nous guette en bas ? »

Riant de sa propre plaisanterie, le trafiquant disparut à pas rapides dans les profondeurs. Quelques instants plus tard, Andrej entendit un craquement puis le bruit sourd d'une chute, suivi d'un chapelet de jurons dans la langue natale d'Abou Doun.

« Tu as marché sur un vampyre ? lui cria Andrej, amusé. Ou tu as réveillé un loup-garou ?

— Descends, sorcier, si tu veux le voir ! Et ne compte pas sur moi pour te dire où la marche est cassée ! »

Andrej sourit et descendit lentement, en prenant soin de baisser la tête. Les marches faisaient entendre des craquements de mauvais augure, mais elles tinrent bon. Quand il fut presque en bas, son pied tâtonnant rencontra le vide mais, s'y attendant, il ne perdit pas l'équilibre. Arrivé au pied de l'escalier, il resta immobile, genoux fléchis, croyant apercevoir une ombre massive sur sa gauche. Il faisait très sombre. L'ouverture rectangulaire en haut de l'escalier et les fentes entre les lattes de bois du plafond laissaient filtrer une lumière grise qui lui suffisait à peine à distinguer sa main.

Andrej se redressa et poussa un juron quand il se cogna la tête au plafond, faisant voler autour de lui de lourdes volutes de poussière.

Abou Doun eut un rire moqueur. « Ah oui, je voulais te dire : fais attention, le plafond est bas ! »

Quelques instants plus tard, le pirate se mit à explorer bruyamment la pièce.

« Des couvertures, dit-il soudain. Il y a des couvertures, de l'eau. Et de quoi manger… Ton ami a tout prévu. »

Andrej se dirigea à petits pas prudents vers la voix d'Abou Doun, ce qui ne l'empêcha pas de trébucher à plusieurs reprises sur les débris jonchant le sol. Il se cogna encore une fois la tête avant de rejoindre son compagnon.

Au fond de la cave, une petite portion du sol avait été dégagée. Les yeux d'Andrej s'étaient accoutumés à la faible clarté et il constata que Vlad y avait en effet déposé une pile de couvertures, un sac de vivres et une outre pleine d'eau.

« Si tu cherches des armes, tu seras déçu, le prévint Abou Doun. Sa confiance a des limites, semble-t-il. »

Il s'assit lourdement. Andrej le rejoignit et s'installa près de lui, les genoux sous le menton. Dans son dos, il sentait l'humidité du mur en torchis entrelacé de minces racines qui s'étaient frayé un chemin jusque-là.

« Merveilleux, fit Abou Doun, ironique. Quel trou de rat ! Notre situation ne cesse d'empirer, sorcier.

— De quoi te plains-tu ? répondit Andrej. Il n'y a pas si longtemps, tu as failli atterrir au fond du Danube. Ici, au moins, on est au sec.

— Oui, et on dépend du bon vouloir d'un traître, grogna Abou Doun. On se terre dans ce trou pourri pendant qu'un tyran atteint de folie met sûrement nos têtes à prix, sans oublier qu'à cinquante milles à la ronde il ne se trouve personne qui ne me trancherait pas allègrement la gorge. Je n'ai rien oublié ?

— Si. Tu es en compagnie d'un vampyre, répondit méchamment Andrej. Et je n'ai pas bu de sang frais depuis longtemps.

— Tu n'as qu'à attraper un rat, rétorqua Abou Doun.

— Parce que son sang serait meilleur que le tien, c'est ça ? »

Abou Doun eut un rire qui sonna faux. Andrej se rappela à l'ordre et décida de se taire. Ils étaient tous deux inquiets et nerveux. Dans de telles conditions, une parole malheureuse pouvait mettre le feu aux poudres.

« Alors que faisons-nous maintenant ? demanda Abou Doun au bout d'un moment. Je veux dire : allons-nous attendre que ton ami le Tsigane nous rejoigne ?

— Que faire d'autre ?

— La nuit est encore longue. Nous pourrions être loin au lever du jour.

— Sottises, dit Andrej. Où veux-tu aller ? Je ne parle pas de moi, mais de toi. Que ferais-tu en admettant que tu puisses échapper aux hommes de Tsepech ?

— Je suis arrivé jusqu'ici, je peux bien en repartir, bougonna Abou Doun. Ce Vlad ne m'inspire pas confiance. Tu devrais t'en méfier, toi aussi.

— Qui dit le contraire ? »

Abou Doun réfléchit à cette réponse avant de poursuivre. « J'ai vu combattre ces deux guerriers. Ils étaient pires que des diables. Es-tu capable de… te battre comme eux ? »

Andrej eut l'impression qu'Abou Doun avait voulu lui poser une autre question. Il répondit honnêtement :

« Non. »

Lui-même ne savait pas qu'une telle chose était possible. Il avait souvent été blessé et il s'en était remis, mais jamais à une telle vitesse. L'un des deux chevaliers d'or avait été touché par deux flèches sans que cela paraisse le gêner !

« Et tu as réussi à tuer l'un d'eux, continua Abou Doun d'un ton pensif. Dis-moi, sorcier, le combat était-il loyal ?

— Je le croyais jusqu'à aujourd'hui », répondit Andrej. La discussion le mettait mal à l'aise. Après ce qu'il avait vu, il n'était plus sûr de rien. « Je crois que j'ai eu de la chance.

— De la chance. » Abou Doun eut un rire dur. « Ça n'existe pas, sorcier.

— Dans ce cas, il était peut-être dans un mauvais jour, aboya Andrej. Je n'ai pas envie d'en parler.

— Tu devrais pourtant. » Abou Doun le regarda avec insistance. Il faisait trop sombre pour qu'Andrej puisse déchiffrer son expression, mais il sentit son regard peser sur lui. « Il y a de quoi avoir des doutes, tu t'en rends compte ?

— Tais-toi. Tu parles trop. »

Abou Doun n'ajouta rien, mais ce n'était pas nécessaire. Il en avait déjà dit plus qu'Andrej n'avait envie d'en entendre.

Ils avaient décidé d'attendre jusqu'à l'aube, puis de tenter leur chance tout seuls si Vlad ne les avait pas rejoints. Mais leur attente ne dura pas autant.

Andrej pensa qu'il était près de minuit quand ils entendirent des pas. Les vieilles poutres grincèrent et de la poussière s'en détacha, marquant le chemin parcouru par l'homme au-dessus de leurs têtes. Abou Doun se tendit et voulut se lever, mais Andrej l'en empêcha d'un geste de la main.

« C'est Vlad.

— Comment peux-tu en être si sûr ?

— Parce qu'il est seul, répondit Andrej. Et je le sens. »

Les pas se rapprochèrent de l'escalier et ralentirent, puis l'homme se mit à descendre. Il sauta la dernière marche brisée, ce qui prouvait qu'il ne venait pas pour la première fois. Tête baissée, il se dirigea vers le fond de la cave à pas vifs.

« Vous êtes là, commença Vlad. Bien. Je n'étais pas sûr que vous réussiriez. » Il s'accroupit entre Andrej et Abou Doun et posa ses avant-bras sur ses genoux.

« Qu'est-il arrivé à ton visage ? demanda Abou Doun. C'est moi qui t'ai fait ça ? »

Le Rom leva la main gauche et tâta sa joue du bout des doigts. Elle était très enflée, ses lèvres étaient tuméfiées et son œil serait complètement fermé au matin.

Cela ne l'empêcha pas de rire. « Tu ne frappes pas si fort, Maure, dit-il. C'est la récompense de mon maître pour vous avoir laissés échapper.

— Pourquoi t'a-t-il laissé la vie ? articula Abou Doun d'une voix lente.

— Draculea était de bonne humeur, répondit Vlad. Il a gagné une bataille et il a tous ces prisonniers dont il doit s'occuper. Vous n'avez plus aucune importance à ses yeux.

— Que veux-tu dire ?

— Il vous aurait fait tuer, dit Vlad. Il n'a plus besoin de toi maintenant qu'il a les deux chevaliers d'or. » Il scruta Andrej. « Ce sont des vampyres comme toi, n'est-ce pas ? Mais ils ne sont pas tout à fait comme toi. Je ne sais pas pourquoi, mais ils sont différents. Mauvais.

— Où veux-tu en venir ? demanda Andrej.

— Vous n'êtes pas en sécurité ici. Je peux vous faire entrer dans la forteresse. Ses caves sont profondes… et c'est le dernier endroit où Draculea vous chercherait. »

Andrej était sur le point de répondre, mais Abou Doun le devança. « Pourquoi faire cela pour nous, Vlad ? Pourquoi te ferions-nous confiance ?

— J'ai besoin de votre aide. Je vais vous cacher et m'assurer que vous restiez en vie. Je vous aiderai même à libérer le garçon. Mais vous devez tuer Tsepech. Avant qu'il ne devienne comme toi, Andrej.

— Comme moi ?

— Un vampyre, dit Vlad. Immortel et invulnérable. Ce monstre fait déjà trembler tout le pays. Que se passerait-il, à ton avis, s'il se transformait en un être impossible à blesser et qui n'a plus besoin de craindre la mort ? »

L'idée était si abominable qu'Andrej s'interdit d'y penser. Il secoua la tête avec conviction.

« C'est totalement impossible, Vlad. Si c'est ce qu'il veut, alors laisse-le faire. Il n'y trouvera que la mort.

— Les anciens ne sont pas de ton avis, répondit Vlad. Je connais les légendes et je sais ce qu'on raconte sur vous. Il est dit qu'un homme peut devenir un vampyre si les deux sangs se mêlent.

— Je te le répète : c'est parfaitement impossible », insista Andrej.

Mais l'était-ce vraiment ?

Il repensa à ce qui s'était passé quand il avait tué Malthus.

La transformation.

Cela avait été sa première transformation, une expérience si traumatisante et si effrayante qu'il s'était juré de ne plus recommencer, même si son espérance de vie devait se réduire ainsi à celle d'un simple mortel. Il avait bu le sang de Malthus, mais cela n'avait été qu'un symbole, une partie d'un rituel aussi ancien que sa race, et dont il maîtrisait chaque instant sans l'avoir appris.

Pourtant, pendant un moment, Malthus avait été… en lui. Il avait ressenti sa présence, ce souffle immatériel et brûlant que l'on nomme l'âme, et qui avait même menacé de le submerger. Il avait ressenti la profonde malveillance de cette âme, la force des vies innombrables dont elle s'était repue et, au tout dernier instant, une chose dont la vraie signification ne lui apparaissait que maintenant : de la surprise mêlée d'une étincelle de peur à qui le temps manqua pour s'enflammer.

Que se serait-il passé, se demanda Andrej, s'il avait perdu ce combat ? Malthus aurait-il pris le contrôle de son âme ? Serait-il devenu Malthus ?

Il ne voulait pas connaître la réponse à cette question. Cela n'avait aucune importance. Il ne boirait plus jamais de sang, ni celui d'un vampyre ni celui d'un mortel. Que sa vie s'éteigne au bout de cinquante ou soixante ans. Il n'avait demandé à personne ce genre d'immortalité.

« Alors ? » demanda Vlad. Il avait gardé le silence, se contentant d'observer Andrej comme si, une fois de plus, il connaissait les pensées qui l'agitaient et avait voulu lui laisser le temps de parvenir à une conclusion. Sans doute pouvait-on lire sur son visage à livre ouvert.

« Tu devrais t'associer avec Abou Doun, Vlad, lança Andrej d'un air sombre.

— Ça veut dire que tu acceptes », dit Vlad. Il se releva. « Tu tueras Tsepech. Le sort des deux chevaliers d'or m'est indifférent, mais tu tueras le monstre. Je te rendrai la liberté et celle du garçon. »

Andrej acquiesça malgré son malaise. Il n'aurait su dire pourquoi, mais il avait le sentiment d'avoir conclu un marché de dupes. Il se leva pourtant et tendit la main à Vlad pour conclure leur pacte.

Abou Doun s'interposa d'un mouvement rapide. « Pas si vite », dit-il.

Vlad se tourna vers lui avec un grognement d'agacement. « De quoi te mêles-tu, païen ? »

Abou Doun avala l'insulte sans signe extérieur de colère.

« Ma vie est en jeu elle aussi, répondit-il calmement. Comment être sûr que tu tiendras parole ?

— Justement parce que tu peux poser la question, païen, répondit Vlad, méprisant. J'ai risqué ma vie pour sauver les vôtres ! Si tu veux savoir ce que Tsepech fait aux traîtres, demande à ton ami.

— Et comment nous feras-tu partir d'ici ? » Abou Doun n'avait pas l'air convaincu.

« Je suis peut-être le dernier de mon clan, mais pas le dernier de mon peuple, répondit Vlad. Il y a d'autres Roms dans la région. Maintenant que l'armée de Sélic est vaincue, ils vont revenir vers Pietrosita. Vous vous mêlerez à eux et poursuivrez votre chemin en leur compagnie. Même toi, Maure, personne ne te remarquerait parmi eux.

— Et ils nous accepteraient ?

— Si je le leur demande, oui », dit Vlad. Il se tourna vers Andrej. « Nous sommes d'accord ? »

Cette fois, Abou Doun ne le retint pas quand il serra la main tendue de Vlad.

13

Aux yeux d'Andrej, la forteresse de Vaïks formait un puits d'ombre dans le ciel nocturne. Aucune autre comparaison n'aurait été plus appropriée à ce moment précis. La tour massive se dressait loin au-dessus de leurs têtes, enchâssée dans le tracé anguleux des hauts murs et des bâtiments annexes. Ils ne voyaient que du noir, une obscurité plate dépourvue de détails et de profondeur, comme si la nuit s'était ramassée devant eux en une matière intangible.

Andrej n'était pas le seul à se sentir mal à l'aise. Abou Doun s'était fait de plus en plus silencieux à mesure qu'ils s'approchaient de la forteresse de Draculea. Les chevaux eux-mêmes étaient nerveux. Leurs oreilles tressaillaient et ils piaffaient parfois, essayant de s'enfuir, comme si leur instinct les avertissait d'un danger. « Mieux vaut continuer à pied à partir de maintenant. » Ils étaient encore à cinq cents mètres de leur but, mais Vlad avait réduit sa voix à un murmure. Andrej tenta de disperser ses sombres pensées. La forteresse n'avait rien de surnaturel et les ombres qui l'entouraient n'étaient que des ombres. Il devait se méfier de son imagination et de ses chimères. Ce qu'ils avaient vu en chemin le poursuivait toujours et le hanterait encore longtemps. Les soldats de Draculea avaient anéanti le campement turc et pourchassaient impitoyablement les survivants, à qui ils réservaient le sort abominable qui avait les faveurs de leur maître... Malgré l'avertissement de Vlad, ils continuèrent à cheval encore un moment, puis le Rom leur fit définitivement signe de mettre pied à terre et descendit le premier de sa monture. Ils se trouvaient à l'arrière de la forteresse. La forêt, soigneusement défrichée partout ailleurs pour qu'aucun ennemi ne puisse s'approcher à couvert, se terminait ici à moins de cinquante mètres des murailles, sans toutefois offrir aucun avantage à un éventuel agresseur. Seuls les murs épais du donjon leur faisaient face et ils paraissaient assez solides pour résister à une canonnade. Cependant, le terrain était si impraticable que des chevaux n'auraient pu s'y mouvoir. Il était totalement impossible d'acheminer ici de lourdes machines de guerre. Les ancêtres de Tsepech s'étaient montrés fin stratèges en construisant la forteresse. Vaïks n'était pas grande, mais l'assaillant assez téméraire pour s'y attaquer tomberait sur de nombreux obstacles.

« Comment entrerons-nous ? » s'enquit Abou Doun. Puisqu'ils avaient contourné la forteresse, le portail se trouvait de l'autre côté et il était fort improbable qu'il existât une seconde entrée, moins lourdement gardée.

« Il y a un passage secret. » Vlad hésita imperceptiblement avant de dévoiler cette information. « L'un des aïeux de Tsepech l'a fait construire pour pouvoir quitter discrètement la forteresse en cas de siège. Il n'a jamais servi, mais il existe toujours.

— Et tu es au courant ? » La voix d'Abou Doun trahissait de nouveau la méfiance.

« Je suis un gitan, répondit Vlad, méprisant. Les voies détournées et les passages dérobés n'ont pas de secret pour nous. Sinon, nous ne pourrions pas vivre de nos rapines. »

Andrej le fit taire d'un regard.

Vlad lança un coup d'œil courroucé à Abou Doun, puis il se retourna sans ajouter un mot et se mit à détailler les environs. Quelques instants plus tard, il se laissa tomber à genoux devant un buisson et tordit avec précaution les branches pourvues de longues épines.

« L'entrée est ici. Le passage n'est pas très haut, vous devrez ramper, mais il mène tout droit aux caves de la forteresse.

— "Vous" ? demanda Abou Doun en levant les sourcils.

— Je ne peux pas vous accompagner, dit Vlad en secouant la tête. Tsepech m'a donné l'ordre de l'attendre à l'intérieur. Je dois être prudent, il se méfie déjà de moi.

— Où aboutit exactement le passage ? » s'enquit Andrej. Il était soucieux, lui aussi, à l'idée de ce qui les attendait.

« À une petite pièce qui ne sert plus depuis de nombreuses années, répondit Vlad. Attendez-moi là. Je vous rejoindrai dès que je le pourrai.

— Dans une semaine ou deux, j'imagine », lança Abou Doun.

Vlad l'ignora. « Tsepech sera fatigué à son arrivée. Torturer des gens à mort est une activité épuisante. Je viendrai dès qu'il sera endormi. Le passage secret abrite un escalier qui mène directement à ses appartements. Je vous le montrerai. Et maintenant partez. Le jour va bientôt se lever. »

Andrej et Abou Doun s'enfoncèrent dans l'obscurité. Ils descendirent dans le noir le plus absolu, à l'aide d'échelons en fer fixés à même la roche, et atteignirent enfin le passage dont Vlad avait parlé.

Andrej comprit vite que Vlad, s'il connaissait l'existence de ce passage, ne l'avait sans doute jamais emprunté lui-même. Il était si bas qu'ils durent ramper sur la plus grande partie du trajet. Par deux fois, la voûte s'abaissa tant qu'il en vint à craindre de rester coincé, une idée affreuse qui lui donna des sueurs froides. Abou Doun, qui le précédait, jurait sans interruption et Andrej eut peur que les gardes sur le chemin de ronde ne l'entendent.

Le boyau étroit s'élargit enfin, et la roche humide et rêche céda la place à de la pierre taillée, mais l'obscurité resta totale. Andrej put respirer librement, même si l'air était encore plus mauvais que dans le passage. Il empestait les moisissures et la pourriture comme si quelque chose, ou quelqu'un, était mort ici.

Abou Doun avança bruyamment dans le noir, donnant l'impression de renverser ou de briser quelque objet à chaque pas. Puis il gronda : « La porte est verrouillée. De l'extérieur.

— À quoi t'attendais-tu ? » Andrej s'assit contre le mur et appuya sa tête contre la pierre froide. Un petit insecte aux pattes nombreuses glissa sur son visage et il le chassa de la main avec dégoût.

« À rien », maugréa Abou Doun. Andrej l'entendit s'asseoir à son tour. « Je devrais me réjouir qu'il y ait au moins une porte.

— Tu ne fais toujours pas confiance à Vlad.

— Pourquoi le devrais-je ?

— Jusqu'à maintenant, il a tenu parole, lui rappela Andrej. Sans lui, nous ne serions sûrement plus en vie. Ou en liberté.

— Mais justement, répondit Abou Doun. Je me méfie de ceux qui me font des cadeaux. »

Andrej renonça à creuser cette idée. Il était fatigué. Depuis combien de temps ne s'était-il pas reposé ? Il s'endormit. Quand il se réveilla avec un léger mal de tête, un mauvais goût dans la bouche et les membres gourds, il comprit que beaucoup de temps s'était écoulé. Il ne s'était pas réveillé de lui-même, quelqu'un actionnait le lourd verrou. Avant que la porte ne s'ouvre et qu'une lumière vacillante n'éclaire la pièce, sa main glissa vers l'endroit où se trouvait d'ordinaire son épée.

La clarté rougeâtre d'une torche le fit cligner des yeux. Vlad pénétra à demi dans la pièce, laissant le bras qui tenait la torche à l'extérieur. Il agita l'autre main dans leur direction avec brusquerie.

« Venez, dit-il. Vite. Dépêchez-vous. »

Andrej et Abou Doun se levèrent, dociles, mais Andrej vacilla un instant avant de trouver son équilibre. Il était engourdi comme s'il avait dormi une éternité. « Pourquoi tant de hâte ? demanda Abou Doun. Tu as bien pris ton temps, jusqu'à maintenant.

— Pas si fort, surtout, ordonna Vlad. On pourrait nous entendre. »

Abou Doun grimaça. « Qui ? Je croyais que personne ne venait jamais ici.

— Tsepech est de retour, répondit Vlad. Il y a beaucoup de monde à la forteresse. Certains sont là contre leur gré. Les cachots sont bondés et il se pourrait qu'on vienne utiliser cette pièce. Suivez-moi. Et pas un bruit ! »

Sans leur laisser le temps de poser une autre question, il recula rapidement dans le passage et s'éloigna. Andrej et Abou Doun durent le suivre pour ne pas se retrouver dans le noir. Ils regardèrent autour d'eux avec curiosité, à la faveur de la lueur vacillante de la torche. Il n'y avait pas grand-chose à voir. Les murs du passage étroit étaient faits de pierres taillées dans la roche. Le plafond voûté était si bas que la torche de Vlad y abandonnait de noires traînées de suie. Ils passèrent devant deux autres portes massives et fermées, si bien qu'ils ne purent voir ce qu'elles cachaient.

Vlad s'arrêta au pied d'un escalier et leur fit signe avec la torche. « Là-haut, ce sont les cachots, dit-il. Il n'y avait pas de sentinelle quand je suis venu, mais on ne sait jamais. Soyez prudents. »

Ils s'engagèrent dans l'escalier, un colimaçon étroit qui les mena, six à sept mètres plus haut, dans une nouvelle cave, plus grande que celle d'où ils venaient. Elle ressemblait au quartier des esclaves dans le bateau d'Abou Doun. De hautes grilles divisaient la grande pièce en nombreuses petites cellules séparées par un couloir central. Chaque cage abritait au moins deux prisonniers, des guerriers turcs sans exception. La plupart étaient blessés, mais nul ne s'était donné la peine de panser leurs blessures. Une odeur infecte alourdissait l'air empli de gémissements, de murmures et de sanglots. L'un des captifs paraissait prier. Quelques autres levèrent la tête et regardèrent dans leur direction, mais nul ne leur adressa la parole.

Vlad s'empara subitement du bras d'Abou Doun et le poussa si brutalement devant lui qu'il faillit tomber. Le pirate se raidit et Andrej craignit le pire en voyant la haine déformer son visage, puis ils virent le garde, appuyé sur sa lance, au bout du couloir, qui les regardait avec curiosité.

« Dépêche-toi, païen ! lança Vlad d'une voix autoritaire. N'aie pas peur, ces cachots ne sont pas pour toi. Je te réserve un sort tout particulier. »

Abou Doun fit un geste, comme pour résister, et Andrej se posta aussitôt aux côtés de Vlad en une attitude menaçante. Le garde au bout du couloir les observait à présent avec attention.

« Fais bien attention à lui, dit Vlad, tourné vers Andrej. Il ne faut pas le blesser, ça gâcherait tout le plaisir. »

Il fit un geste menaçant avec la torche en direction d'Abou Doun. Si le pirate ne s'était pas empressé de tourner la tête, la flamme lui aurait brûlé le visage. Abou Doun fixa Vlad d'un regard furieux, puis il pivota et se mit en route. Andrej respira, soulagé mais conscient que tout danger n'était pas encore écarté. Le garde avait manifestement reconnu Vlad et le considérait avec respect. Andrej espérait qu'il ne se demanderait pas pourquoi son accompagnateur n'était pas armé ni pourquoi le géant prisonnier n'était pas entravé.

Ils parvinrent à hauteur d'une cellule beaucoup plus grande que les autres. Vide d'occupants, elle contenait un chevalet de torture, un récipient plein de braises refroidies et bien d'autres instruments barbares. Andrej avait déjà vu ce genre d'endroit, mais c'était la première fois qu'une chambre de torture se trouvait au beau milieu du quartier des prisonniers.

Tsepech voulait que les captifs voient ce qui s'y déroulait pour jouir de leur peur.

Les inquiétudes d'Andrej à l'endroit du garde s'avérèrent superflues. L'homme les observa attentivement, puis il s'écarta, docile, quand Vlad lui adressa un geste autoritaire.

Ils pénétrèrent dans un second couloir qui s'arrêta, vingt pas plus loin, au pied d'un escalier en pente raide. Une faible clarté brillait à son extrémité supérieure. Andrej s'attendait à ce que Vlad s'engage sur les marches ou qu'il se dirige vers l'une ou l'autre des portes qui les flanquaient, mais il s'arrêta et appela d'une voix forte : « Garde ! »

L'homme qui venait de les laisser passer les rejoignit. Il allait poser une question, mais Vlad le devança.

« Tiens ça », ordonna-t-il en lui tendant la torche.

L'homme obéit. Vlad se saisit alors, sans précipitation, d'un poignard fixé à sa ceinture et lui trancha la gorge.

« Allah ! laissa échapper Abou Doun. Pourquoi as-tu fait cela ? »

Le garde recula contre le mur en râlant, lâcha la torche et porta les deux mains à sa gorge. Vlad rattrapa le flambeau et observa le moribond qui tombait à genoux et basculait sur le flanc.

« Mais… pourquoi ? » demanda Andrej à son tour.

En guise de réponse, Vlad se tourna vers Abou Doun et lui tendit la torche. « Tiens ça. »

Abou Doun écarquilla les yeux sans esquisser un geste. Alors, Vlad se tourna vers Andrej et lui remit le flambeau. Andrej le prit en hésitant et Vlad se pencha pour soulever le mort par les aisselles et le traîner jusqu'à la cave d'où il était venu. Il l'allongea près de la porte pour qu'il ne soit pas visible tout de suite si quelqu'un entrait, et lui prit son épée. À son retour, il échangea l'arme contre la torche d'Andrej.

« Je t'ai demandé pourquoi tu avais fait ça ! gronda Andrej, l'épée à la main. C'était inutile.

— Certainement pas, répondit Vlad. Aidez-moi ! » Il s'approcha du mur, tâtonna du bout des doigts et leur fit signe d'approcher. Ils s'appuyèrent tous trois contre la paroi et poussèrent. Andrej sentit un tremblement, bientôt remplacé par le grincement de la pierre sur la pierre, et un pan du mur pivota sur son axe, libérant un passage étroit par lequel le géant Abou Doun eut toutes les peines du monde à se glisser. À la lueur de la torche de Vlad, ils reconnurent un escalier en colimaçon qui montait. Le passage secret vers les appartements de Tsepech.

« Il nous aurait retardés », dit Vlad, bien qu'une explication fût désormais inutile.

Andrej passa l'épée à sa ceinture et s'introduisit le premier dans le passage. L'air sentait le renfermé et il était si sec qu'il irritait la gorge. Une couche de poussière d'au moins cinq centimètres d'épaisseur recouvrait les marches en pierre. Nul n'était venu ici depuis une éternité.

Vlad et Abou Doun suivirent Andrej et refermèrent sur eux la porte dérobée. La torche se mit aussitôt à vaciller. Malgré l'air vicié, la cage d'escalier agissait sur la flamme comme le conduit d'une cheminée. Il faisait froid.

« La chambre de Draculea est en haut, leur annonça Vlad. L'escalier y mène directement. Quand nous serons arrivés, il faudra faire très vite. S'il a le temps de pousser ne serait-ce qu'un cri, c'en est fait de nous.

— Des gardes ? » demanda Abou Doun.

Vlad secoua la tête. « Draculea ne fait confiance à personne. Il n'accepterait pas un homme armé près de lui pendant son sommeil. Exception faite de tes frères. Les deux vampyres.

— Ce ne sont pas mes frères, se défendit Andrej d'un ton acerbe.

— Appelle-les comme tu veux, répondit Vlad avec indifférence. En tout cas, leur chambre se trouve dans le même couloir. Si Tsepech appelle à l'aide… » Il haussa les épaules. « Tu as dit toi-même que tu n'étais pas aussi fort qu'eux.

— Pas s'ils sont ensemble, le corrigea Andrej.

— Raison de plus pour agir vite. Nous entrons, tu le tues et nous ressortons.

— Si c'est aussi simple, intervint Abou Doun, pourquoi ne pas le faire toi-même ?

— Nous repartirons par le même chemin, poursuivit Vlad en jetant un coup d'œil à Abou Doun sans daigner lui répondre.

— Si d'ici là personne n'a trouvé le garde que tu as égorgé.

— Le risque est faible, répondit Vlad. La relève vient de se faire et nul ne descend ici de son plein gré. » Il agita la torche avec impatience. « Venez, maintenant !

— Pas si vite, dit Abou Doun.

— Les prisonniers.

— Impossible, dit Vlad d'un air horrifié. Ils sont plus de deux cents ! Il te faudrait une journée entière pour les faire sortir par le passage secret. Quant au portail, il n'en est pas question, plus de cent soldats en armes ont établi leur campement dans la cour. » Il hésita un instant et poursuivit d'un ton plus cassant : « Nous ne sommes pas venus ici pour libérer tes compatriotes, musulman ! Ils restent nos ennemis.

— Tu...

— Il a raison, Abou Doun, intervint Andrej. Mais il ne leur arrivera rien. Quand Tsepech sera mort, ils seront traités comme des prisonniers de guerre... n'est-ce pas, Vlad ? »

Vlad acquiesça avec précipitation. Ils poursuivirent leur chemin. L'escalier se terminait devant une étroite porte en bois. Vlad leur intima le silence. Il désigna un petit judas au milieu de la porte. Andrej se mit à genoux pour regarder au travers. Il découvrit une chambre de grandes dimensions, éclairées par quelques bougies.

« Son lit est à droite, juste à côté de la porte, murmura Vlad. Si tu es assez rapide, il ne sentira même pas ce qui lui arrive. »

Andrej tira l'épée de sa ceinture. « Frederic ? souffla-t-il.

— Dans la chambre voisine. » Vlad s'impatientait. « Nous irons le chercher dès que tout sera terminé.

— Je ne vais pas tuer Tsepech dans son sommeil, Vlad, déclara Andrej. Je le tuerai, mais à ma manière. Je ne suis pas un assassin.

— Pauvre fou ! siffla Vlad. Tu veux tous nous… »

Andrej ne l'écoutait plus. Il ne se donna pas la peine de chercher la poignée ou un mécanisme secret d'ouverture mais enfonça la porte d'un coup d'épaule et déboula dans la pièce. Près de la porte, insoupçonnable de l'intérieur car intégrée à un mur lambrissé, se dressait un lit de grande taille, surmonté d'un baldaquin richement orné reposant sur quatre colonnes finement sculptées. Tsepech s'y trouvait, en effet, mais il ne dormait pas comme l'avait prétendu Vlad. Assis, le dos appuyé contre deux grands oreillers de soie, il tenait un gobelet d'or à la main et ne montrait aucune surprise.

— Eh bien ! Tu as mis le temps, lança-t-il, sourcils froncés. Je commençais à croire que tu avais changé d'avis. »

Andrej était déconcerté. Tsepech l'attendait. Il avait ôté son casque étrange et l'avait posé à côté de lui sur le lit, mais il portait toujours son armure ainsi que ses gants hérissés de pointes.

« Que veux-tu dire ? demanda Andrej.

— Tout d'abord, que je me réjouis de voir que tu sais apprécier mon hospitalité, Andrej Delãny, répondit Tsepech. Sinon, tu ne serais pas revenu de ton plein gré, non ? »

Il se leva, faisant cliqueter son armure.

Andrej se retourna lentement. Derrière lui, Abou Doun et Vlad venaient d'entrer dans la chambre. Le pirate avait l'air effaré, tandis que le visage de Vlad était resté impassible.

« Pourquoi ? » demanda Andrej à voix basse.

Tsepech répondit le premier. « Tu le soupçonnes à tort, Delãny. Il ne t'a pas trahi. »

Andrej le regarda d'un air dubitatif, mais Tsepech secoua la tête et s'adressa directement à Vlad. « Depuis combien de temps es-tu à mon service, mon ami ? Trois ans ? Cinq ? Croyais-tu vraiment que pendant tout ce temps je ne m'étais pas rendu compte que tu souhaitais ma mort ? Je savais que tu ne résisterais pas à la tentation.

— Et tu as quand même attendu qu'il m'amène à toi ? » Andrej leva son épée. « C'était une erreur, Tsepech. Je vais te tuer. »

Il se mit à contourner le lit et Tsepech posa enfin son gobelet afin de dégainer son arme. Il sauta du lit et recula rapidement de quelques pas.

« As-tu peur, Draculea ? » Andrej eut un rire menaçant. « Le maître des souffrances, le Dragon, a-t-il peur ?

— Non, répondit Tsepech, mais je me trouve défavorisé, je ne peux pas te vaincre. Je n'ai rien contre un combat, mais à chances égales ! »

Andrej perçut un mouvement à l'extrémité de son champ de vision et pivota. L'effroi le paralysa un instant. Surgie de nulle part, une haute silhouette à la cuirasse dorée était apparue derrière lui. Kerber.

« Vous aviez raison, prince, dit le vampyre, tourné vers Tsepech, sans toutefois perdre Andrej des yeux une seconde. Il a vraiment été assez stupide pour venir jusqu'ici. »

Prudent, Andrej recula de quelques pas, mais de sorte à garder ses deux ennemis à l'œil. Tsepech le suivit lentement et en maintenant ses distances, Kerber ne bougea pas.

« Je tiens toujours mes promesses, dit Draculea. D'une manière ou d'une autre. »

Son assaut fut si rapide qu'il faillit surprendre Andrej. Il ne leva son épée qu'au dernier moment pour parer le coup de Tsepech et contre-attaqua sans attendre. Il toucha son adversaire, mais son épée rebondit sur l'armure du chevalier du Dragon en une gerbe d'étincelles. La violence du coup fit vaciller Draculea, sans toutefois le blesser.

Andrej pivota, l'épée tendue devant lui scintilla en trois quarts de tour mortels et s'immobilisa à une main du visage de Kerber, qui s'était jeté en avant à la faveur de l'attaque de Draculea. Tout autre que lui se serait embroché sur la lame d'Andrej, mais Kerber réussit à s'arrêter en plein mouvement. Il faillit perdre l'équilibre, heurta la paroi et s'écarta en roulant sur lui-même. L'épée d'Andrej frappa le mur près de son visage, faisant naître une nouvelle gerbe d'étincelles. Kerber pivota derechef en ahanant et perdit définitivement l'équilibre. Il ne tomba pas mais se laissa choir sur les genoux, momentanément hors de combat. Andrej s'approcha et lui lança le genou dans le visage. Il éprouva une sombre satisfaction en voyant le sang gicler du nez brisé de Kerber. Le vampyre pouvait bien être immortel, il n'était immunisé ni contre la douleur ni contre les lois de la physique. Il poussa un cri, sa tête cogna contre le mur avec un bruit sec et il laissa tomber son arme, assommé.

Andrej fit un demi-pas rapide en arrière et leva l'épée pour décapiter le vampyre, quand une douleur aiguë, aveuglante, lui déchira le dos, entre les omoplates, lui arrachant un cri. Il trébucha, tomba en glissant contre le mur et se tourna à demi. Il pressentit le geste plus qu'il ne le vit, jeta instinctivement la tête de côté, et les pointes mortelles des gants de Tsepech, qui visaient ses yeux, ne lacérèrent que sa tempe. Andrej saisit le bras de son adversaire et le tordit. L'une des pointes transperça sa main, lui infligeant une nouvelle souffrance, mais il l'ignora et repoussa Tsepech avec tant de violence que ce dernier trébucha en arrière et tomba bruyamment. Abou Doun et Andrej fondirent sur lui avant qu'il n'ait pu se redresser.

Andrej ne donna pas suite. Kerber avait profité de ce court répit pour se relever et ramasser son épée. Dans les secondes qui suivirent, Andrej dut user de tout son talent pour esquiver la grêle de coups que le vampyre fit pleuvoir sur lui. Il repoussa son adversaire en deux assauts imprécis mais puissants qui lui permirent de reculer de quelques pas et de reprendre son équilibre. Kerber renonça à le suivre et en profita pour recouvrer ses esprits. Chez tout autre que lui, Andrej aurait cru à une erreur impardonnable.

Mais Kerber était un combattant aguerri.

Les bras et les épaules d'Andrej étaient endoloris. Les coups de Kerber étaient d'une puissance incroyable. Le vampyre était plus fort que lui et il récupérait bien plus vite. La blessure à la tempe d'Andrej s'était refermée, mais sa main saignait toujours, alors que le nez de Kerber s'était complètement régénéré. Le vampyre paraissait disposer de réserves inépuisables.

Andrej comprit alors qu'il allait perdre ce combat.

Il le lut dans les yeux de Kerber. Le vampyre était plus puissant, plus rapide, meilleur combattant et plus expérimenté. Le pire pour Andrej fut de prendre conscience qu'il perdrait même s'il l'emportait.

Il perçut un mouvement du coin de l'œil, entendit un cri et le claquement du métal sur le métal : Vlad ou Abou Doun, peut-être les deux, en train d'affronter Tsepech. Andrej résista à la tentation de jeter un regard, mais l'infime distraction que représenta la seule idée de le faire suffit à Kerber pour préparer sa contre-attaque.

Andrej vit arriver l'assaut et réagit de la seule façon qui lui parut convenir avec un agresseur de la force et de l'expérience de Kerber. Il n'essaya pas de bloquer ni de parer le coup, mais il sautilla de côté avec légèreté et leva son épée juste assez pour faire glisser la lame de Kerber contre la sienne, désamorçant la puissance phénoménale du geste. Au dernier moment, il fit décrire à son épée un mouvement tournant, destiné à désarmer le vampyre. Ce dernier parut avoir anticipé l'action, car il contra d'un mouvement similaire mais beaucoup plus rapide, et ce fut soudain Andrej qui dut lutter pour ne pas lâcher son arme. Il se mit en sécurité d'un bond désespéré, sans pouvoir empêcher Kerber de lui infliger une profonde blessure à l'avant-bras. Il recula d'un deuxième pas et fit passer son épée de la main droite à la gauche. Il était aussi habile de cette main que de l'autre et sa plaie au bras se refermait déjà.

L'avantage, même infime, était maintenant chez Kerber, mais l'immortel n'en profita pas. Il choisit de reculer et baissa l'épée, attendant que la blessure d'Andrej fût guérie. Puis il hocha la tête et fit un geste.

Andrej mit quelques instants avant de comprendre. Kerber voulait qu'il reprenne le combat de la main droite. Le vampyre n'avait fait que tester ses capacités et, désormais certain de sa supériorité, il jouait avec lui.

Cette pensée provoqua la fureur d'Andrej. Il dut faire appel à toute sa maîtrise pour ne pas se jeter sur Kerber, ce qui aurait signifié une mort certaine. Sa seule chance de vaincre ce guerrier si ancien et si expérimenté était de garder la tête froide en espérant une faiblesse dans sa défense ou une erreur de sa part.

Kerber ne lui offrit ni l'une ni l'autre. Il reprit le combat, se limitant à quelques courtes attaques qui contraignirent Andrej à battre précipitamment en retraite sans vraiment le mettre en danger.

Andrej fit encore quelques pas en arrière, réussit à toucher son adversaire et constata avec effroi que la blessure s'était déjà refermée alors que Kerber n'avait pas achevé son mouvement de recul. Le vampyre enchaîna par une volée de coups visant la tête et les épaules. Andrej parvint à les arrêter, mais les chocs répétés envoyèrent de nouvelles ondes de douleur dans les muscles de ses bras.

Il lui devenait de plus en plus difficile de lever son épée. Ses forces baissaient alors que Kerber paraissait se régénérer à chaque coup qu'il lui assenait. Inexorablement, le vampyre le réduisait à néant. D'un moment à l'autre, l'un de ses assauts meurtriers trouverait son but.

La fin arriva plus vite que prévu.

Kerber feinta une nouvelle fois et Andrej rompit pour l'attirer à son tour dans un piège. Mais au lieu de suspendre son assaut au dernier moment pour laisser la parade d'Andrej se terminer dans le vide et le déséquilibrer, ainsi qu'Andrej s'y attendait, Kerber se jeta en avant avec une puissance redoublée. Andrej, qui était déjà en train de reculer, n'eut aucune chance et se trouva projeté contre le mur. Kerber abattit le pommeau de son épée sur la main de son adversaire et la brisa. Andrej lâcha son arme. De la main gauche, le chevalier d'or lui assena un formidable coup de poing sous le menton. Sa tête heurta le mur avec une telle violence qu'il en eut la nausée.

Les jambes d'Andrej ployèrent et il tomba à genoux. Kerber le lâcha, éloigna son épée d'un coup de pied et le frappa violemment au thorax, achevant de lui couper le souffle. Il se jeta alors sur lui, frappant du genou les côtes déjà brisées et augmentant la douleur. Ses dents s'enfoncèrent dans la gorge d'Andrej, déchirant la chair, à la recherche de la carotide. Andrej se tendit, essayant de faire lâcher prise au vampyre, mais ses forces l'abandonnèrent. Les dents de Kerber fouillaient sa gorge et Andrej sentit son sang ainsi qu'une chose indéfinissable, invisible et secrète, s'échapper de lui. Pendant un court instant, il eut la sensation atroce de ne plus habiter son corps et de se trouver catapulté dans une obscurité infinie, résonnant des cris de milliers d'âmes torturées. Puis une main invisible mais puissante le saisit et le fit revenir, non dans son propre corps mais…

Ce fut au tour de Kerber de s'arc-bouter. Ses lèvres se détachèrent soudain de la gorge d'Andrej. Il vacilla, bascula sur le côté et poussa un gargouillement étrange en portant ses mains à son cou. Entre ses doigts sortait la pointe sanglante du poignard que Vlad lui avait enfoncé dans la nuque.

Andrej voulut se redresser. Il le fallait. L'intervention de Vlad lui donnait un bref répit, rien de plus. Même cette terrible blessure ne viendrait pas à bout de Kerber. Andrej savait à quelle vitesse le vampyre se régénérait, et lui-même était blessé. Kerber lui avait volé plus qu'un peu de sang. Il se sentait faible, incroyablement faible.

Kerber essaya d'atteindre le poignard enfoncé dans son cou pour le retirer, mais Vlad lui épargna cette peine. Il arracha l'arme puis la planta entre les omoplates du vampyre avant de le jeter à terre. D'un bond, il fut au côté d'Andrej et l'aida à se relever.

Andrej ne savait pas ce qu'il avait en tête. Il se défendit instinctivement, mais il était trop faible pour repousser ce simple mortel. Vlad le fit pivoter, le jeta sur Kerber et appuya son visage contre la gorge du vampyre.

« Bois ! ordonna-t-il. Bois ou tu es mort ! C'est ce que tu veux ? »

Andrej se défendit de toutes ses forces ; contre Vlad, mais aussi contre la soif obscure qui le saisit quand la première goutte de sang effleura ses lèvres.

En vain.

Vlad le maintenait d'une poigne impitoyable et sa soif explosa en un feu infernal, annihilant toute volonté. Un sang chaud, à l'amertume cuivrée, lui emplit la bouche. Et ce ne fut pas tout.

L'expérience fut différente de celle qu'il avait connue avec Malthus et de celle qu'il venait de vivre. Kerber était bien là, mais il n'eut pas à l'arracher de son corps. Le vampyre se jeta en lui avec ses souvenirs, ses pensées, son âme, ses désirs les plus noirs et chaque seconde de sa vie longue de plusieurs siècles. Ce fut comme une flamme noire qui incendia son âme, menaçant d'effacer tout ce qu'Andrej avait jamais été. Malthus avait été difficile à vaincre, mais Kerber était beaucoup plus vieux et mille fois plus fort. L'esprit du vampyre l'assaillait aussi impitoyablement que son corps venait de le faire. Le combat ne fut pas moins difficile, il fut surtout plus long.

Andrej perdit toute notion du temps. Au bout d'un moment, il sentit Kerber se relâcher et la vie le quitter. Il était mort, mais son esprit était bien vivant. Un combat sans merci s'engagea pour le seul organisme qui leur restait. Andrej hurla. Il se recroquevilla sur le sol et se mit à battre des bras et des jambes. La transformation venait de commencer, et pendant longtemps il fut impossible de dire lequel des deux absorberait l'autre.

Enfin, tout cessa.

L'esprit de Kerber se rebella une dernière fois et s'effaça. La flamme noire s'éteignit, laissant derrière elle un vide démesuré dans lequel Andrej faillit s'abîmer. Il se sentait pourtant parcouru d'une puissance nouvelle, inconnue. Kerber s'était évanoui, mais il était encore présent, tout au fond de lui, une partie de lui-même.

Lentement, Andrej se redressa et leva les mains pour les regarder. Il n'aurait pas été surpris de découvrir les poignes trapues et fortes de Kerber à la place de ses doigts minces et nerveux. Mais rien n'avait changé.

Une exclamation incrédule fusa auprès de lui. Andrej tourna la tête, rencontra le regard de Vlad et comprit que l'expression d'horreur absolue qu'il lisait dans les yeux du Rom ne lui était pas destinée. Il regarda dans l'autre direction.

Kerber…

… tombait en poussière.

Sa blessure à la gorge s'était refermée, comme si son corps se souvenait, par-delà la mort, de ses étranges capacités, mais sa peau jaunissait. Elle se dessécha, se crevassa et s'affaissa quand la chair qu'elle recouvrait se mit elle aussi à se flétrir.

Andrej était épouvanté et déconcerté tout à la fois. Rien de cela ne s'était produit à la mort de Malthus.

« Grand Dieu ! murmura Vlad, plein d'effroi. Il devait avoir des siècles. »

Vlad vrilla son regard dans celui d'Andrej, puis il se pencha à la recherche de l'épée de Kerber. Avant qu'Andrej ait pu comprendre ce qu'il faisait, il l'avait ramassée et en appuyait la pointe sur sa poitrine.

« Que fais-tu ? demanda Andrej, dérouté.

— Je t'arrache le cœur si tu fais un seul geste, répondit Vlad, menaçant. Où étiez-vous la nuit dernière ? Où vous êtes-vous cachés ?

— Dans une ruine, répondit Andrej sans comprendre. Tu le sais bien !

— L'endroit précis ? » La pointe de l'épée appuya plus fermement sur son cœur. « Vite ! »

Andrej lança un coup d'œil en direction d'Abou Doun. Le pirate se tenait jambes écartées au-dessus de Tsepech étendu au sol, immobile, les bras en croix. Abou Doun l'avait abattu avec sa propre étoile du matin. Il tenait l'arme de la main gauche et observait Andrej avec méfiance, les yeux plissés. Son expression n'avait rien d'amical.

« Très bien, dit Andrej. Dans un ancien moulin. Dans la cave. Abou Doun est tombé dans l'escalier. À quoi riment ces questions ? »

Il avait presque crié les derniers mots, mais ni Vlad ni Abou Doun ne s'en montrèrent impressionnés. L'épée resta en place.

« Sur mon bateau, dit Abou Doun, prenant le relais, je t'ai mis hors de combat. Raconte-moi comment.

— Mon dos, répondit Andrej. Tu m'as brisé l'échine. »

Abou Doun hocha imperceptiblement la tête à l'intention de Vlad. Le Rom recula d'un pas, baissa l'épée et poussa un soupir de soulagement.

« Je peux me lever, maintenant, ou vas-tu me décapiter ? demanda Andrej d'un ton hostile.

— Pardonne-moi, s'excusa Vlad, mais nous devions être sûrs que c'était bien toi. » Il eut un sourire nerveux. « Je crois que c'est toi.

— Je l'espère, en tout cas. » Andrej se leva. « Pendant un moment, j'ai bien cru que je ne l'emporterais pas. Il était très puissant. » Frissonnant, il regarda de nouveau le cadavre de Kerber ou ce qu'il en restait : rien de plus qu'un squelette sur lequel s'accrochaient encore des lambeaux de peau desséchée. « Pourquoi as-tu dit qu'il devait avoir des siècles ? demanda-t-il.

— La nature a repris ce que la magie noire lui a dérobé pendant tout ce temps », répondit Vlad.

Andrej sentit que c'était la vérité. En mourant, Kerber avait vieilli, rattrapé par les années qu'il avait volées. Malthus était beaucoup plus jeune. Un vampyre, certes, mais avec une durée de vie humaine derrière lui.

Andrej ramassa son épée et la passa à sa ceinture avant de se tourner vers Vlad. « Tu en sais beaucoup sur les... vampyres ? Les démons ?... Moi. »

Vlad eut un fin sourire empreint de sagesse. « Je te l'ai dit : je connais toutes les vieilles légendes. Mais je n'avais encore jamais rien vu de tel de mes propres yeux.

— Et ? s'enquit Andrej. Ai-je réussi l'examen ?

— Les légendes parlent aussi d'immortels dépourvus de méchanceté, continua Vlad, imperturbable. Comment pouvais-je savoir à quelle catégorie tu appartenais ? »

Andrej aurait eu beaucoup à dire sur le sujet, mais il préféra s'abstenir. Il s'approcha de Tsepech, le fit rouler sur le dos et lui administra trois gifles jusqu'à ce qu'il ouvre les yeux en gémissant.

Abou Doun laissa tomber l'étoile du matin, releva Tsepech d'un seul geste et lui tordit le bras dans le dos, après lui avoir enlevé ses gants hérissés de pointes.

Tsepech ahanait de douleur, mais Andrej ne lut que la haine dans ses yeux.

« Vous ne vous en tirerez pas, siffla-t-il, dents serrées. Vous mourrez tous. Je vous réserve un sort tout particulier... » Il s'interrompit et poussa un cri quand Abou Doun pesa un peu plus sur son bras tordu.

« Frederic ! lança Andrej d'un ton péremptoire. Où est-il ?

— Je ne dirai rien ! répondit Tsepech.

— Ça ne sera pas nécessaire, intervint Vlad. Je peux vous y emmener.

— As-tu pitié de lui ? demanda Abou Doun.

— Non, mais nous n'avons pas le temps. Tue-le maintenant, mais fais vite. » Il fit un signe de la tête. « Le petit doit se trouver dans l'une des chambres voisines. C'est là qu'il loge tous ses invités.

— Ligote-le. » Andrej fit un geste vers Abou Doun. Maintenant leur captif d'une main, le pirate déchira un bandeau de tissu dans les draps de Draculea, dont il se servit pour lui attacher les mains dans le dos. Le visage de Tsepech était gris de souffrance, mais pas une plainte ne franchit ses lèvres. Abou Doun le bâillonna à l'aide d'une deuxième longueur de tissu, un peu plus courte, puis, d'une bourrade, le fit trébucher et tomber à genoux.

« Pourquoi ne pas le tuer ? demanda Vlad. C'est pour ça que nous sommes venus.

— Plus tard, répondit Andrej. Allons d'abord chercher Frederic. »

Vlad n'eut pas l'air convaincu, mais il se contenta de décocher un regard furieux à Andrej avant de relever Draculea et de le pousser brutalement devant lui jusqu'à la porte. Abou Doun resta où il était.

Vlad et son prisonnier avaient atteint la sortie. Tandis qu'il maintenait Draculea contre le mur, Vlad tira le lourd verrou de la main gauche et ouvrit la porte qui donnait sur un couloir étroit, éclairé par un seul flambeau. Il était vide.

Andrej s'en étonna et ressentit de l'inquiétude. Son combat contre Kerber avait été bruyant. Les murs étaient épais, mais les cris et le claquement de l'acier contre l'acier avaient dû s'entendre jusque dans la cour du château fort.

« La deuxième porte », murmura Vlad. Andrej hocha la tête et regarda derrière lui, fit encore un pas en avant. Puis il s'arrêta et se retourna.

« Qu'y a-t-il ? » s'impatienta Vlad.

Au lieu de répondre, Andrej désigna de la tête la chambre qu'ils venaient de quitter. Elle était vide. Abou Doun avait disparu.

« Le fou ! siffla Vlad. Il va se tuer, et avec lui tous ceux qu'il essaiera de libérer ! La cour grouille de soldats ! »

Andrej craignait qu'il n'eût raison. Mais après ce qu'il avait vu dans les oubliettes, il ne pouvait pas donner tort à Abou Doun, même si son entreprise était une folie. S'il réussissait à faire sortir deux cents prisonniers, dont certains étaient gravement blessés, par le passage secret, où les emmènerait-il ? Les soldats de Tsepech pourchassaient sans merci chaque visage basané qu'ils rencontraient, et l'armée ottomane la plus proche était encore trop loin.

« Il va s'en sortir », dit-il. Il était inutile de suivre Abou Doun. S'il réussissait à le rattraper, il doutait de pouvoir le dissuader. Andrej était certain que le pirate avait élaboré son plan dès qu'il avait vu la chambre des tortures.

« Quel optimisme. » Vlad plissa les lèvres. « Il nous en faudra aussi, semble-t-il. »

Vlad avança dans le couloir, se servant de Tsepech comme d'un bouclier humain. Il le faisait avancer en lui braquant dans le dos son poignard dont il avait fait passer la pointe par une fente de la cuirasse. Andrej espérait que Vlad n'appuyait pas trop fort. Il répugnait toujours à tuer un homme de sang-froid, même un monstre tel que Draculea. Il n'était pas dit qu'ils n'auraient pas besoin de lui pour sortir vivants de la forteresse.

Ils atteignirent la porte que Vlad avait indiquée. Andrej se retourna une dernière fois et tendit l'oreille. Il n'entendit ni ne vit rien. Ils étaient seuls. Pourtant, il ne put s'empêcher de penser qu'il tombait dans un piège.

Andrej repoussa ses inquiétudes, ouvrit la porte et ce qu'il vit lui donna raison.

Frederic était assis sur une chaise basse, sous la fenêtre, le regard fixé sur lui. Ses bras et ses jambes étaient ligotés au siège et un bâillon lui barrait la bouche, sans doute pour l'empêcher de l'avertir. Biehler, le dernier des trois immortels au service du père Domenicus, se dressait derrière lui, tandis que le prélat lui-même, assis sur une chaise à haut dossier, le fusillait du regard. Il était attaché lui aussi : une corde grossière, passée autour de sa taille, l'empêchait de tomber de son siège. La blessure que Frederic lui avait infligée à Constanta avait laissé des traces. C'était un miracle qu'il fût encore en vie. Dans la pièce se tenaient aussi huit arbalétriers, leurs armes pointées sur Andrej.

Il aurait peut-être quand même tenté de se rejeter en arrière et de s'enfuir, au risque d'être touché par l'un ou l'autre des tirs, mais Vlad et Tsepech venaient d'entrer derrière lui, bloquant la sortie. Andrej fit un pas de plus dans la pièce. L'un des arbalétriers perdit son sang-froid et tira, mais il le manqua. Le carreau se ficha avec un sifflement assourdi dans le cadre de la porte, près de l'épaule d'Andrej. Le père Domenicus leva la main et cria : « Non ! »

Les autres hommes restèrent de marbre, mais ils gardèrent le doigt sur la manette de détente, tandis que leur camarade rechargeait son arme. Andrej s'immobilisa. Domenicus se pencha en avant, aussi loin que la corde autour de sa taille le lui permettait.

« Voilà qui est sage de ta part, dit-il. Je sais combien tu es rapide. Comme tu le vois, je ne suis pas seulement sous la protection de Notre-Seigneur, mais j'ai aussi quelques hommes courageux à mon service. Sois assuré qu'ils savent ce qu'ils ont à faire. »

Il observa Andrej, attendant visiblement une réponse de sa part. Andrej ne lui fit pas ce plaisir, mais il lui rendit son regard sans ciller. Les yeux de Domenicus étaient pleins de haine, d'amertume et de colère.

Les traits du prêtre étaient profondément marqués par la douleur et la maladie. Sa peau luisait d'un éclat cireux et malsain. L'homme souffrait plus qu'Andrej ne pouvait se l'imaginer.

« Tu ne dis rien », constata Domenicus. Il paraissait déçu. Finalement, il se redressa en s'aidant de ses bras.

« Vous aviez raison, prince, poursuivit-il d'un ton changé, en se détournant d'Andrej. Je dois avouer que j'avais douté de votre plan et je m'en excuse. Je ne l'aurais jamais cru capable de vaincre Kerber.

— Je sais reconnaître un guerrier quand j'en vois un. » Vlad fit un pas de côté, trancha les liens qui entravaient les mains de Tsepech et se hâta de reculer en voyant qu'il se trouvait dans la ligne de mire de l'un des arbalétriers.

« Vlad ? murmura Andrej. Tu es…

— Le prince Vladimir Tsepech III Draculea, lui-même », répondit-il en faisant une révérence moqueuse.

Tsepech – le faux – arracha rageusement son bâillon et, du dos de la main, frappa Andrej au visage.

« Vlad ! le sermonna Draculea d'un ton sec. Pas maintenant. Tu auras le temps et le loisir de te venger plus tard. » Il fit un geste impérieux. « Va-t'en, va chercher le marchand d'esclaves avant qu'il ne fasse trop de dégâts. »

Le faux chevalier du Dragon tourna les talons et disparut. Tsepech le suivit des yeux en secouant la tête, puis il tendit le bras et ôta l'épée des mains d'Andrej. « Tu permets ? J'ai bien vu ce que tu étais capable de faire avec une arme. »

Andrej se laissa désarmer sans opposer de résistance. Il aurait encore pu tuer Tsepech, mais cela aurait signifié sa mort immédiate ainsi que celle de Frederic.

« Dommage pour Kerber, reprit le père Domenicus. Il m'a longtemps et loyalement servi. Dieu gardera son âme et il recevra sa juste récompense.

— J'en suis sûr, dit Andrej. Si Dieu existe vraiment, vous recevrez tous deux ce que vous méritez. »

Domenicus le foudroya du regard, mais la réaction attendue ne vint pas. Andrej vit Biehler se tendre puis laisser retomber ses mains.

« Tu ne peux pas salir le nom du Seigneur, dit Domenicus. Une créature du diable telle que toi.

— Cesse tes bavardages, Domenicus, rétorqua froidement Andrej. Que veux-tu ? Me tuer ? Alors fais-le, mais épargne-moi la torture d'avoir à t'écouter.

— Te tuer ? » Domenicus prit l'air d'y penser pour la première fois. « Oui, je le ferai. Et sois certain que, cette fois, je m'assurerai de mes propres yeux que tu es bien mort. Tu vas brûler sur le bûcher, sorcier. » Il désigna Frederic. « Avec cet enfant possédé par le diable.

— Pas si vite, mon père, intervint Tsepech. Nous avons un accord. »

Les yeux de Domenicus lancèrent des éclairs. « Un accord ? Il a tué l'un de mes meilleurs hommes !

— Deux, pour être précis, le corrigea Tsepech. Et ils l'ont mérité. Un guerrier qui se laisse tuer ne vaut rien. Je vous avais prévenu. » Il secoua la tête. « Delãny m'appartient ! »

Le visage de Domenicus était déformé par la haine. « Vous ne savez pas à qui vous parlez !

— À un émissaire de la Sainte Inquisition romaine, répondit Tsepech en courbant moqueusement la tête. Mais Rome est loin et l'Église n'a ici que le pouvoir que je veux bien lui accorder. Que diraient vos frères à Rome s'ils savaient qui sont vos serviteurs, mon père ?

— N'allez pas trop loin, Tsepech, lança Domenicus. Je vous dois ma gratitude, mais tout devoir a ses limites.

— Je n'ai pas l'intention de vous menacer, répondit Tsepech avec un sourire. Je me contente de vous rappeler notre accord. » Il désigna tour à tour Frederic puis Andrej. « Vous prenez le garçon, moi je garde Delãny.

— Laissez Frederic en dehors de tout ça, jeta Andrej. C'est entre toi et moi, Domenicus.

— Nullement, répondit l'inquisiteur. Ça l'était peut-être avant que cet enfant *innocent* ne tente de me tuer.

— Tu veux donc te venger.

— Non. Le garçon est possédé par le diable, tout comme toi et ta tribu de malheur. Mais il est encore jeune. Le Malin a effleuré son âme, mais elle n'est pas encore perdue. Je le prendrai avec moi et lutterai contre le mal pour son salut.

— C'est toi qui parles du diable ? » Andrej en aurait presque ri. « Combien d'innocents as-tu fait assassiner… au nom de Dieu ?

— Le mal ne cesse de s'étendre et Lucifer est rusé. Il faut l'éradiquer jusqu'à la racine. » Domenicus eut un geste méprisant de la main. « Ôtez ce suppôt de Satan de ma vue. Et apportez-moi mes remèdes, je souffre. »

14

La pièce était exiguë et ne comportait qu'une fenêtre étroite qui ne laissait pas passer le poing. La porte, assez massive pour résister à un boulet de canon, était percée, à hauteur des yeux, d'une ouverture de la taille d'une main. La cellule était meublée d'une chaise, d'un lit et d'un seau à moitié rempli d'eau, servant de pot de chambre. Un anneau en fer serti dans le mur ne laissait aucun doute quant à sa destination.

Toutefois, Andrej ne fut pas enchaîné. Tsepech et une demi-douzaine de soldats lourdement armés l'avaient amené jusqu'ici. Ils le poussèrent brutalement à l'intérieur et le laissèrent seul. Un peu plus tard, le volet du judas s'ouvrit et des yeux plissés par la méfiance l'observèrent. Deux hommes pénétrèrent dans sa cellule, le tenant en respect de la pointe de leurs longues lances, tandis qu'un troisième déposait un repas copieux accompagné d'un demi-pichet de vin.

Andrej eut l'impression qu'il s'agissait moins d'une largesse de la part de Tsepech que du dernier repas d'un condamné à mort.

Ses chances de quitter vivant la forteresse étaient minces. Ce n'était pas la première fois qu'il se retrouvait dans une situation apparemment sans issue et il avait, jusqu'alors, toujours réussi à se libérer.

C'était différent, cette fois. Ses ennemis savaient qui il était et de quoi il était capable. Tsepech ne le laisserait pas s'enfuir. D'ailleurs, il était étonné d'être encore en vie. Kerber aurait dû le vaincre, il était le meilleur. Sans l'intervention de Vlad – de Tsepech ! –, Andrej ne serait plus de ce monde.

En entendant des pas lourds approcher dans le couloir, il se leva et se déplaça vers le fond de sa cellule pour épargner aux soldats la peine de le faire reculer à la pointe de leurs lances. Mais la porte ne s'ouvrit pas sur ses geôliers.

Ce fut Maria qui entra.

Andrej, pétrifié, ne put que la dévisager, incapable de former une seule pensée cohérente. Jusqu'à cet instant, il avait réussi à ne pas penser à sa présence dans la forteresse, car l'idée de la savoir si proche lui était trop douloureuse.

Maintenant, elle était là.

Elle se tenait à deux pas de lui, aussi belle que dans son souvenir, mais tellement plus fragile. Une tristesse sourde paraissait émaner d'elle. La dévisageant longuement, il constata qu'elle s'était transformée physiquement. Son visage était plus mince et il y découvrit l'ébauche des mêmes lignes sombres qui marquaient désormais les traits de son frère Domenicus. Le chemin jusqu'ici n'avait pas été facile et sans doute l'avait-elle parcouru contre son gré.

« Maria… commença-t-il.

— Non ! » Sa voix n'était qu'un souffle rauque, mais elle lui intima le silence. « Ne dis rien. Domenicus ne sait pas que je suis ici et il ne doit pas l'apprendre. Je n'ai pas beaucoup de temps. »

Sa voix l'effraya ainsi que son regard. Il resta où il était, résistant difficilement à l'envie de la prendre dans ses bras et de poser ses lèvres sur les siennes. Tout ce qui était arrivé entre Constanta et cet instant disparut, comme si le temps s'était dissous.

« Est-ce vrai ? » demanda Maria. Peut-être étaient-ce des larmes qu'il voyait briller dans ses yeux, peut-être pas.

« Quoi donc ?

— Ce que Domenicus m'a raconté, répondit-elle avec difficulté. Que tu es… un sorcier ?

— Il a dit cela ?

— Il n'a pas employé ce mot, précisa Maria, mais il m'a dit que tu avais pactisé avec le diable. Que tu pratiquais la magie noire et… et qu'on ne pouvait pas te tuer.

— Et tu le crois ? » Le cerveau d'Andrej était en ébullition. Il refusait d'admettre ce qu'il entendait et il refusait plus encore d'admettre ce qu'il lisait dans les yeux de Maria. C'était impossible. Pas elle, pas cela !

« Je ne sais plus ce que je dois croire, répondit Maria. Mais je sais ce que j'ai vu.

— Et… qu'as-tu vu ? » demanda Andrej, le souffle court. Il fit un pas vers elle et s'arrêta aussitôt en la voyant reculer. L'idée qu'elle pût avoir peur de lui était plus insupportable encore que l'expression de son visage.

« Le garçon. Frederic. Biehler l'a blessé d'un coup de couteau et la plaie s'est refermée devant mes yeux. C'est de la sorcellerie.

— Ça n'a rien à voir avec la sorcellerie, se défendit Andrej, mais Maria ne l'entendit pas.

— Tu es comme lui, n'est-ce pas ? » Les yeux de Maria s'assombrirent. Le cœur d'Andrej se serra quand il comprit qu'elle avait vraiment peur de lui. C'était pire que tout. Il aurait pu vivre en sachant qu'il ne la reverrait plus jamais, il aurait même pu supporter qu'elle ne partage pas ses sentiments. Mais l'idée qu'elle pût avoir peur de lui était insupportable.

« Oui, dit-il, mais je ne suis pas...

— C'est donc vrai. Vous avez pactisé avec le diable.

— Je ne sais pas si le diable existe, répondit Andrej. Mais, si c'est le cas, Frederic et moi n'avons rien à voir avec lui. Je pourrais t'expliquer ce que nous sommes. J'aurais dû le faire depuis longtemps, mais j'avais... peur.

— Peur ?

— Qu'il arrive ce qui vient d'arriver, répondit Andrej. Que tu ne comprennes pas. » Il leva les mains en un geste d'impuissance. « Il est si difficile d'expliquer ce que nous sommes. Je ne le comprends pas bien moi-même et... » Il s'interrompit, incapable de trouver les mots justes. « Maria, s'il te plaît, dit-il, au désespoir. Nous avons si peu de temps et j'ai tant à te dire.

— Non », répondit la jeune femme. La réponse l'atteignit comme un coup de poing, mais le pire était peut-être ce qu'elle ne disait pas. « Je ne veux plus rien entendre. Je sais ce que j'ai vu et Domenicus...

— Ton frère, l'interrompit Andrej, est cent fois pire que Frederic et moi réunis. » Il sentit qu'il ne devait pas poursuivre dans cette voie, que c'était une erreur, mais il lui fut impossible de se taire, comme si les mots, enfin libérés de leur prison, étaient désormais dotés d'une vie propre.

« Il a tué toute la famille de Frederic. Toute ma famille. Il a anéanti le village tout entier. Tout le monde. Frederic et moi sommes les seuls survivants.

— Ce n'est pas vrai », dit Maria. Elle paraissait plus triste qu'effrayée, comme si elle s'était attendue à ce qu'il venait de lui dire, tout en espérant ne pas l'entendre. « Les villageois ont été emmenés, c'est vrai, mais seulement pour être jugés. Pour donner à leurs âmes l'occasion de se retourner vers Dieu.

— Ils sont morts, répliqua Andrej d'un ton calme. Ils ont brûlé sur le bateau d'Abou Doun que ton frère a fait incendier. »

Maria se tut. Elle le fixait, mais Andrej était incapable de déchiffrer son regard. Elle finit par secouer la tête. « Ce n'est pas vrai, répéta-t-elle. Le Maure t'a peut-être raconté cette histoire, mais ça ne s'est pas passé ainsi. Mon frère a fait attaquer le bateau parce que son propriétaire était un meurtrier et un voleur qui méritait la mort.

— Tsepech a brûlé le bateau d'Abou Doun, insista Andrej. Sur ordre de ton frère, Maria. "Brûlez les sorciers !" Voilà ce qu'il a crié !

— Un bateau de pirates !

— Dont la soute était pleine d'esclaves, ajouta Andrej. Tous les villageois qui étaient parvenus jusqu'à Constanta. Je le sais, Maria, j'étais avec eux. Frederic et moi avons survécu. »

Le regard de Maria vacilla. Andrej vit changer l'expression de son visage.

« Non, dit-elle, je ne te crois pas. Tu mens. Le frère Biehler m'a prévenu que tu essaierais de semer le doute dans mon cœur.

— Le frère Biehler, répéta Andrej sur un ton qu'il détesta lui-même. Tu sais qui il est ?

— Un homme courageux, répondit Maria. Aussi brave que Kerber et Malthus, morts de ta main.

— À Constanta, tu tenais encore un autre discours, lui rappela Andrej.

— Je ne savais pas encore qui tu étais.

— Je suis…

— Tais-toi ! » Maria se boucha les oreilles des deux mains. « Je ne veux plus rien entendre. Pas un mot !

— Parce que tu n'aimes pas ce que je te dis », répondit Andrej d'une voix douce. Il n'était pas en colère. Il ne pouvait pas attendre de Maria qu'elle le crût. Pas en de telles circonstances.

« Parce que tu mens ! cria Maria. Domenicus a raison ! Tu es un sorcier. Tu m'as ensorcelée, déjà à Constanta !

— Tu sais très bien que c'est faux », répliqua Andrej à voix basse. Il dut lutter contre les larmes qui lui montaient aux yeux. « Parle avec Frederic si tu ne me crois pas.

— Ou pose-moi la question, belle enfant. »

Maria sursauta. Elle se retourna et fixa Tsepech du regard. Il était entré à leur insu et Andrej supposa qu'il les épiait depuis un certain temps déjà dans le couloir. Peut-être depuis le début de leur conversation.

« Que… ? » lâcha Maria.

Tsepech l'interrompit d'un geste de la main vers Andrej. « Il dit la vérité. Votre frère savait que toutes ces personnes se trouvaient à bord du bateau d'Abou Doun. Il voulait leur mort.

— Et tu as exécuté ses ordres ? » demanda Andrej.

Tsepech haussa les épaules. « Pourquoi pas ? Un bateau plein de sorciers et de suppôts de Satan. Qui douterait de la parole d'un homme d'Église ? Inquisiteur de surcroît !

— Ce… ce n'est pas vrai », murmura Maria. Puis elle cria : « Tu mens ! Ce n'est pas vrai ! »

Les yeux de Tsepech s'assombrirent de colère. Pendant un moment, Andrej fut certain qu'il allait la frapper, mais il n'en eut pas le temps car elle tourna les talons et s'enfuit en courant.

Draculea la suivit des yeux en secouant la tête. Il souriait quand il se retourna vers Andrej.

« Ne t'en fais pas, Delãny, dit-il. Elle se calmera. Ce n'est qu'une femme… et plutôt belle, ma foi. Tu as bon goût.

— Pas en ce qui concerne le choix de mes amis », rétorqua Andrej.

Tsepech laissa fuser un rire. Secouant la tête, il se tourna et ferma la porte pour que nul ne les entende.

« Ne craignez-vous pas que je vous arrache le cœur pour le dévorer devant vos yeux, prince ? demanda Andrej.

— À vrai dire, non, répondit Draculea. Je ne sais toujours pas vraiment ce que tu es, Andrej, mais je suis certain d'une chose : tu es un homme d'honneur.

— N'en sois pas si sûr, gronda Andrej.

— En outre, tu me dois une vie », lui rappela Tsepech.

Andrej garda le silence. Tsepech attendait sans doute qu'il lui demande pourquoi il l'avait aidé pendant son combat contre le vampyre, mais il se contenta de le dévisager pendant quelques instants avant de laisser tomber :

« Que veux-tu ?

— Pourquoi ne pas commencer par me demander ce que j'ai à offrir ? rétorqua Tsepech.

— De quoi s'agit-il ?

— Tout », répondit Tsepech. Il fit un signe de tête vers la porte derrière lui. « La fille. » Il leva aussitôt la main en voyant qu'Andrej allait l'interrompre. « Tu la désires. Elle est très belle… Un peu jeune à mon goût, mais vraiment très belle. Tu ne serais pas un homme si tu ne la désirais pas.

— Ne parle pas d'elle comme ça ! » gronda Andrej.

Tsepech sourit. « Tu la veux. Je peux te la donner.

— Épargne ta salive, Tsepech », dit Andrej, en colère. Il dut se maîtriser pour ne pas se jeter sur ce maudit prince et le rouer de coups.

« Je peux te donner le garçon, poursuivit Tsepech, imperturbable. Ou Biehler. Ou que dirais-tu de la tête du père Domenicus sur un plateau d'argent ? »

Andrej ne savait pas ce qui le consternait le plus : le ton amusé de Tsepech ou la certitude qu'il exaucerait ses souhaits sans hésiter s'il venait à les formuler. Il garda le silence.

Tsepech soupira. « Tu es un hôte bien exigeant, Andrej Delãny. Il n'est vraiment pas facile de te satisfaire. Mais j'ai encore un atout dans ma manche. Ton ami, ce Maure… » Il feignit de ne pas se souvenir de son nom. « Abou Doun ?

— Eh bien ? » laissa échapper Andrej.

Tsepech sourit fugacement. Il paraissait savoir qu'Andrej avait posé la question contre son gré. « Je crains qu'il ne nous ait faussé compagnie, dit-il. Avec quelques prisonniers. Pas beaucoup. Vingt ou trente peut-être. Nous allons les rattraper, cela ne fait aucun doute. Mais je peux interrompre la poursuite. À toi de choisir.

— Qu'ai-je à faire de ce païen ? » lança Andrej. L'expression de Tsepech lui fit savoir qu'il était un piètre menteur. « Mais qu'attends-tu de moi, à la fin ?

— Toi, répondit Draculea. Ton secret, vampyre. Je veux devenir comme toi.

— C'est impossible », répondit Andrej. Il n'était pas vraiment surpris. Tous ceux qui apprenaient son secret lui demandaient tôt ou tard la même chose. « Et même si c'était possible…

— … tu préférerais mourir plutôt que de faire de moi un immortel, oui, oui, je sais. Nous avons déjà eu cette discussion… Ou disons que toi tu l'as déjà eue avec Vlad.

— Vlad ?

— Quand je jouais le rôle de mon fidèle serviteur. Il s'appelle vraiment ainsi. C'est une des raisons pour lesquelles je l'ai choisi. Les gens tiennent à leur nom. Parfois une infime hésitation suffit à révéler un mensonge.

— Tu es un menteur, dit Andrej. Pourquoi devrais-je te croire ?

— Parce que tu n'as pas le choix, répondit Tsepech. Et parce que je t'ai sauvé la vie. »

Cette fois encore, il attendit en vain une réponse. Il s'approcha de la porte, regarda au travers du judas grillagé et se dirigea vers la fenêtre. Tout dans son attitude indiquait à quel point il voulait qu'Andrej posât une question de lui-même.

Il n'était pas question de lui faire ce plaisir. Andrej regrettait déjà de lui avoir parlé. Ce qui était vrai pour la doublure de Draculea l'était d'autant plus pour l'original : son talent d'orateur n'avait d'égal que sa cruauté. Il était dangereux de se laisser entraîner à discuter avec lui. Draculea avait l'inquiétante capacité de faire oublier à ses interlocuteurs le monstre qu'il était vraiment.

Après une éternité, Tsepech reprit la parole d'une voix basse, sur un ton très différent, comme s'il se parlait à lui-même :

« Depuis combien de temps nous connaissons-nous, Andrej Delãny ? Depuis quelques jours, à ton avis, n'est-ce pas ? Mais c'est faux. »

Il se retourna, secoua la tête et s'adossa au mur, près de la fenêtre.

« Je ne te connais que depuis peu, mais je sais depuis longtemps qu'il existe des hommes tels que toi. » Déconcerté, Andrej se demanda s'il avait employé le mot « hommes » par hasard ou si c'était une nouvelle tentative de manipulation de sa part. « Depuis que j'ai entendu parler de vous, je suis à la recherche de l'un des vôtres. Tu as fait ma connaissance sous les traits de Vlad le gitan, et il y a plus de lui en moi que tu ne le penses. Je suis un seigneur, un guerrier comme toi, Andrej. Je règne sur ces terres et j'exerce le droit de vie ou de mort sur tous les habitants, mais, en réalité, ma place n'est pas ici. Ma vie entière n'a été qu'une quête, Delãny. Une quête de mon identité réelle et de mon peuple. Aujourd'hui, je l'ai trouvé.

— Est-ce la raison pour laquelle tu es devenu un tel monstre ? demanda Andrej.

— Tu penses que je suis un monstre ? » Tsepech devint pensif. « Oui, je crois que beaucoup pensent comme toi. Vlad l'Empaleur, c'est ainsi qu'on m'appelle.

— C'est ce que j'ai entendu, répondit Andrej, sarcastique. Mais je ne comprends pas ce qui motive tes actes.

— Tu te demandes pourquoi je fais cela ?

— Parce que tu es malade ? suggéra Andrej.

— Parce que la douleur est la clé, répondit Tsepech. Vlad le gitan a dit la vérité lorsqu'il prétendait savoir tout ce qu'il y a à savoir sur ton peuple, Delãny. C'est la mort qui fait de vous ce que vous êtes. La mort et la douleur. Seul celui qui a connu la douleur parfaite et qui a effleuré la mort peut prétendre à l'immortalité. »

Andrej dévisagea son interlocuteur d'un air incrédule. « C'est…

— … la vérité ! l'interrompit Tsepech. Et tu le sais ! Tu es devenu ce que tu es, et le garçon aussi. Tu es tombé malade et tu es mort. Frederic a été gravement brûlé avant de mourir. Vous avez, tous deux, effleuré la mort d'aussi près que possible. Voilà le secret ! Voilà pourquoi j'étudie la douleur !

Quand un homme est-il plus proche de la mort que lorsqu'il souffre et qu'il souhaite mourir pour être délivré de ses tortures, alors même qu'il s'accroche à la vie, malgré la peur et le désespoir ? Quand la vie et la mort sont-elles plus intimement liées qu'à ce moment précis ? »

Andrej était atterré. Les paroles de Tsepech révélaient toute l'ampleur de sa folie, même si elles dévoilaient l'atroce vérité.

« Combien de personnes as-tu torturées à mort pour ça, pauvre fou ? demanda-t-il.

— Quelle importance ? Combien d'hommes as-tu tués, Delãny ?

— C'est différent », répondit Andrej, mais Tsepech se contenta de rire. Il était inutile de discuter avec un fou.

« Vraiment ? demanda-t-il. Bien sûr que c'est différent de le faire soi-même. D'ailleurs, les prétextes et les raisons ne manquent pas. Tu n'es pas meilleur que moi, Delãny. Nous avons tué tous les deux, et il n'est pas important de savoir pourquoi nous l'avons fait. Ils sont morts, c'est tout ce qui compte.

— Dans ce cas, j'ai une proposition à te faire, répondit Andrej sur un ton de froide colère. Allons dans ta chambre des tortures et voyons si tu as raison.

— Tu crois que j'ai peur de la douleur ? demanda Tsepech, amusé. Tu n'es qu'un sot ! Comment aurais-je pu devenir un maître de la souffrance sans la connaître ni l'aimer ? » Il tira un court poignard à double tranchant de sa ceinture, remonta la manche gauche de sa chemise blanche et entreprit de découper une bande de peau de la largeur de deux doigts, de son épaule jusqu'à son coude. Les coins de sa bouche tressaillirent, mais nulle plainte ne franchit ses lèvres.

« Tu es encore plus fou que je ne le pensais, murmura Andrej.

— Peut-être », dit Tsepech. Un sang rouge clair coulait le long de son bras et s'égouttait sur le sol. Il rit, rengaina lentement son poignard et s'approcha.

« Mais qu'est-ce que la folie ? Que vaut une vie humaine, Delãny ? Ta vie vaut-elle plus que la mienne, ou la mienne moins que celle de ton ami ? » Il secoua violemment la tête. « Avais-tu davantage le droit de vivre que l'homme dont je t'ai sauvé ? »

Les mains d'Andrej se mirent à trembler. Il ne se retenait qu'avec peine de se jeter sur Tsepech, de le saisir à la gorge et de serrer. Non. Plus que cela. Soudain, une soif atroce se réveilla en lui. Il voulait…

… l'attirer à lui et enfoncer ses dents dans sa gorge. Déchirer sa peau et fouiller sa chair, boire son sang délicieux, aspirer la vie infâme de son corps pour…

Il eut le plus grand mal à se maîtriser et à rester immobile. Draculea n'était plus qu'à un pas de lui. L'odeur de son sang, douceâtre, visqueux, écœurant et incroyablement attirant, se répandait dans toute la cellule, le poussant à la folie. Le visage de Tsepech se brouilla devant ses yeux. La salive s'accumula sous sa langue, s'écoulant en filets des commissures de ses lèvres et sur son menton. Il entendit un son sourd et profond, comme le grondement d'un loup, et comprit avec horreur qu'il venait de sa propre gorge. Les yeux de Tsepech s'illuminèrent, Andrej le saisit et l'attira à lui avec brutalité. Ses dents s'approchèrent de son cou…

Puis il le repoussa avec tant de violence que le prince traversa toute la pièce avant de cogner contre le mur, près de la porte, et de s'écrouler dans un cri.

Andrej lui aussi recula en titubant jusqu'au mur et plia les genoux. Un combat impitoyable faisait rage en lui. La soif était toujours là, pire que jamais, monstre déchaîné réduisant sa volonté à néant et ne laissant place qu'à l'envie impérieuse de se jeter sur Tsepech et de le mettre en pièces. Une soif qui l'emplissait d'effroi, de crainte et de dégoût. Un voile rougeâtre s'était abattu devant ses yeux. De loin, il vit la porte s'ouvrir et des hommes accourir, attirés par son cri et celui de Tsepech. Draculea hurla des mots qu'il ne comprit pas et les hommes s'arrêtèrent. Puis le voile rouge s'abattit aussi sur ces images, et Andrej se retrouva seul dans une immensité bouillonnante faite de souffrance et de soif inassouvie.

Finalement, la faiblesse et l'épuisement eurent raison de lui. Il se laissa aller en arrière et le feu qui faisait rage en lui s'éteignit, à bout de combustible. Il n'eut même plus la force de tourner la tête et de soulever les paupières.

Tsepech était agenouillé près de lui. La plaie de son bras saignait toujours ; il n'avait pas dû se passer beaucoup de temps. Ils étaient de nouveau seuls. Du coin de l'œil, Andrej vit que la porte était ouverte, mais les gardes étaient partis.

« Pourquoi te défends-tu ? demanda Tsepech. Pourquoi refuses-tu d'accepter ce que tu es ?

— Pauvre fou, marmonna Andrej. Tu veux… mourir ? Va… pendant que tu le peux encore.

— Ne crains rien, dit Tsepech. Il n'arrivera rien au garçon ni à toi. J'ai donné l'ordre à mes hommes de vous laisser partir si je meurs. »

Andrej garda le silence. Il était incapable de parler. La faiblesse l'enveloppait, menaçant de l'attirer au fond d'un gouffre et de le consumer. Au plus profond de lui, la soif atroce était toujours là, inextinguible. Elle l'emplissait de peur et de dégoût, mais elle faisait pourtant partie de lui.

Tsepech se leva et s'éloigna de quelques pas. Andrej entendit un raclement, puis le bruit d'une étoffe qu'on déchire.

Il s'écoula quelques minutes avant qu'il puisse s'asseoir et regarder Tsepech sans craindre de se jeter sur lui et de lui trancher la jugulaire.

Tsepech s'était laissé choir sur une chaise et avait déchiré quelques pans de sa chemise pour se fabriquer un bandage de fortune. Sa plaie n'était pas très profonde, mais elle couvrait une grande surface et saignait fortement comme le prouvait le pansement déjà rougi. Sentant le regard d'Andrej sur lui, il se tourna pour lui faire face et eut un mince sourire.

« Pardonne-moi ma faiblesse, Delãny, dit-il, ironique, mes blessures ne guérissent pas aussi vite que les tiennes. »

Andrej se redressa avec peine mais dut aussitôt se laisser aller contre le mur. Il se sentait abattu et sans forces, comme s'il venait de survivre au combat le plus difficile de sa vie. C'était d'ailleurs peut-être le cas.

« Pourquoi ? souffla-t-il

— Parce que j'ai besoin de toi ! répondit Tsepech avec humeur. Et toi de moi !

— Je n'ai pas besoin de toi, marmonna Andrej. Je n'ai même pas besoin de ton sang ! »

Tsepech lâcha un rire. « Je détiens tout ce que tu veux, dit-il. Le garçon. Domenicus. Sa sœur ! Tu veux la tête de Biehler ? Elle est à toi !

— On a déjà eu cette discussion, rappela Andrej d'un ton mat.

— Et on l'aura aussi souvent qu'il le faudra, jusqu'à ce que tu comprennes que nous avons besoin l'un de l'autre, répondit Tsepech. Je le répète, je détiens tout ce que tu veux.

Je pourrais te menacer, mais je ne le souhaite pas. Je veux que tu viennes librement à moi.

— Pourquoi ? Pour te rendre immortel ? Pour que tu puisses torturer tes sujets pendant encore des siècles ?

— Je n'en aurais plus besoin, puisque je connaîtrais ton secret, dit Tsepech. C'est tout ce que tu demandes ? Que l'Empaleur cesse d'empaler ? Tu as ma parole. Joins-toi à moi, Delãny, et il n'y aura plus jamais de tortures ! Qu'aurais-je à faire de la douleur puisque je t'aurais à mes côtés ?

— Mais pourquoi ?

— Tu l'as vu, répondit Tsepech. Ensemble, nous pourrions libérer ce pays de la menace de l'invasion turque. Ensemble, nous pourrions mener les armées chrétiennes à la victoire. Tu as vu de tes yeux comment nous avons mis les païens en fuite.

— Tu te bats pour le christianisme ? Comment pourrais-je te croire ?

— Mes raisons n'ont aucune importance, dit Tsepech, cynique. Et si je tuais d'autres hommes, en quoi cela te gênerait-il ? Combien puis-je en tuer, même en un siècle ? Cinq mille ? Ce n'est rien au regard des victimes d'une seule bataille.

— Alors adresse-toi aux alliés que tu as déjà, répliqua Andrej.

— Je n'en veux pas ! cracha Tsepech. Tu penses que je suis le mal incarné ? Tu ne connais pas Domenicus et ce... monstre qui le sert. Moi-même j'ai peur d'eux.

— J'en suis désolé, persifla Andrej.

— Ils croient se servir de moi, poursuivit Tsepech sans s'émouvoir. Quand ils en auront terminé, ils me tueront. Ou c'est moi qui les tuerai.

— Quelle différence cela ferait-il si j'étais de ton côté ? »

Tsepech le dévisagea quelques instants sans dire un mot, puis il se leva si brusquement qu'Andrej sursauta.

« Tu veux une preuve de confiance ? demanda Tsepech. Très bien. Tu l'auras. Demain matin à l'aube. »

15

Contre toute attente, Andrej trouva le sommeil cette nuit-là et se réveilla avec une sensation d'énergie, sans le moindre souvenir de cauchemar. Le combat qu'il avait livré l'avait tellement épuisé qu'il n'avait pas eu la force de rêver.

On lui apporta un repas digne d'un prince, qu'il engloutit jusqu'à la dernière miette tout en s'interrogeant : non seulement sur son appétit, mais aussi sur la quiétude presque surnaturelle qui l'habitait. Il aurait dû être empli d'effroi, mais il ne ressentait rien. Tout au plus une vague tristesse en pensant à Maria.

Quand le soleil se leva, il entendit des pas dans le couloir. La porte s'ouvrit en grand et deux hommes en armes pénétrèrent dans sa cellule. Ils ne dirent pas un mot, mais Andrej savait qu'ils étaient venus le chercher. Il n'avait pas oublié ce que Tsepech lui avait dit la veille. Une preuve de confiance…

Andrej nota encore un changement. Tandis qu'il se levait pour suivre les soldats dans le couloir, il se surprit à évaluer le danger que représentaient les deux hommes. Une partie de lui étudiait leurs armes, leur vigilance et leur façon de se mouvoir pour élaborer la tactique qui lui permettrait de les neutraliser rapidement en prenant le moins de risques possible.

L'idée le déconcerta mais ne le quitta plus. Quand les soldats étaient entrés, tous ses muscles s'étaient contractés. La tension l'avait vite quitté car il avait compris qu'ils ne représentaient pour lui aucun danger. Quelque chose en lui avait changé. Il ne savait pas quoi et cela l'inquiétait.

Dehors, dans le couloir, quatre autres hommes l'attendaient pour former une escorte silencieuse et vigilante. Andrej ne leur accorda pas même un regard, mais il sentit avec acuité les traits d'arbalète pointés sur son dos.

Contrairement à la veille, la forteresse de Vaïks était aujourd'hui très animée. La fosse obscure et froide, dans laquelle chaque pas résonnait sinistrement, s'était transformée en un endroit bruyant, grouillant de monde, où l'on se trouvait à l'étroit. Ils rencontrèrent de nombreux hommes, principalement des soldats, mais aussi quelques civils.

La cour était elle aussi pleine de monde. Près de la porte, un impressionnant butin de guerre s'empilait à bonne hauteur. Sur les créneaux, les fanions pris au campement de l'armée de Sélic flottaient joyeusement dans le vent auprès du drapeau noir et rouge, orné du dragon de Tsepech.

Son escorte le fit avancer dans la cour puis lui fit signe de s'arrêter et de ne plus bouger. Personne ne lui adressa la parole. Les hommes évitaient même son regard, croyant sans doute qu'il avait le mauvais œil. Nul ici ne le tenait pour un prisonnier de guerre ordinaire. La rumeur s'était répandue que la forteresse de Vaïks abritait des hôtes inhabituels.

Tandis qu'il attendait, Andrej observa attentivement ce qui l'entourait. Il ne vit ni bûcher ni pal, seulement une cage vide, un peu plus loin, probablement destinée à accueillir un prisonnier. Elle formait un dé d'un bon mètre de côté, hérissé de pointes acérées orientées vers l'intérieur. Près de la cage se tenaient quatre chevaux équipés de harnais étranges, comme Andrej n'en avait jamais vu. Les hommes en armes étaient nombreux, mais ils se tenaient à distance respectueuse d'Andrej et de ses gardes. Pendant qu'il attendait, plusieurs détachements de cavaliers quittèrent la forteresse ou la rejoignirent. L'un d'eux poussait devant lui un petit groupe de prisonniers en haillons, totalement épuisés, dont la plupart étaient blessés. Tsepech n'avait pas encore donné l'ordre d'abandonner la chasse aux survivants de l'armée ottomane. Les cavaliers faisaient avancer les captifs à coups de bâton et de pied vers une porte basse menant sans doute aux cachots. Andrej essaya discrètement de reconnaître leurs visages.

« Ne t'inquiète pas, Delãny, dit Tsepech derrière lui. Ton ami musulman n'est pas parmi eux. »

Andrej laissa volontairement passer quelques instants avant de se tourner vers lui. Tsepech s'était une fois encore approché de lui sans qu'il l'entendît, talent qu'il maîtrisait à la perfection. « J'ai donné l'ordre à mes hommes de ne pas inquiéter le Maure et ses compagnons. Vois cela comme un témoignage de bonne volonté de ma part et comme acompte à notre accord.

— Je ne savais pas que nous en avions passé un », répondit Andrej.

Tsepech eut un sourire fugace. Il avait changé d'apparence. Entièrement vêtu de noir, il portait, autour de la taille, un simple ceinturon et une petite épée. Il avait pourtant l'air plus dangereux que s'il avait revêtu son armure barbare.

« Nous verrons », se contenta-t-il de répondre, mais ses paroles emplirent Andrej d'un mauvais pressentiment. Tsepech se tourna à demi et leva la main. Aussitôt, la porte à double battant du bâtiment principal s'ouvrit, laissant passer une étrange procession. Quatre des hommes du prince portaient une litière assemblée à la hâte, sur laquelle le père Domenicus était assis. Il était toujours attaché, mais cette fois Andrej se demanda si les cordes épaisses étaient destinées à sa sécurité ou s'il était bel et bien ligoté. Biehler, le dernier de ses trois vampyres guerriers, et sans doute aussi le plus fort, le suivait. Il avait enlevé son armure dorée, mais portait une impressionnante épée à la ceinture. Sa main droite reposait sur la poignée de l'arme. Son visage inexpressif laissait, malgré tout, transparaître son inquiétude. Maria et Frederic fermaient la marche. Ils n'avaient pas d'escorte armée, contrairement à Andrej, mais la cour était pleine de soldats.

« Père Domenicus ! » Tsepech fit quelques pas en direction de l'inquisiteur tout en faisant signe aux porteurs de poser la litière. « J'espère que vous avez passé une bonne nuit. Ma modeste demeure n'est sans doute pas à la hauteur de vos exigences, mais mes serviteurs ont fait tout ce qui était en leur pouvoir pour vous être agréables. »

Domenicus le foudroya du regard. Sans réagir aux paroles de Tsepech, il leva la main et désigna Andrej d'un air accusateur. « Que fait ce sorcier ici ? Pourquoi n'est-il pas enchaîné ?

— Je vous en prie, mon père, répondit Tsepech en souriant. Faites-vous si peu confiance aux murs de ma forteresse et aux capacités de mes hommes ? »

Andrej n'entendit pas la réponse de Domenicus. Il chercha le regard de Maria, mais elle se déroba et garda les yeux baissés. Frederic, qui se tenait auprès d'elle, n'était plus entravé et le regardait d'un air buté, presque provocant, qu'Andrej ne put s'expliquer. Quant aux yeux de Biehler, ils étincelaient d'une pure envie de meurtre. Andrej voulut s'approcher de Frederic, mais Tsepech le retint d'un geste de la main, qui coupa également la parole à Domenicus.

« Il suffit, mon père, dit-il. Je sais comment traiter mes prisonniers.

— Je l'espère, répondit Domenicus. Maintenant, ayez la bonté de me dire pourquoi vous m'avez fait appeler. Ma blessure n'est pas encore totalement guérie et chaque mouvement est une torture.

— Je voulais seulement vous poser une question, répondit Tsepech. Une question très simple et dont la réponse est pourtant capitale.

— Quelle est la question ?

— Voyez-vous, mon père, dit Tsepech en désignant Andrej, j'ai eu hier soir une intéressante conversation avec cet homme que vous traitez si volontiers de sorcier. »

Le regard sombre de Domenicus quitta Tsepech pour se poser sur Andrej. Ce dernier remarqua, du coin de l'œil, que Biehler se raidissait et faisait discrètement un pas en avant. Domenicus garda le silence et Tsepech poursuivit d'une voix plus tranchante :

« Bien sûr, j'accorde à sa parole beaucoup moins d'importance qu'à celle d'un saint homme et d'un représentant de l'Église tel que vous, mon père, mais je me demande néanmoins s'il ne dirait pas la vérité.

— À quel sujet ? s'enquit Domenicus.

— Vous m'avez menti, répondit durement Tsepech. Vous êtes un menteur et un assassin, et vous vous êtes servi de moi pour faire aboutir vos funestes plans. »

Le regard de Domenicus étincela. « Comment osez-vous, prince ?

— "Brûlez les sorciers !" répondit Tsepech. C'est bien ce que vous avez dit, n'est-ce pas ? Je n'ai pas bien compris sur le moment, car il ne s'agissait après tout que d'un bateau pirate remontant le Danube pour se livrer au pillage. »

Domenicus le dévisagea d'un air sombre, sans mot dire.

« Vous avez juste oublié de me parler des quelques douzaines d'hommes et de femmes enchaînés sous le pont.

— Des sorciers, cracha Domenicus, haineux. Tous des sorciers qui avaient pactisé avec le diable !

— C'est... c'est donc vrai ? » Maria regardait son frère, les yeux écarquillés. « Tu étais au courant ?

— Ils méritaient la mort, répondit Domenicus.

— Ils ont brûlé vif, poursuivit Tsepech. Des hommes, des femmes et des enfants. Plus de cinquante personnes. Je les ai brûlés, père Domenicus, mais j'ignorais qu'ils étaient là. Vous, vous le saviez.

— Dis que ce n'est pas vrai ! l'exhorta Maria. Dis-le ! »

Son frère garda le silence et Tsepech reprit la parole d'une voix affreusement dénuée d'expression. « Vous êtes un assassin, Domenicus. Un assassin sans scrupules et un menteur. Je vais vous apprendre ce que je fais à ceux qui me mentent. Saisissez-le ! »

Il avait crié les derniers mots. Andrej vit Biehler réagir aussi vite qu'il s'y était attendu. Il se jeta en avant à une vitesse foudroyante, en dégainant son épée.

Sa rapidité ne lui servit à rien. Plus d'une demi-douzaine de carreaux d'arbalète convergèrent sur lui en sifflant comme un essaim de frelons en colère. Les tirs manquèrent presque tous leur cible car Biehler se déplaçait à une vitesse surnaturelle, mais l'un des carreaux alla se planter dans son épaule droite, le faisant tourner sur lui-même, tandis qu'un deuxième lui transperçait le genou et le faisait tomber. Il ne fallut que quelques secondes au vampyre pour arracher les traits et se remettre de ses blessures, mais cela suffit aux hommes de Tsepech pour fondre sur lui. Biehler se défendit avec l'énergie du désespoir, mais ses adversaires étaient trop nombreux. On lui arracha l'épée des mains puis on le traîna jusqu'à Tsepech, où on le força à s'agenouiller.

« Que faites-vous ? hurla Domenicus. Vous avez perdu l'esprit ! »

Tsepech fit un signe de tête impérieux pour toute réponse. Ses hommes remirent Biehler debout et le traînèrent à travers la cour en direction de la cage en fer et des chevaux. Biehler parut comprendre ce qui l'attendait car il se raidit et se défendit avec tant d'énergie que d'autres soldats durent rejoindre les premiers pour le maintenir. Malgré sa résistance, ses poignets et ses chevilles furent entravés à l'aide de cordes grossières dont les extrémités étaient fixées aux harnais des chevaux.

« Non ! haleta Domenicus. Vous ne pouvez pas faire cela ! »

Tsepech leva la main et les quatre chevaux se mirent au trot, chacun dans une direction différente.

Biehler fut écartelé. Maria poussa un hurlement, porta la main devant sa bouche et se détourna en hoquetant. Domenicus ferma les yeux avec un gémissement sourd. Seul Frederic suivait l'abominable scène avec intérêt.

« Étonnant, dit Tsepech. On peut vous tuer, alors. » Il se tourna vers les hommes qui avaient attaché Biehler. « Brûlez-le ! Et restez à côté jusqu'à ce qu'il n'en reste rien.

— Monstre ! jeta Domenicus, plein de haine. Assassin sans scrupules ! Tu vas le payer cher !

— Je n'en suis pas si sûr, répondit Tsepech sans s'émouvoir. "Brûlez les sorciers"... c'est bien ce que vous avez dit ? Je vous obéis, je fais brûler un vampyre. Vous voulez me faire punir pour cela ? » Il se pencha en avant au point que son visage frôla celui de l'inquisiteur. « Remerciez votre Dieu que je ne vous fasse pas subir le même sort, curé ! Je vous laisse la vie. Vous voyez cette cage, là-bas ? » Il lâcha un rire. « Voyons l'importance que vous avez pour votre Seigneur tout-puissant. Si vous êtes encore vivant au coucher du soleil, vous serez libre et pourrez partir où bon vous semblera.

— Non », murmura Maria. Elle avait retrouvé la maîtrise d'elle-même. Elle était encore blême, mais elle avait vaincu sa nausée. « S'il vous plaît, prince ! Ne le faites pas ! Ça le tuerait !

— Mais, mon enfant, dit Tsepech en secouant la tête, son sort est maintenant tout entier entre les mains de Dieu !

— Mais…

— Arrête, Maria, souffla Andrej. Ne comprends-tu pas ? Plus tu le supplies, plus il prend plaisir à te torturer. » Il se tourna vers Draculea. « Est-ce mon tour, maintenant ? »

Tsepech haussa les sourcils, feignant la surprise. « Toi ? Mais, mon ami, je t'en prie ! Je n'ai fait tout cela que pour toi, pour te convaincre de mon honnêteté !

— Ton honnêteté ? »

Tsepech hocha vigoureusement la tête. « Tu avais peur que je ne me cherche un autre allié. Il n'y en a plus, maintenant. » Il rit. « C'est étrange, non ? Toute ma vie j'ai cherché quelqu'un comme toi et, tout d'un coup, j'en trouve plus qu'il ne m'en faut.

— Peut-être as-tu fait exécuter celui qu'il ne fallait pas, dit Andrej. Tu n'as aucune aide à attendre de moi.

— Nous verrons bien. » Tsepech désigna Domenicus. « Enfermez-le dans la cage, ordonna-t-il. Et suspendez-le au soleil, nous ne voudrions pas qu'il ait froid.

— Espèce de monstre, marmonna Maria. Si tu le tues…

— Quoi ? » demanda Tsepech en voyant qu'elle ne terminait pas sa phrase. Il attendit en vain une réponse, finit par hausser les épaules et appela ses gardes d'un geste. « Emmenez-la dans sa chambre, mais faites attention, c'est une vraie chatte sauvage. »

Maria le foudroya du regard, sans lui accorder la satisfaction de la voir traînée de force à l'intérieur. Elle tourna les talons et s'en fut d'elle-même, la tête haute. Deux soldats la suivirent sur un geste de leur seigneur, puis Tsepech reporta son attention sur Andrej.

« Tu vois que je tiens parole, Delãny, dit-il. As-tu réfléchi à mon offre ?

— Tu connais ma réponse. » Il fit un geste vers Domenicus que les sbires de Tsepech poussaient sans cérémonie dans la cage. « Tu auras les pires ennuis si tu le fais vraiment tuer. L'Inquisition n'est peut-être plus aussi puissante qu'elle le fut, mais Rome n'appréciera pas qu'on exécute ses émissaires.

— Rome, répondit Tsepech sur un ton exagérément calme, se réjouira sûrement d'être ainsi débarrassée d'un représentant aussi gênant et imprévisible que Domenicus. Par ailleurs, Rome est loin et, qui sait ? peut-être le croissant de lune flottera-t-il sur la ville dans quelques années.

— Ma réponse reste non », dit Andrej.

Tsepech soupira. « Dommage… Mais je ne t'aurais pas cru si tu avais répondu autrement, Delãny. Heureusement, je ne suis pas obligé de traiter avec toi. Tu es trop difficile, trop honnête. » Il se tourna vers Frederic, vrilla son regard dans le sien et demanda : « Nous sommes d'accord ? »

D'accord ?

Frederic se tut pendant de longues secondes. Son regard indécis allait de Tsepech à Andrej. D'accord ?

L'enfant hocha finalement la tête. « Oui.

— Frederic ? murmura Andrej. Que… veux-tu dire ? »

Tsepech, l'air satisfait, se retourna vers lui. « Tu peux t'en aller, Delãny.

— Comment ? demanda Andrej sans comprendre.

— Tu es libre, répéta Tsepech. Prends un cheval et va-t'en. Tu comprendras que je ne te donne pas d'arme, mais en dehors de cela, tu peux prendre ce que tu veux.

— Pour aller où ?

— Où tu veux, répondit Draculea. Tu es un homme libre. Je n'ai pas de querelle avec toi, mais je te prie néanmoins de quitter mes terres. »

Andrej se tut. Il se tourna vers Frederic, mais l'enfant avait toujours son air buté, même s'il évitait maintenant son regard et gardait les yeux baissés en grattant nerveusement le sol du pied.

« Et Maria ?

— Comme je te le disais : elle est trop jeune pour moi. Elle restera ici, le temps de se calmer, puis je la ferai conduire à un endroit de son choix. Il ne lui arrivera rien, tu as ma parole. »

Le cerveau d'Andrej était en ébullition. La parole de Tsepech ne valait sans doute guère plus que la poussière sous ses semelles, mais avait-il le choix ? Les hurlements de Biehler résonnaient toujours à ses oreilles. Le chevalier d'or n'avait eu aucune chance. Et il était beaucoup plus fort que lui.

« Je voudrais parler avec Frederic, dit-il. Seul à seul.

— À ton aise. » Tsepech parut attendre qu'ils s'éloignent puis, voyant qu'ils ne bougeaient pas, il haussa les épaules et s'en alla.

« Que t'a-t-il promis ? demanda Andrej.

— Rien », répondit Frederic. Il grattait toujours le sol de la pointe du pied.

« Frederic ! »

Le garçon leva les yeux. Il était pâle et ses lèvres serrées ne formaient plus qu'un trait dans son visage.

« Laisse-moi deviner, dit Andrej. Il t'a proposé de me laisser partir sans me faire de mal si tu restais pour toujours avec lui, j'ai raison ?

— Toi et Maria, répondit Frederic, oui.

— Et tu le crois ?

— Tu es libre de partir, non ?

— Ça ne répond pas à ma question, dit Andrej. Lui fais-tu confiance ?

— Quelle différence avec ce que tu as fait ? demanda Frederic. Tu étais prêt à te vendre à Abou Doun pour me sauver la vie. Je fais la même chose pour toi aujourd'hui.

— La différence est énorme, dit Andrej avec insistance. Abou Doun était un pirate. Un assassin et un voleur. Mais Draculea est... le mal incarné. Ce n'est pas un homme, Frederic.

— Comme nous, tu veux dire ? demanda l'enfant.

— Tu crois que tu peux le contrôler, mais c'est faux », poursuivit Andrej. Au fond de lui, il savait qu'il parlait en vain. Frederic ne le comprenait pas parce qu'il ne voulait pas le comprendre. Il continua pourtant. « Moi non plus, je ne le pourrais pas. Si tu restes avec lui, il finira par te corrompre. Il ne faudra pas longtemps avant que tu ne deviennes comme lui. »

Et si c'était déjà le cas ? Andrej essaya de toutes ses forces de repousser cette idée, mais il crut soudain entendre la voix d'Abou Doun, si nette qu'il faillit se retourner pour voir si le pirate n'était pas derrière lui. *As-tu jamais pensé que certains sont déjà mauvais quand ils viennent au monde ?*

« Ça n'arrivera pas, le contredit Frederic. Je n'ai pas peur de ce... vieil homme. S'il m'ennuie trop, je le tuerai. » Son regard prit une expression trouble. « Nous pourrions le faire ensemble. Cache-toi pendant quelques jours. Dès que Tsepech me fera confiance, je t'enverrai un signe. Je te ferai entrer dans la forteresse à la nuit tombée. Nous n'aurons plus qu'à le tuer et à libérer tous les prisonniers. »

Andrej le regarda longuement avec tristesse. Puis il se détourna sans mot dire, se mit en selle sur le premier cheval venu et s'en fut sans se retourner.

16

Il partit vers l'est, forçant l'allure au début, convaincu que Tsepech ne laisserait pas passer trop de temps avant de lancer ses hommes à sa poursuite. C'est aussi pourquoi il se dirigea vers l'est où le terrain était dégagé et n'offrait guère de possibilités pour une embuscade ou un piège. Cependant, l'itinéraire choisi le rapprochait en ligne droite du champ de bataille et, même si les combats étaient terminés depuis longtemps, il courait toujours le danger de tomber sur des soldats de l'Ordre du Dragon.

Lorsqu'il fut si près du champ de bataille que le vent put lui souffler aux narines les premiers relents douceâtres des cadavres en décomposition, il comprit qu'il n'était pas venu jusque-là par hasard. Son allure était moins vive. Andrej avait eu tort de se laisser aller à la colère et de se hisser sur le premier cheval venu. L'animal n'était pas en bonne forme et ses forces s'épuisaient vite. Il ne supporterait pas une longue chevauchée, encore moins une course-poursuite. Il devrait combattre, probablement plus tôt qu'il ne l'avait cru, et plus rudement qu'il ne l'avait fait de toute sa vie. Le sort de Biehler lui avait clairement fait comprendre que Tsepech ne ferait pas l'erreur de le sous-estimer. Les hommes qu'il enverrait à sa poursuite sauraient à quel point il était dangereux et comment le tuer à coup sûr.

Andrej n'éprouvait aucune peur. Il avait déjà mené tant de combats qu'il ne les comptait plus, et plus d'un avait paru sans espoir. Depuis la nuit précédente, il se sentait… différent. Il n'aurait su dire pourquoi, mais le changement était important, profond et loin d'être terminé. En buvant le sang de Kerber, il avait absorbé une partie de la force et de la vitesse surnaturelles du vampyre, peut-être aussi un peu de son expérience. Kerber était mort, irrémédiablement, mais, d'une certaine manière, il continuait de vivre en Andrej. Et il lui avait dévoilé une nouvelle part du secret qui entourait son existence.

Quand il avait tué Malthus, son premier immortel, tout avait été différent. Mais Malthus, Andrej l'avait compris depuis longtemps, était encore très jeune. Vieux selon les critères humains, mais jeune et sans doute inexpérimenté pour un vampyre. Andrej se souvenait bien de la sensation passagère d'étonnement au moment où son esprit s'était dissous, mais il n'avait rien ressenti de la malignité absolue et de la puissance qu'il avait trouvées chez Kerber. Le deuxième vampyre l'avait submergé physiquement et il aurait eu encore plus de mal à le vaincre mentalement si Tsepech n'était pas intervenu au dernier moment. Et désormais la force de Kerber s'était unie à la sienne. Les guerriers lancés à ses trousses allaient au-devant d'une surprise mortelle.

Mais, avant toute chose, il lui fallait une arme.

Son cheval franchit au petit trot une dernière colline peu élevée, puis Andrej découvrit le champ de bataille à ses pieds. La puanteur était insoutenable, mais la vue n'était pas aussi atroce qu'il l'avait craint. Le sol était jonché de milliers de corps d'hommes et de chevaux entremêlés. Il ne décela aucun mouvement hormis celui des corneilles qui se repaissaient de la chair ainsi offerte, et ne vit ni soldats ni détrousseurs de cadavres.

Il avança encore un peu avant de mettre pied à terre et de fouiller les morts. Tandis qu'il arpentait le champ de bataille, il lui vint à l'esprit qu'il ne se comportait pas autrement que les détrousseurs pour qui il n'avait que mépris. Mais il n'avait pas le choix.

Les soldats de Tsepech avaient eu tout le temps nécessaire pour s'approprier ce qu'ils voulaient, ce qui ne l'empêcha pas de trouver un bel arsenal. Il sélectionna une épée qui tenait parfaitement dans sa main et formait comme le prolongement naturel de son bras, ainsi qu'un bouclier rond, d'une grande légèreté. Après une courte hésitation, il se munit du casque et de la cuirasse d'un mort de sa taille. En temps normal, Andrej préférait combattre sans cuirasse ; son poids le handicapait et le freinait, alors même que la vitesse était son arme la plus efficace. Mais ce combat ne serait pas qu'un corps à corps et, si une flèche ou un carreau d'arbalète ne constituaient pas en soi un danger sérieux, le sort de Kerber lui avait néanmoins prouvé qu'une attaque bien menée pouvait être mortelle, même pour lui.

Après avoir complété son équipement de deux poignards, l'un passé à la ceinture, le second dissimulé dans sa botte droite, Andrej se tourna vers le centre du campement. Il avait jusque-là évité de regarder dans cette direction, mais il ne pouvait plus tergiverser.

De savoir ce qui l'attendait ne l'empêcha pas de se pétrifier d'effroi. À l'endroit où se trouvait la tente de Sélic se dressait maintenant une forêt de pals. Trente, cinquante, peut-être cent ou plus. Après la bataille, Tsepech avait mené son étude de la douleur à des niveaux encore jamais atteints.

Andrej dut se forcer à avancer. Il le fallait. Il lui restait encore une chose à faire.

Il s'arrêta devant chaque pieu. La plupart des victimes étaient mortes depuis longtemps, mais quelques malheureux étaient encore en vie. Andrej les délivra de leurs souffrances d'un rapide coup de poignard au cœur, se détestant chaque fois un peu plus de n'avoir pas éliminé Tsepech quand il en avait eu l'occasion, sans se préoccuper de son propre sort.

Quand il eut terminé, Andrej était épuisé. Il était un guerrier. Son art était la mort et il avait cru que plus rien ne pouvait l'épouvanter, ce en quoi il avait eu tort. On pouvait toujours aller plus loin dans l'horreur.

Il se laissa tomber, non loin de l'ancien emplacement de la tente de Sélic, et s'adossa à l'un des abominables pals. Il ferma les yeux. L'épée pesait lourdement dans sa main. Si ses poursuivants étaient apparus à cet instant précis, il n'aurait sans doute pas cherché à se défendre.

Soudain, il entendit un léger bruit et, avant même d'entendre sa voix, il sut que c'était Abou Doun qui s'approchait à pas de loup.

« Je savais que tu viendrais ici, sorcier. »

Sans ouvrir les yeux, Andrej répondit : « Cesse de m'appeler ainsi, pirate. »

Abou Doun eut un petit rire, s'approcha et s'assit en tailleur auprès de lui. Andrej ouvrit alors les yeux et tourna la tête pour dévisager le marchand d'esclaves. Abou Doun paraissait éreinté, mais il était étonnamment propre compte tenu des épreuves qu'il venait de traverser. Puis Andrej remarqua qu'il portait d'autres vêtements : un caftan noir ainsi qu'un manteau et un turban de la même couleur. Tout était noir, sauf le blanc de ses yeux et de ses dents.

Tournant un peu plus la tête, Andrej vit qu'Abou Doun n'était pas seul. À une vingtaine de pas se tenaient plusieurs guerriers, des hommes aux visages sombres et aux barbes étroites, portant des vêtements étrangers, des cimeterres et des boucliers ronds. De toute évidence, il n'était pas le seul à s'être procuré de nouvelles armes sur le champ de bataille.

« Que fais-tu encore là, pirate ? demanda-t-il d'un ton las. Tu avais le temps. Tu pourrais être à une journée de marche d'ici.

— Je suis parti, sorcier, répondit Abou Doun, et je suis revenu.

— Tu es fou.

— Je suis revenu pour toi.

— Alors tu es doublement fou. Disparais pendant que tu le peux encore. Les sbires de Tsepech ne devraient plus tarder à arriver.

— Ils étaient déjà là, rétorqua le pirate. Huit hommes armés d'arbalètes. Ils t'attendaient. » Il se passa le doigt sur la gorge. « Ils sont morts.

— Je l'ai sous-estimé une fois de plus, avoua Andrej. Mais avant que tu ne me prennes pour un idiot complet, sache que je n'ai jamais cru qu'il me laisserait vraiment partir.

— Ce qui m'amène à une question que je ne suis pas le seul à me poser.

— Pourquoi je suis ici au lieu de souffrir mille morts dans la chambre des tortures de Tsepech ? »

Abou Doun hocha la tête et Andrej lui raconta ce qui s'était passé. Le pirate l'écouta en silence, mais son visage se rembrunit à chaque parole qu'il entendait.

« Cet enfant a perdu l'esprit, conclut-il. Draculea le tuera dès qu'il aura ce qu'il veut.

— Ou qu'il aura compris qu'il ne peut pas l'obtenir, confirma Andrej. Je dois y retourner, Abou Doun. Je dois sauver Frederic.

— Ce ne serait pas particulièrement intelligent », dit Abou Doun. Il fit un signe de tête vers les hommes qui l'accompagnaient. « Le sultan Mehmed m'a confié ces guerriers pour étudier la situation, ce n'est que l'avant-garde. Son armée est en route. Plus de trois mille hommes prêts à incendier Pietrosita. Et ensuite la forteresse de Vaïks.

— Mehmed ? » Andrej réfléchit un moment, mais il n'avait encore jamais entendu ce nom.

« Son armée faisait route vers l'ouest et, quand il a appris ce qui s'était passé ici, il a rebroussé chemin. Cette abomination ne restera pas impunie.

— Les habitants de Pietrosita n'y sont pour rien, dit Andrej. Ils haïssent Tsepech autant que toi ou moi.

— Je sais, répondit Abou Doun. Mais l'ordre d'attaquer a déjà été donné. Les hommes de Mehmed ont juré la mort de Vlad Draculea, et ceux qui ne l'ont pas encore fait le feront en voyant ce carnage. »

Même si Andrej savait qu'il était vain d'argumenter, il se devait au moins d'essayer. « Encore plus de morts, marmonna-t-il. De nouveaux innocents vont perdre la vie, par centaines.

— C'est la loi de la guerre, dit Abou Doun.

— Ce n'est pas la guerre ! le contredit Andrej. Il ne s'agit que d'un seul homme !

— Et d'une jeune femme et d'un garçon ? demanda le pirate.

— Que veux-tu dire ? »

Abou Doun se tut un court instant. « Si les soldats de Mehmed prennent la forteresse de Vaïks, ils mourront eux aussi, dit-il. Tu sais bien comment ça se passe, il n'y aura aucun survivant. Mehmed a pris sa décision et il est impossible de le faire changer d'avis. Il a juré solennellement de ne pas s'arrêter aussi longtemps qu'il n'aura pas planté la tête de Tsepech devant sa tente au bout d'une pique.

— Connais-tu ce Mehmed ?

— J'ai parlé avec lui, confirma Abou Doun, rien de plus. C'est un homme honnête mais inflexible. Son armée devrait arriver aujourd'hui même. Tsepech mourra. »

Andrej réfléchit. Il n'y avait pas d'autre choix.

« Et si Tsepech était déjà mort à son arrivée ?

— Je craignais cette question », soupira Abou Doun, mais Andrej savait que c'était faux. En réalité il ne la craignait pas, il l'espérait.

« Ce n'est pas une réponse.

— Je ne peux pas te répondre. Je ne peux pas parler au nom de Mehmed. Je ne suis en vie que parce qu'il a besoin de moi.

— Toi ? »

Abou Doun eut un rire sans gaîté. « Crois-tu que nous sommes nécessairement frères parce que j'ai le visage noir et que je porte un turban ? Es-tu le bienvenu ici parce que tu es blanc ?

— Non, mais…

— Mehmed est un soldat, continua Abou Doun. Il est venu pour conquérir ce pays, mais je ne crois pas qu'il veuille faire la guerre aux femmes et aux enfants. » Il hocha pensivement la tête. « Sais-tu pourquoi tu es encore en vie ?

— Parce que le diable lui-même ne veut pas de mon âme ? suggéra Andrej.

— Ces hommes voulaient te tuer, dit Abou Doun avec gravité. Ils t'ont laissé la vie quand ils ont vu ce que tu faisais. » Il baissa les yeux sur l'épée souillée de sang qu'Andrej tenait toujours à la main et eut un nouveau rire sans joie. « Il est étonnant qu'un homme que tout le monde tient pour un envoyé du diable fasse preuve de plus de compassion que ceux qui prétendent agir au nom de Dieu. » Il eut un profond soupir. « As-tu le courage de te rendre jusqu'au campement de Mehmed et de te présenter à lui ? Réfléchis bien à ta réponse. Ta décision pourrait te coûter la vie. »

Andrej ricana. « Je commence à y être habitué », dit-il. Il se leva. « Avez-vous un cheval pour moi ? Je ferais un piètre voleur, j'ai dû prendre la pire haridelle de toute la forteresse de Tsepech. »

Mehmed était un homme grand et mince à la peau claire et aux traits presque occidentaux. Ses yeux étaient plus noirs qu'une nuit sans lune. Il parlait peu et, quand il le faisait, il s'exprimait par phrases courtes dénuées d'accent.

Il avait fallu à Andrej et Abou Doun une demi-journée pour atteindre son armée, composée exclusivement de cavaliers et d'un nombre encore plus grand d'animaux de bât et de carrioles. L'avertissement d'Abou Doun n'avait pas été exagéré : Andrej ne fut pas attaqué, mais les regards que lui lancèrent les guerriers étaient pleins de haine. La nouvelle des actes abominables de Tsepech s'était répandue comme une traînée de poudre parmi les soldats, et Andrej se demandait ce qui se passerait quand les hommes donneraient libre cours à leur colère accumulée. Il y aurait un deuxième massacre, encore plus atroce que le premier, et cette fois le sang versé serait celui des chrétiens au lieu des musulmans. Ni les défenses de Pietrosita ni celles de la forteresse de Vaïks ne résisteraient bien longtemps à l'assaut de cette armée.

Grâce à l'entremise d'Abou Doun, Andrej put se porter à la hauteur de Mehmed, même s'il dut abandonner ses armes et sa cuirasse nouvellement acquises. Au milieu de ses milliers de soldats, le sultan n'avait rien à craindre de lui. Et il ignorait qui était réellement Andrej.

Mehmed, monté sur un puissant étalon arabe à la robe blanche, chevauchait en tête de son armée, entouré par une demi-douzaine de guerriers lourdement armés qui formaient sa garde rapprochée. Ses hommes portaient tous des vêtements plus somptueux et plus imposants que les siens. Le sultan, quant à lui, était revêtu d'un manteau blanc et d'un simple turban. Il n'était pas armé.

Ils ne firent pas halte pour parlementer. Après avoir remis ses armes, Andrej approcha sa monture de celle du sultan. Tout en chevauchant, Abou Doun et Mehmed entamèrent la discussion en arabe et, sans en comprendre un mot, Andrej perçut que leur échange était virulent. Plusieurs fois, le sultan le pointa du doigt d'un air furieux, puis il fit taire Abou Doun d'un geste impérieux et se tourna franchement vers Andrej :

« Ainsi, tu veux que je renonce à l'attaque. Pourquoi ? »

Andrej pesa chaque mot de sa réponse. « Parce que ce serait un bain de sang inutile. Il y aurait beaucoup de morts. Pas seulement dans mon camp, mais aussi dans le tien.

— La loi de la guerre !

— Mais ça n'a rien à voir avec la guerre, justement, répondit Andrej. Il ne s'agit que d'un seul homme.

— Le chevalier de l'Ordre du Dragon. » Mehmed hocha la tête. « Quel lien vous unit ?

— Tsepech ? C'est un démon. J'ai juré de le tuer.

— Et pourtant tu ne veux pas que j'attaque sa forteresse. Pourquoi ? »

Andrej décida de lui dire la vérité. L'Arabe était de ces hommes à qui il valait mieux ne pas mentir.

« Quelqu'un, dans la forteresse, a pour moi une grande importance, dit-il. Mon fils… et une femme. Si tu attaques Vaïks, ils seront probablement tués.

— En effet, confirma Mehmed. Tout comme Vlad Tsepech, ses soldats et les deux diables qui chevauchent à ses côtés.

— Et combien de tes hommes ?

— Quelle importance pour toi ? Chacun de mes guerriers qui tombe aujourd'hui manquera à l'appel dans les prochaines batailles contre les chrétiens. Tu devrais te réjouir.

— La mort d'êtres humains ne me réjouit jamais », répondit sombrement Andrej. Il vit à l'expression de Mehmed que ce n'était pas la réponse qu'il attendait. Après une courte pause, il reprit : « Ce n'est pas ma guerre. Et ce n'est pas mon pays. Ici, toute ma famille a été anéantie. Réduis la région en cendres si tu le souhaites. Je ne m'intéresse qu'au garçon et à la femme. »

Mehmed réfléchit longuement. « Et les deux démons ? demanda-t-il finalement.

— Ils sont déjà morts, répondit Andrej. J'ai tué l'un d'eux, l'autre a été exécuté par Tsepech lui-même. » Abou Doun lui jeta un regard surpris et Andrej ajouta : « Il les craignait lui aussi. Celui qui signe un pacte avec le diable doit toujours s'attendre à être perdant.

— Quelle est ton offre ?

— Renonce à l'attaque de la forteresse et Tsepech est à toi. »

La bouche de Mehmed s'étira en un fin sourire. « C'est une offre sans intérêt, dit-il. Je devrais te faire confiance, et pourquoi le ferais-je ? Sur la foi de tes paroles ? Ou sur celles d'un pirate qui, même dans son pays, compte plus d'ennemis que d'amis ?

— Qu'as-tu à perdre ? demanda Andrej. Donne-moi une journée. Si, passé ce délai, je ne suis pas de retour pour te livrer la tête de Tsepech, tu n'auras qu'à démolir Vaïks jusqu'à la dernière pierre.

— Quelle générosité », se moqua Mehmed. Il secoua la tête. « Non. Mes guerriers refuseraient de m'obéir. Ils ont soif de vengeance. Tsepech doit payer pour ce qu'il a fait.

— Mais…

— Je te donne vingt de mes hommes, continua le sultan. L'armée poursuivra sa route. Nous ne ralentirons pas, mais nous n'accélérerons pas non plus. Seuls, vous serez plus rapides que nous et aurez une avance confortable. Si tu me donnes Tsepech, je laisserai Pietrosita en paix, ainsi que la forteresse, à condition que les habitants nous remettent leurs armes. Si tu échoues, je réduirai le tout en cendres.

— J'irai seul, décida Andrej. Tes hommes ne feraient que me gêner.

— Nous irons seuls », le corrigea Abou Doun.

Mehmed secoua la tête. « Ne mets pas ma patience à l'épreuve, infidèle, dit-il. Je pourrais m'imaginer que le chevalier de l'Ordre du Dragon t'a envoyé pour détourner mes troupes ou nous attirer dans un piège.

— Je ne pourrai entrer dans la forteresse que si je suis seul, argumenta Andrej.

— Mes hommes vous accompagneront, trancha Mehmed. Si tu fais sortir Tsepech de son trou, je ne toucherai ni à la ville ni à la citadelle. Si tu reviens sans lui, tu mourras. » Il fixa tour à tour Abou Doun puis Andrej. « Demain, au lever du soleil, une tête coupée ornera la pointe de ma lance, celle de Tsepech ou la tienne, ça ne dépend que de toi. »

Il attendit une réponse puis s'adressa à ses gardes, sans quitter Andrej des yeux. « Donnez-leur des chevaux frais. Et toi, pirate... » Il regarda Abou Doun avec insistance. « Es-tu sûr de vouloir l'accompagner ? Pour le moment, tu es un homme libre, mais, si tu pars avec lui, tu courras les mêmes risques. Il se pourrait que ta tête se trouve à côté de la sienne demain matin.

— Je n'ai rien à perdre, dit Abou Doun.

— Sauf ta tête. » Mehmed soupira. « Bien, c'est ta décision. Alors partez. Et... Delãny ?

— Oui ?

— Tsepech, dit Mehmed, je le veux vivant. »

La forteresse n'était pas très loin, mais la route parut longue et fatigante à Andrej. Poussant les chevaux à la limite de leur endurance, ils distancèrent puis perdirent trois des vingt soldats que Mehmed leur avait donnés. Les autres réussirent à les suivre : pas assez près pour leur donner l'impression d'être prisonniers, mais pas assez loin non plus pour leur permettre de s'échapper.

L'idée de s'enfuir était venue plusieurs fois à Andrej. Ses chances d'entrer dans la forteresse sans se faire surprendre, de libérer Frederic et Maria, de capturer Tsepech et de l'amener vivant jusqu'au campement de Mehmed étaient minces. En revanche, les perspectives d'échapper à leur escorte n'étaient pas si mauvaises. Meilleures, en tout cas, que celles de vaincre le dragon dans son propre nid.

Mais il ne s'enfuirait pas. Il devait essayer, même s'il y perdait la vie. S'il abandonnait, trahissant les seules personnes qui comptaient encore pour lui, il ne vaudrait pas mieux que les deux vampyres qu'il avait tués.

Ils chevauchèrent jusqu'à la fin de l'après-midi en ne s'octroyant qu'une courte halte pour faire boire les chevaux et reprendre des forces avec les victuailles données par Mehmed. Andrej s'était inquiété de ce qui pourrait arriver s'ils croisaient des soldats, mais ils ne firent aucune mauvaise rencontre. L'armée de Tsepech semblait s'être diluée aussi vite qu'elle s'était composée.

Ce n'est qu'en arrivant en vue de la forteresse de Vaïks qu'Abou Doun rompit le lourd silence qui avait régné entre eux pendant tout le voyage. Andrej supposait qu'il regrettait sa décision de l'accompagner.

« As-tu déjà réfléchi à la manière d'entrer dans la forteresse ? demanda le pirate.

— Non », répondit Andrej. Il haussa les épaules. « Je vais devoir faire preuve d'imagination.

— Un plan habile, persifla Abou Doun. Il va prendre Tsepech par surprise, ça ne fait aucun doute.

— Nous verrons bien, répondit Andrej. Que veux-tu ? Je ne t'ai pas demandé de venir avec moi.

— En fait, si, affirma Abou Doun. J'ai rarement rencontré plus fou que toi et j'ai bien trop envie de voir comment l'histoire va se terminer.

— Tu le sauras, dit Andrej. Et si tu n'as pas de chance, tu le verras du haut d'une pique. »

Abou Doun grimaça. « C'est pour l'éviter que je te demande ce que tu as prévu, dit-il. Tu dois bien avoir un plan.

— Non, répondit Andrej sur un ton qu'il espérait convaincant. Je dois entrer dans la forteresse coûte que coûte, c'est tout ce que je sais.

— Tu pourrais frapper à la porte », proposa Abou Doun. Andrej le foudroya du regard, mais le pirate leva la main et poursuivit : « Ce n'est peut-être pas une si mauvaise idée. Nous pourrions nous faire passer pour des hommes du prince et prétendre t'avoir capturé. »

Andrej réfléchit un moment, puis il secoua la tête, repoussant l'idée. « Ça ne marchera pas.

— Tu pourrais te faire pousser des ailes, dit sombrement Abou Doun, et voler par-dessus l'enceinte. Et qu'en est-il du passage secret ?

— Après que Tsepech nous l'a montré et que tu t'en es servi pour t'enfuir avec vingt prisonniers ? » Andrej eut un geste de dénégation. « Je vais réfléchir à ton idée de voler par-dessus les murs. »

Abou Doun se tut et Andrej jugea plus sage de ne pas poursuivre la discussion. Avec chaque idée qu'ils examinaient avant de la rejeter, l'impossibilité de la tâche qui les attendait lui apparaissait plus clairement.

Ils continuèrent leur route, approchant de leur but, puis Andrej ralentit et s'arrêta. La plaine boisée sur laquelle se dressait la forteresse de Vaïks paraissait déserte, mais la forêt aurait pu cacher une armée entière. Et si ce n'était pas le cas, les sentinelles postées sur les murs les apercevraient dès qu'ils auraient franchi la dernière chaîne de collines.

« On s'arrête ici, décida Andrej, et on attend. »

Abou Doun peinait à tenir son cheval. L'animal piaffait d'épuisement et une écume blanche gouttait de ses naseaux. « Attendre ? Mais quoi ?

— Que le soleil se couche. Ignorais-tu que nous ne pouvions nous transformer en chauves-souris qu'à la nuit tombée ? »

La monture d'Abou Doun dansait de plus belle et le pirate ne se maintenait que difficilement en selle. Il ne fit pourtant pas un geste pour mettre pied à terre.

« Vous restez ici, décida Andrej.

— Nous ? Et toi ?

— J'attendrai la nuit. Dès qu'il fera sombre, j'escaladerai le mur et j'essaierai de trouver Frederic et Maria. Vous m'attendrez ici.

— Ça risque de ne pas plaire à nos amis. » Abou Doun fit signe aux hommes de leur escorte, qui avaient fait halte eux aussi, tout en restant à distance. « Ni à moi, d'ailleurs. Il y a beaucoup trop de soldats dans la forteresse.

— Je n'ai pas l'intention de conquérir Vaïks à la pointe de l'épée », répondit Andrej. Il haussa la voix et se tourna vers les Turcs. « L'un de vous parle-t-il ma langue ? »

L'un des hommes descendit de cheval et s'approcha à pas raides. La marche forcée qu'ils venaient d'accomplir avait laissé des traces. Il regarda Andrej dans les yeux et hocha la tête.

« Je continue seul à partir d'ici, annonça Andrej. Vous attendrez que le soleil soit couché avant de me suivre. Mais soyez prudents. Tsepech a sûrement placé des sentinelles. »

L'homme se tut un long moment puis, alors qu'Andrej ne s'y attendait déjà plus, il répondit avec un accent qui déformait ses mots à la limite du compréhensible : « Nous venons avec vous. Le sultan l'a ordonné.

— Je le sais, répondit Andrej. Mais vous serez plus utiles ici. Seul, j'ai toutes les chances d'entrer dans la forteresse sans me faire repérer. J'ai besoin de vous pour couvrir mes arrières. »

Il n'était pas certain que l'homme le comprenait et, voyant qu'il ne répondait pas, il poursuivit en faisant un geste vague de la main. « Il existe un passage secret qui permet d'entrer dans la forteresse. Abou Doun le connaît et vous y mènera.

— Ne viens-tu pas de dire qu'on ne pouvait plus prendre ce chemin ? demanda le pirate.

— Pas pour entrer, mais peut-être pour sortir. » Andrej haussa les épaules. « Il nous faut bien un point de ralliement, non ? Te souviens-tu de l'endroit ? » Abou Doun hocha la tête. « Alors nous nous y retrouverons. Inutile de m'attendre si je ne suis pas de retour à minuit. »

17

Il atteignit l'arrière du mur d'enceinte au crépuscule. Vaïks ressemblait plus que jamais à une ombre qui aurait réussi à prendre corps. Malgré la rumeur portée par le vent depuis la forteresse, Andrej avait l'impression d'être enveloppé par un silence inquiétant et lourd, qui amenuisait et privait de signification les sons qui parvenaient à ses oreilles. Dans le même temps, ses sens s'étaient aiguisés : il entendait des lambeaux de phrases, des rires gutturaux, le crépitement d'un feu et une mélodie maladroitement exécutée sur un luth désaccordé. Il entendait aussi tous les bruits de la forêt : le murmure du vent dans la cime des arbres, le craquement des branches, les grattements furtifs des animaux dans les feuilles, le cri d'un oiseau de nuit… Andrej était certain qu'il aurait pu déceler le va-et-vient des fourmis et la lente progression des vers sous la terre s'il s'était concentré suffisamment.

C'était inquiétant. Pire encore : cela lui faisait peur. Cette étrange acuité des sens était apparue au coucher du soleil et n'avait fait que se renforcer à mesure que la lumière déclinait. Il portait maintenant en lui une part d'obscurité. Il était devenu une créature de la nuit.

Andrej s'ébroua pour chasser ses lugubres pensées et observa la forteresse. Sa lente progression l'avait amené non loin de l'endroit révélé par Tsepech deux jours plus tôt. Il avait brièvement pensé à chercher l'entrée du passage secret, puis il avait changé d'avis. Contrairement à Abou Doun, il ne pensait pas que Tsepech avait transformé le couloir souterrain en piège mortel. Pour Vlad Draculea, l'issue secrète était bien trop précieuse et il lui suffisait d'en condamner l'accès par un verrou. La porte était assez massive pour faire de la pièce située à l'extrémité du passage un piège dont nul ne pourrait s'échapper.

Il ne restait que deux possibilités pour entrer dans la forteresse : par le portail ou par-dessus les murailles. Andrej s'était déjà décidé pour la seconde solution, ne serait-ce que parce que c'était le chemin le plus difficile et qu'il aurait moins de risques de se faire surprendre. Les murs, parfaitement verticaux, mesuraient près de huit mètres de haut. La pierre, autrefois polie, s'était abîmée et creusée au fil du temps. Andrej était un bon grimpeur et il était certain d'atteindre le sommet à l'insu de tous. Les sentinelles qui patrouillaient derrière les créneaux ruinés ne lui faisaient pas peur. Il savait comment ces hommes pensaient et agissaient. S'il ne faisait aucun bruit suspect, aucun d'eux ne s'arrêterait ni ne se pencherait au-dessus du mur d'un mètre et demi d'épaisseur pour inspecter le vide. C'était bien trop inconfortable. Le seul moment vraiment dangereux serait celui où il traverserait à découvert la bande de terrain séparant la forteresse de l'orée de la forêt.

Il attendit que la sentinelle qui lui faisait face parvienne à la fin de sa ronde, fasse une courte pause et reparte en lui tournant le dos pour courir aussi discrètement que possible jusqu'au mur d'enceinte. Ses vêtements sombres le protégeaient et il se déplaçait sans un bruit. Nul cri d'alarme ne retentit dans la nuit, nulle torche ne fut brandie à la recherche de l'intrus et les portes de la citadelle restèrent closes. Andrej pressa le dos contre la pierre rêche, tendit l'oreille et attendit que les battements de son cœur se fussent calmés. Puis il se tourna face au mur, tâtonna des mains et des pieds à la recherche de prises et se mit à grimper.

Il s'étonna de la facilité avec laquelle il progressait. Il était bon grimpeur, mais il escaladait le mur sans l'ombre d'une fatigue. Il avait vu juste : l'érosion des pierres était telle que les prises faciles abondaient. Il se hissa au sommet du mur aussi vite que s'il n'avait jamais rien fait d'autre de sa vie et s'immobilisa sous le couronnement crénelé. Il entendait si bien les pas du garde au-dessus de lui qu'il aurait pu dire où il se trouvait et à quelle vitesse il se rapprochait. Il percevait jusqu'à la respiration de l'homme. Ses nouveaux pouvoirs le plongeaient dans l'étonnement. Il y avait plus de vampyre en lui qu'il ne l'avait cru et il se demanda avec une réelle inquiétude ce qui se passerait s'il laissait libre cours à ces forces.

Il le saurait un jour.

Quand les pas de l'homme s'éloignèrent de nouveau, il se hissa d'un mouvement puissant jusqu'aux créneaux et se laissa souplement tomber de l'autre côté.

Malgré toute sa discrétion, un bruit dut le trahir car la sentinelle sursauta et se retourna, à l'affût.

Andrej n'hésita pas. Il fondit sur l'homme, appliqua la main sur son nez et sa bouche, tout en cherchant de l'autre l'endroit vulnérable dans son cou. Ses doigts trouvèrent le ganglion nerveux recherché et appuyèrent fermement. Le garde se relâcha et s'écroula dans ses bras comme une marionnette dont on aurait coupé les fils. Andrej le retint, le fit glisser doucement jusqu'au sol et tâta son pouls. L'homme était vivant, bien que profondément évanoui.

Sidéré, Andrej regardait tour à tour la sentinelle et ses propres mains. Il n'avait pas eu conscience de ce qu'il faisait, il s'était contenté d'agir, aussi naturellement que de marcher ou de respirer. Il s'interrogea sur ses facultés. De quoi était-il encore capable ?

Bien que certain que l'homme resterait longtemps évanoui, Andrej le ligota et le bâillonna soigneusement. Courbé en deux, il avança jusqu'au bout de chemin de ronde et jeta un regard inquisiteur dans la cour en contrebas. Il percevait des détails qui lui avaient échappé la dernière fois et, si l'idée ne l'avait pas effrayé, il aurait pu conclure qu'il y voyait mieux la nuit que le jour.

La cour était quasiment déserte. Le tas des prises de guerre avait encore grossi. Près du portail, un garde isolé, adossé au mur, luttait avec peine contre le sommeil. Deux autres hommes patrouillaient sur le chemin de ronde, mais ils étaient trop éloignés pour le reconnaître dans l'obscurité. Sans doute y avait-il aussi des sentinelles derrière les fenêtres de la tour, ce qui ne représentait pas non plus un grand danger. Quelques voix assourdies sortaient du bâtiment principal mais, d'une manière générale, la forteresse était endormie. Il crut entendre des cris, à la limite de ses sens pourtant aiguisés.

Puis il fit une découverte qui retint toute son attention.

Près du portail, la cage qui retenait le père Domenicus prisonnier était suspendue au bout d'une chaîne, à deux mètres au-dessus du sol. Le prélat gisait en chien de fusil. Andrej n'aurait su dire s'il vivait encore. Il n'éprouvait nulle pitié, mais son visage se rembrunit. Avait-il vraiment cru que Tsepech tiendrait parole ?

Maria.

Tsepech avait promis de ne pas lui faire de mal.

Andrej décida de descendre dans la cour dans l'idée de neutraliser le garde de la porte, puis il changea d'avis. Chaque soldat ainsi mis à l'écart augmentait ses risques de se faire découvrir. Mieux valait une sentinelle inattentive qu'un garde dont la disparition finirait par se remarquer.

Il se dirigea finalement vers l'autre bout du chemin de ronde, mettant à profit la moindre ombre portée et se déplaçant sans un bruit. La porte fermée qui menait dans le grand donjon était verrouillée de l'intérieur, comme Andrej s'y était attendu, mais deux fenêtres étaient visibles à quatre ou cinq mètres au-dessus de sa tête. Elles étaient étroites, mais pas au point de l'empêcher de passer. Après un dernier regard pour vérifier que la cour était toujours déserte, il se hissa rapidement jusqu'à l'une des ouvertures et se glissa à l'intérieur, dans une petite chambre dépourvue d'éclairage.

Cette fois encore, la chance lui sourit. La porte n'était pas fermée à clé et le petit couloir sur lequel elle ouvrait était vide. À en juger par la position de la fenêtre par laquelle il était entré, les appartements de Tsepech devaient se trouver juste au-dessus de lui. Il ne pouvait qu'espérer que Frederic et Maria se trouvaient, eux aussi, à l'étage supérieur. Il n'avait pas le temps de fouiller toute la forteresse à leur recherche.

À pas feutrés, Andrej atteignit un escalier au bout du couloir. Il s'arrêta pour tendre l'oreille. Tout était silencieux, si ce n'était la respiration régulière d'un homme qui montait la garde en haut des marches. Il était proche, mais pas assez pour qu'on le surprenne avant qu'il n'ait le temps de donner l'alarme. Andrej prit une profonde inspiration, puis il s'engagea dans l'escalier en prenant un air dégagé, mais en baissant légèrement la tête pour cacher son visage.

Il s'était trompé. Ses sens nouvellement acquis l'avaient trahi. L'escalier se terminait après une quinzaine de marches devant une porte fermée flanquée par deux gardes. Il avait parcouru les deux tiers du chemin quand l'un des hommes l'apostropha.

« Halte-là ! Qui es-tu ? Que fais-tu ici ? Le prince n'est pas là.

— Je sais », répondit Andrej, la tête toujours baissée. Il avançait vite, mais sans hâte apparente ; il essayait d'évaluer ses adversaires en évitant leur regard. Il était certain que chacun des hommes de la forteresse connaissait son visage. Les deux gardes, surpris et sur le qui-vive, ne manifestaient pas encore d'inquiétude.

« Tsepech m'envoie. Je dois chercher la fille.

— Quelle fille ? Comment… »

Andrej était maintenant assez près. D'un mouvement fluide, il se plaça entre les deux hommes. Le premier écarquilla les yeux d'effroi en le reconnaissant, tandis que le second attrapait son arme.

Leurs gestes lui parurent très lents.

Andrej frappa l'un des deux hommes à la pomme d'Adam du tranchant de la main. Tandis que le garde s'écroulait en cherchant son souffle, il saisit le second par le poignet et le tordit d'un geste. Il approcha sa main du cou de l'homme…

Et la retira au dernier moment.

« La fille ! dit-il sèchement. La sœur de l'inquisiteur ! Où est-elle ? »

L'homme gémissait de douleur et le dévisageait de ses yeux épouvantés, incapable de répondre. Andrej pesa plus fortement sur son poignet, lui arrachant un râle.

« Parle !

— Je n'ai pas le droit, geignit le garde. Tsepech va me tuer !

— Te tuer ? ricna Andrej. Ce n'est rien. Tu sais qui je suis ? » Il leva la main droite, les doigts recroquevillés en forme de serre, et l'approcha du visage de l'homme, comme s'il s'apprêtait à lui arracher les yeux. « Alors tu sais aussi de quoi je suis capable !

— Non, supplia le soldat. Pitié ! Elle est chez Tsepech. La porte au bout du couloir.

— Combien de sentinelles ? Parle !

— Aucune, gémit l'homme. C'est la vérité ! Le prince ne tolère aucun garde armé à proximité de lui quand il se retire dans ses appartements. »

Andrej saisit l'homme à la gorge et appliqua une pression brève mais ferme sur le ganglion nerveux. Le garde s'écroula comme foudroyé. Sans prendre la peine de le ligoter, Andrej retourna auprès du premier soldat pour l'allonger sur le dos.

L'homme était mort. Ce n'était pas le coup d'Andrej qui l'avait tué, mais il avait glissé sur plusieurs marches et s'était fracassé le crâne.

Les mains d'Andrej se mirent à trembler. Le visage du mort était baigné du sang qui sourdait d'une profonde blessure au front. Cette vision faillit lui faire perdre la raison.

La soif se manifesta de nouveau, brutale. Pendant quelques secondes, il n'eut qu'une seule envie, presser ses lèvres sur cette source jaillissante, aspirer goulûment le sang doux-amer et s'approprier l'élixir de vie de l'homme avant qu'il ne soit trop tard. Quelle importance ? Il était mort, alors pourquoi ne pas prendre cette force vitale qui déjà disparaissait et se perdait ?

Andrej ne parvint qu'à grand-peine à lâcher les épaules du mort et à se relever, résistant à son instinct impérieux avec l'énergie du désespoir.

Il remonta l'escalier, ouvrit la porte et se retrouva dans le couloir faiblement éclairé qu'il connaissait depuis son premier séjour dans la forteresse. Il n'y avait pas d'autres gardes. Il entendit des sanglots étouffés derrière la porte fermée, à l'extrémité du corridor. Andrej se précipita et actionna en vain la poignée avant de constater que le verrou était mis de l'extérieur. Il le repoussa d'un geste impatient et ouvrit la porte.

Cette fois, un cri étranglé lui échappa.

Cinquante bougies au moins éclairaient la grande chambre. Leur lumière blessa les yeux hypersensibles d'Andrej. L'air était chaud, presque étouffant à cause du grand feu qui brûlait dans la cheminée. Il crut tout d'abord que le garde avait menti et que Tsepech lui-même l'attendait derrière la porte, mais il reconnut bientôt qu'il n'y avait que sa cuirasse, posée sur un valet en bois. Seule Maria se trouvait dans la chambre.

Elle était allongée, presque nue, sur le grand lit de Draculea. Elle sursauta en entendant la porte s'ouvrir et remonta hâtivement les couvertures pour dissimuler sa nudité. Elle était en larmes, les cheveux défaits. Le côté droit de son visage était rouge et gonflé. Sous son nez et sur sa lèvre supérieure collait un peu de sang séché.

Andrej fut auprès d'elle en deux pas, mais Maria ne parut pas le reconnaître. Elle eut un mouvement de recul, remonta les genoux contre sa poitrine et agrippa des deux mains le drap qu'elle avait remonté sous le menton. Ses yeux étaient emplis d'une terreur qui avait peut-être déjà franchi les limites de la folie.

« Maria ! » Andrej tendit la main vers elle, mais elle se rencogna encore plus. Ses pleurs s'étaient transformés en sanglots douloureux et irrépressibles.

« Maria, s'il te plaît ! » Andrej s'assit doucement sur le rebord du lit et recula sa main tout en la laissant à portée de la sienne, si toutefois elle décidait de la prendre.

Maria cessa de sangloter. Son regard vacillait et elle tremblait si fort que le lit tout entier en fut secoué. Pendant un bref instant, Andrej eut la certitude qu'elle ne le reconnaissait pas. Puis elle poussa un cri et se jeta contre lui avec tant de violence qu'il faillit tomber du lit. Ses sanglots reprirent de plus belle, mais le désespoir en avait disparu. Elle versait maintenant des larmes de soulagement, qui n'annulaient certes pas la souffrance mais la rendaient un peu plus facile à supporter.

Andrej la tint serrée dans ses bras jusqu'à ce qu'elle cesse de trembler et que ses larmes se tarissent. Cela dura longtemps, très longtemps. Enfin, après une éternité, Maria se dégagea de leur étreinte et recula un peu.

« Tsepech ? » demanda-t-il à mi-voix. Bien sûr, Tsepech. Qui d'autre ?

« J'ai essayé de me défendre, dit Maria. Mais il était trop fort. Je n'ai rien pu faire.

— Il mourra pour ça, siffla Andrej, les dents serrées.

— Il m'a fait monter jusqu'ici, continua Maria comme si elle ne l'avait pas entendu. Il a dit que je n'avais pas besoin d'avoir peur. Puis il est parti et, quand il est revenu, ses mains étaient pleines de sang. Je me suis défendue, mais il était trop fort. »

Qu'aurait-il pu dire ? Les mots étaient impuissants à la consoler. Il se contenta d'attendre qu'elle reprenne la parole, mais elle garda le silence. Elle finit par se lever et fit le tour du lit pour s'approcher de la fenêtre. Ses gestes étaient empreints d'une résignation muette qui disait bien mieux sa douleur que les larmes ou les mots. Tsepech lui avait tout pris. Elle n'avait plus rien à défendre. Il se répéta avec une froide détermination qu'il le tuerait.

Maria restait à la fenêtre, le regard fixe. La cage de Domenicus était suspendue face à elle, à l'autre bout de la cour. Andrej doutait qu'elle fût en mesure de reconnaître plus que des ombres dans l'obscurité, mais elle avait eu tout le temps, pendant la journée, de découvrir le sinistre spectacle. C'était bien pour cette raison que Tsepech l'avait enfermée ici plutôt que dans n'importe quelle autre chambre de la forteresse.

« Il va payer pour ce qu'il a fait, murmura-t-il. Mais avant, je dois te faire sortir d'ici. Un ami attend dehors, à côté de la porte. Il t'emmènera avec lui. »

Elle resta longtemps encore figée près de la fenêtre, puis elle se retourna, s'approcha du lit et saisit ses vêtements.

« Sais-tu où est Frederic ? demanda-t-il.

— Non. Tsepech m'a fait monter ici dès que tu es parti. Peu après, il a envoyé des hommes à ta poursuite en leur donnant l'ordre de te tuer. Je suis heureuse qu'ils ne t'aient pas trouvé.

— Sais-tu combien il y a de soldats dans la forteresse ?

— Il ne me l'a pas dit. Mais il écumait de rage quand il est venu me voir tout à l'heure. Je crois qu'une nouvelle armée ottomane est en route vers ici. La plupart des soldats sont donc partis pour organiser la défense de la ville ou chercher des renforts. Je ne crois pas qu'il en reste beaucoup. »

Ce qui justifierait le nombre peu élevé des gardes, pensa Andrej. Toutefois, cela n'expliquait pas pourquoi Tsepech était resté à Vaïks au lieu de prendre la tête de son armée et de se porter à la rencontre de ses ennemis. Il avait de nombreux défauts, mais ce n'était pas un lâche.

« Je suis prête, annonça Maria.

— Bien. » Andrej s'approcha de la porte sans un regard pour la jeune femme. « Reste juste derrière moi et ne fais pas de bruit. »

Ils quittèrent la chambre puis le couloir sans rencontrer quiconque. Le garde en haut de l'escalier était toujours sans connaissance et le mort n'avait pas encore été découvert.

Andrej tendit l'oreille pendant qu'ils descendaient à la hâte. Le silence était total. Il crut entendre un cri dans le lointain, sans en être sûr. Ils atteignirent le bas de l'escalier et la porte menant à la cour. Andrej fit signe à Maria de reculer un peu et de ne faire aucun bruit.

Il était resté dans le donjon plus longtemps qu'il ne l'avait cru, car la forteresse était désormais complètement silencieuse. Les rires et les voix s'étaient tus. Seule une fenêtre était encore éclairée. Andrej refit signe à Maria de ne pas bouger, puis il redressa les épaules et traversa la cour d'un pas assuré. Le garde le remarqua avant qu'il n'ait parcouru la moitié du chemin mais, comme ses deux camarades dans la tour, il ne soupçonna rien. Pourquoi l'aurait-il fait ?

Il apostropha Andrej quand il ne fut plus qu'à cinq ou six pas.

« Que veux-tu ? C'est le prince Tsepech qui t'envoie ?

— Oui, répondit Andrej après avoir fait deux pas de plus. Je dois voir si le religieux est toujours en vie.

— Il l'était encore tout à l'heure, répondit le garde. Mais il ne vaut plus rien pour la chambre des tortures de Tsepech. Il ne réussirait même pas… »

Andrej, enfin parvenu à sa hauteur, venait de le contourner et de passer le bras gauche autour de sa gorge. Il lui ferma le nez et la bouche de l'autre main, tout en le tirant en arrière, dans l'ombre du portail. L'homme laissa tomber sa lance, qui s'abattit bruyamment sur les pavés de la cour, et tenta désespérément de se libérer. Andrej accrut la pression, lui coupant la respiration.

« Dimitri ? » La voix venait du chemin de ronde. « Tout va bien ?

— Si tu cries, je te brise la nuque, siffla Andrej. Tu as compris ? »

L'homme fit un léger mouvement de tête et Andrej enleva lentement sa main de son visage, prêt à mettre sa menace à exécution au moindre bruit suspect. Le garde se contenta d'aspirer l'air à grandes goulées.

« Dimitri ! Réponds !

— Fais-le, murmura Andrej, menaçant. Rassure-le ! Ne fais pas d'erreur !

— Tout est en ordre ! » cria l'homme. Sa voix était légèrement essoufflée et Andrej espéra que son camarade ne le remarquerait pas. « J'ai fait tomber ma lance. J'ai failli m'endormir. »

Un bref éclat de rire lui répondit. « Ne te fais pas prendre quand ça t'arrive. » Puis la sentinelle poursuivit sa ronde.

« Tu veux garder la vie sauve, dit Andrej. C'est bien. Tu as l'air d'un homme raisonnable. Je vais te lâcher, maintenant, mais je garde mon poignard pointé sur ton cœur. Si tu appelles à l'aide, tu es un homme mort. »

Il dégaina son poignard, lâcha lentement le cou de l'homme et recula hâtivement d'un pas. Le soldat resta figé pendant un instant avant de se retourner. Andrej sentait l'odeur de sa peur.

« Tu sais qui je suis ? » demanda Andrej.

Dimitri hocha la tête. Son visage était exsangue. Il était terrorisé.

« Dans ce cas, tu sais aussi que je peux te tuer et condamner ton âme à l'enfer d'un seul regard. »

Dimitri acquiesça de nouveau.

« Ramasse ta lance, ordonna Andrej, avant que tes collègues sur le chemin de ronde n'aient des soupçons. »

Le soldat obéit lentement sans quitter Andrej du regard. Il ne comprenait sans doute pas pourquoi il était encore en vie.

« Combien d'autres gardes ? demanda Andrej.

— Trois à part moi, répondit Dimitri. Deux sur le chemin de ronde, un autre dans la tour. »

Il disait vrai, Andrej l'aurait juré. L'homme avait bien trop peur pour mentir. Il avait neutralisé l'un des gardes du chemin de ronde, mais il ne pouvait rien faire contre la vigie dans la tour. Il supposait toutefois que l'homme concentrait son attention au loin, et l'obscurité l'empêcherait de voir ce qui se passait dans la cour.

« Très bien, dit-il. Demande-lui de descendre.

— À qui ?

— Ton camarade là-haut, sur le chemin de ronde, répondit Andrej. Celui à qui tu viens de parler. Dis-lui que tu as besoin de son aide. »

L'homme hésita un instant, mais il se retourna et appela docilement son collègue en voyant Andrej agiter son poignard d'un air menaçant.

« Savo ! Viens là ! J'ai besoin d'aide ! »

Il n'obtint pas de réponse, mais, peu après, ils entendirent des pas sur les marches en bois. Le garde, soudain fébrile, se tourna vers Andrej.

« Si… si tu me tues, tu emporteras mon âme avec toi en enfer ? » bredouilla-t-il.

Si ces paroles n'avaient pas touché Andrej au plus profond de lui, il aurait pu en rire. Ce n'était pas le poignard dans sa main qui faisait peur au soldat, mais lui-même.

« Tu vivras encore longtemps si tu es raisonnable, répondit-il. Tu ne m'intéresses pas. Ne fais pas d'erreur et tu auras la vie sauve. »

Les pas se rapprochèrent. Une haute silhouette, à peine reconnaissable même pour l'œil acéré d'Andrej, traversa la cour dans leur direction. Andrej tira l'épée de Dimitri, recula dans l'ombre et attendit que le deuxième garde les eût rejoints.

C'était trop facile. Andrej sortit de l'ombre et leva l'épée. L'homme se figea.

« Bien, dit Andrej. Je vois que Tsepech s'est entouré d'hommes intelligents. Si vous obéissez à mes ordres, il ne vous arrivera rien. Existe-t-il un autre moyen de sortir de la forteresse à part l'entrée principale ? »

Dimitri secoua la tête sans mot dire, mais Savo voulut jouer les héros et se jeta sur Andrej. Celui-ci fit un pas de côté et le frappa à la tête du plat de l'épée. Savo s'écroula, inconscient, avant même d'avoir pu dégainer son arme.

« Ce n'était pas très raisonnable, dit Andrej en se tournant vers Dimitri.

— Je ferai tout ce que vous voudrez, messire, se hâta de répondre l'homme.

— Bien, répondit Andrej. Combien de soldats êtes-vous ?

— Pas beaucoup, dit Dimitri. Vingt-cinq, trente au maximum. La plupart dorment déjà, ajouta-t-il.

— Tsepech ?

— J'ignore où il se trouve », affirma Dimitri.

Il finirait par le dénicher. Une seule chose comptait pour le moment : faire sortir Maria. Il fit reculer Dimitri de quelques pas et appela la jeune femme à voix basse. Il dut répéter son nom trois ou quatre fois avant qu'elle ne réagisse et ne traverse la cour à pas rapides. Elle ne prêta attention ni au soldat évanoui, ni à Andrej, ni à son prisonnier, et garda le regard fixé sur la cage suspendue au-dessus d'eux.

« Faites-le descendre ! »

Andrej n'était pas ravi de cette demande, mais il fit un signe de tête au garde, qui s'approcha d'une structure en bois fixée au mur d'enceinte et fit tourner une manivelle. Quelques secondes plus tard, la cage était posée sur le sol.

« Ouvre ! » ordonna Andrej.

Dimitri saisit une clé à sa ceinture, s'agenouilla devant la cage et s'activa sur la serrure qui s'ouvrit avec un claquement sec. Maria poussa un cri aigu, se précipita sur lui et le poussa si violemment qu'il tomba à la renverse. Les mains tremblantes, elle ouvrit la porte, se pencha en avant et essaya de saisir la silhouette recroquevillée à l'intérieur. Andrej l'entendit gémir de douleur quand elle se blessa à l'une des pointes métalliques qui tapissaient les barreaux de la cage. En s'approchant pour l'aider, Andrej sentit l'odeur douceâtre du sang monter à ses narines. Au fond de lui, la soif se réveilla. S'il lui cédait, elle se transformerait en maelström.

Il résista avec peine, écarta doucement Maria et souleva le corps martyrisé de Domenicus. Il ne pesait rien. L'odeur du sang le frappa de nouveau et il ne réprima qu'avec peine la soif qui le torturait.

Il repoussa Dimitri avec un regard menaçant, fit deux pas et posa doucement Domenicus sur le sol. L'inquisiteur était encore en vie. Les pointes métalliques lui avaient infligé nombre de blessures dont certaines s'étaient infectées. Le soleil avait brûlé sa peau et déshydraté son corps. Andrej s'étonna qu'il ne fût pas encore mort.

« Domenicus, murmura Maria avec effroi. Oh, mon Dieu ! Que t'ont-ils fait ?

— Ce qu'il méritait », marmonna Andrej. Maria lui lança un regard courroucé puis se pencha sur son frère. Andrej regretta soudain ses paroles. Il n'éprouvait plus aucun désir de vengeance à la vue du moribond gémissant dans les bras de la jeune femme. Domenicus avait mérité la mort et chaque seconde de ses souffrances, mais Andrej n'en éprouvait aucune satisfaction.

« Il est en train de mourir, sanglota Maria. Andrej, il meurt ! S'il te plaît, fais quelque chose ! Tu dois l'aider !

— Je ne peux pas, dit Andrej.

— Je sais ce qu'il t'a fait, dit Maria, en larmes. Je sais que tu le hais. Mais je t'en conjure, aide-le !

— Je ne peux pas, Maria, répéta Andrej. Crois-moi. Cela n'a rien à voir avec ce qu'il est ou ce qu'il a fait. Je ne le hais pas. Plus maintenant. » Il secoua tristement la tête. « Je ne peux pas l'aider. »

Maria n'avait pas écouté.

« Je te donnerai ce que tu veux, dit-elle en pleurant. S'il te plaît, Andrej, fais-le pour moi. Je t'appartiens si tu le veux, mais… aide-le ! Sauve-le !

— Je t'en prie, Maria », murmura Andrej. Ses paroles l'attristaient, mais elles réveillèrent aussi en lui un sentiment qui lui déplut et qu'il se hâta d'étouffer. « Je ne peux pas. Quoi que ton frère t'ait raconté sur moi, je ne suis pas un sorcier. Il mourra. » Il hésita un instant puis poursuivit, tout en sachant que c'était une erreur : « La seule chose que je peux faire pour lui est de lui faciliter la mort. »

Le regard de Maria se brisa. C'était bien une erreur. « Tu dois l'aider », insista-t-elle d'un ton différent qui le fit frissonner.

Andrej se tourna vers Dimitri. Si l'homme avait été plus rapide, il aurait pu profiter de ces moments pour s'enfuir, mais il était resté planté à deux pas et fixait Andrej et Maria de ses yeux écarquillés.

« Ouvre le portail, ordonna Andrej.

— Je… je n'ai pas le droit, bégaya le garde. Tsepech va…

— Ouvre le portail et cours aussi vite que tu peux, répéta Andrej d'un ton plus sec. Dans peu de temps, il n'y aura plus personne en vie ici, pas même ton maître. »

Après un dernier regard effrayé, Dimitri tourna les talons et courut vers le portail. Andrej fit face à Maria.

« Tu dois partir. Les soldats de Mehmed seront bientôt ici et je ne pourrai plus te protéger. Je dois chercher Frederic. »

Maria acquiesça. Se relevant, elle passa le bras de Domenicus autour de son cou pour l'aider à se redresser. Il gémit faiblement.

« Attends, dit Andrej. Laisse-moi t'aider. »

Il s'approcha et tendit la main vers Domenicus, mais le mourant eut un geste de recul et essaya même de le frapper.

« Ne me touche pas, sorcier ! haleta-t-il d'une voix étranglée. Je préfère mourir que de laisser une main impie me salir.

— Domenicus ! s'écria Maria.

— Ne me touche pas, répéta l'inquisiteur. Je préfère mourir. »

Maria fit un pas en vacillant. Elle titubait sous le poids de son frère, mais elle réussit à rester debout. Pour le moment.

« Abou Doun attend dans la forêt, derrière la forteresse, avec quelques hommes, dit Andrej, mais c'est trop loin. Il est trop lourd pour toi.

— Il n'est pas lourd, répondit Maria. C'est mon frère.

— Je peux vous aider, messire. » Dimitri avait enlevé le lourd verrou du portail et revenait vers eux. Il respirait lourdement. Andrej faillit balayer sa proposition, puis il comprit que l'homme ne cherchait qu'à sauver sa vie. Il l'avait menacé de lui voler son âme pour lui faire peur et le rendre plus docile, mais le soldat prenait la moindre de ses paroles au sérieux.

« Tu sais ce qui t'arrivera si tu me trompes ? demanda-t-il. Où que tu te caches, je te retrouverai !

— Je sais, messire, bredouilla le soldat. Je ne vous mentirai pas. »

Andrej n'avait jamais vu de regard plus franc que celui de Dimitri. Il hocha la tête. « D'accord. Emmène-la auprès des hommes qui m'attendent dans la forêt. Ensuite, tu pourras t'enfuir. »

Dimitri acquiesça fiévreusement, s'approcha de Maria et prit le père Domenicus dans ses bras sans mot dire. Maria poussa un soupir de soulagement et fit un pas de côté. Elle regarda Andrej dans les yeux. Elle avait de nouveau cette expression qui le faisait frissonner.

Il n'y avait plus rien. L'amour qu'elle avait pu ressentir pour lui avait disparu, étouffé, anéanti sous la haine et la cruauté de Tsepech.

« Va auprès d'Abou Doun, dit-il. Il vous aidera, toi et ton frère. Dis-lui que c'est moi qui le lui demande. »

Il dégaina son épée et se retourna. *Ses mains étaient pleines de sang*. Il savait où trouver Vlad Draculea.

18

Il croisa les premiers soldats dès son entrée dans le lugubre bâtiment. Ils étaient deux et accomplissaient leur devoir avec autant de nonchalance que leurs collègues dans la cour. L'un d'eux somnolait quand Andrej fit son apparition, et il se leva en sursaut, cherchant à attraper son arme. Le second fut un peu plus rapide et se précipita, lance en avant. Andrej le tua d'un seul coup d'épée, pivota sur lui-même et abattit son camarade avant qu'il n'ait pu dégainer. Les deux hommes moururent vite et sans bruit, mais la lance fit en tombant un vacarme qui résonna dans tout l'édifice.

Andrej s'immobilisa et ferma les yeux pour mieux écouter. À ses sens aiguisés, le fracas avait paru aussi sonore que le carillon de la grande cloche d'une église, mais il ne provoqua aucune réaction. Quand le vrombissement diminua dans ses oreilles, les bruits environnants lui parvinrent : la respiration régulière d'autres hommes, un ronflement occasionnel, le frottement de corps bougeant dans leur sommeil. Une centaine de sensations et d'informations nouvelles l'assaillaient sans répit, menaçant de le submerger. Pris de vertige, il réussit avec peine à repousser ce raz-de-marée de sons, d'images et d'odeurs, et à filtrer les seules informations qui l'intéressaient.

Il entendait toujours des cris qui ressemblaient plus, désormais, à des gémissements. Non loin de lui, cinq hommes dormaient, mais pas très profondément. Le moindre bruit suspect les réveillerait. Il devait les neutraliser.

S'aidant de sa seule ouïe, Andrej trouva, après une courte recherche, la pièce dans laquelle les cinq hommes s'étaient retirés pour prendre un peu de repos. Il s'arrêta devant la porte, pressa l'oreille contre le panneau en bois et se concentra. Il était même capable de sentir ce que les hommes avaient mangé. L'un d'eux au moins était ivre.

Andrej ouvrit la porte en silence, entra dans la pièce et jeta un regard circulaire pour s'orienter. Ses oreilles ne l'avaient pas trompé : cinq des soldats de Tsepech y dormaient, étendus à même le sol. Ils étaient vêtus de pied en cap et avaient posé leurs armes à portée de main.

Il les tua tous les cinq.

Trois d'entre eux moururent dans leur sommeil, les deux derniers eurent juste le temps de se réveiller en sursaut et de tendre le bras vers leur épée sans comprendre ce qui leur arrivait. Aucun n'eut le loisir de pousser un cri d'alarme.

Andrej quitta la pièce, retourna dans la halle et tendit l'oreille. Il n'entendait plus aucune respiration, mais il sentait que d'autres hommes se trouvaient encore dans le bâtiment, grâce à cet instinct infaillible qui permettait à un prédateur de repérer sa proie sans l'entendre ni la flairer.

L'idée le troubla. Les êtres humains n'étaient-ils plus rien d'autre pour lui ? Des proies ?

Et si c'était le cas, qu'en était-il de lui ?

L'inquiétude que cette question avait fait naître en lui l'avait peut-être distrait, ou ses sens nouvellement acquis étaient-ils encore imparfaits, mais il entendit, sans l'avoir anticipé, une porte qui s'ouvrait, suivie par un cri de surprise et le cliquètement du métal. Andrej pivota et se trouva face à quatre soldats bien réveillés, tout aussi surpris de le trouver là.

Il recouvra ses esprits le premier.

Tel un démon, Andrej plongea entre les jambes des hommes et tua l'un d'eux dans ce premier assaut irrésistible. Les trois autres reculèrent en désordre mais adoptèrent bientôt une position de défense très efficace. Ils connaissaient leur métier.

Andrej, oubliant tout ce qu'il savait des techniques de combat à l'épée, frappait à l'aveuglette, comme un forcené, sans se préoccuper de toucher ou d'être touché. Un deuxième soldat s'écroula, blessé à mort. La peur jaillit soudain dans le regard des deux derniers. Au lieu de suivre ce que leur soufflait sans doute leur instinct de combattants aguerris et de l'attaquer conjointement pour désamorcer sa folie meurtrière, ils furent pris de panique. Andrej sentit une violente douleur au flanc quand une épée l'entailla. Dans cette attaque désespérée, son assaillant négligea sa garde et l'épée d'Andrej le transperça. Le dernier tourna les talons et s'enfuit sans demander son reste.

Andrej se lança à sa poursuite mais n'eut pas l'occasion de le rattraper. L'homme vacilla soudain et porta les mains à sa gorge. Quand il s'écroula, Andrej vit qu'il était sérieusement blessé. Un géant aux yeux de braise, couleur de nuit, brandissait devant lui son épée ensanglantée.

Andrej l'attaqua sans hésiter. Il n'avait ni plan ni objectif et ne perdit pas une minute à réfléchir. Il s'était transformé en une impitoyable machine à tuer, balayant tout ce qui se mettait en travers de son chemin. Son épée dessina dans l'air trois quarts de cercle argentés et s'abattit sur la lame brandie du géant noir avec une telle violence qu'une gerbe d'étincelles bleues jaillit de l'acier.

La violence même de son coup fit reculer Andrej en titubant, mais le géant noir fut projeté contre le mur et lâcha son arme. Andrej reprit son équilibre, fit un bond en avant et leva son épée pour assener le coup de grâce.

« Andrej ! Non ! »

Ce fut la voix du pirate qu'il reconnut, non son visage d'ébène. Andrej essaya de retenir son bras, mais c'était trop tard. Il réussit, au dernier moment, à dévier la trajectoire de sa lame, qui s'écrasa contre le mur à quelques centimètres du visage d'Abou Doun et se brisa sous la violence de l'impact. Une pluie de métal et d'éclats de pierre s'abattit sur le pirate, constellant sa joue de minuscules points rouges.

Andrej recula d'un pas, étourdi, laissa tomber l'épée désormais inutilisable et dévisagea Abou Doun d'un air effaré. Son cœur battait à tout rompre.

« Abou Doun ?

— Je n'en suis pas trop sûr », répondit le pirate. Il leva la main, se tâta le visage et observa le sang sur ses doigts avec un froncement de sourcils irrité. « Suis-je mort ou n'est-ce qu'un cauchemar ? Pendant un moment, j'ai vraiment cru que tu voulais me tuer.

— Je suis désolé, s'excusa Andrej. Je croyais... » Il s'interrompit, secoua la tête pour clarifier ses pensées et reprit : « Comment es-tu arrivé jusqu'ici ?

— Quelqu'un a eu l'amabilité d'ouvrir le portail, répondit Abou Doun.

— Maria ! Je...

— Elle va bien, le rassura le pirate. Et son frère aussi, même si je ne suis pas sûr de lui rendre service en le laissant en vie.

— Non, répondit Andrej. C'est bien pourquoi je veux qu'il vive.

— Parfois, je ne sais pas qui je dois craindre le plus, dit Abou Doun. Toi ou votre dieu assez cruel pour laisser survivre un de ses serviteurs avec de telles blessures.

— Et le garde ?

— Les hommes de Mehmed l'ont laissé en vie, si c'est ce que tu veux savoir, répondit Abou Doun d'une voix dure. Mais il ne pourra plus jamais tenir une épée. » Il fit un geste brutal. « Il a dit que Vaïks était déserte. Les soldats de Mehmed sont déjà dans la forteresse. Nul ne survivra. As-tu trouvé le garçon ?

— Non, dit Andrej. Mais je sais où il est.

— Alors qu'attendons-nous ? »

La forteresse résonnait du fracas des armes et des cris des combattants et des mourants. Si Dimitri avait dit vrai, les forces en présence devaient s'équilibrer. Les hommes de Mehmed avaient saisi l'occasion d'attaquer pour offrir à leur seigneur, quand il arriverait, une forteresse sur laquelle flotterait déjà le drapeau turc. Andrej était certain qu'ils vaincraient, mais le combat serait rude car les défenseurs avaient une meilleure connaissance de la place forte et, qui plus est, ils se battaient pour leur vie.

Il lui importait peu de savoir qui gagnerait et s'il y aurait des survivants d'un côté ou de l'autre. Ce n'était pas sa guerre, elle ne le concernait pas. Il ne s'impliquerait pas plus que nécessaire.

Abou Doun et lui avaient trouvé l'escalier menant aux caves en suivant les cris inhumains des captifs torturés. En chemin, ils avaient rencontré par deux fois des soldats du chevalier de l'Ordre du Dragon, qui s'étaient opposés à eux avec un courage né du désespoir.

Andrej les avait tous tués.

Il avait de nouveau succombé à cette abominable folie meurtrière où seul tuer comptait, où il n'était plus lui-même mais se transformait en cette… créature avançant inexorablement, invulnérable et sans merci. Abou Doun était resté à ses côtés, sans avoir besoin de dégainer une seule fois son épée.

Ils avaient atteint le couloir au bout duquel se trouvait la porte grillagée menant à la chambre des tortures de Tsepech. Les cris avaient fait place aux gémissements et aux sanglots désespérés d'un enfant qui suppliait qu'on l'épargne, bien qu'il sache qu'il n'avait aucune pitié à attendre. Andrej savait à qui appartenait cette voix. Il l'avait su dès qu'il avait posé le pied sur le chemin de ronde. Il n'avait pas voulu la reconnaître, mais il ne pouvait plus se le cacher. Les cris étaient ceux de Frederic.

Devant la porte se dressait un homme seul, très grand, qui les regarda avancer tranquillement, sans manifester aucune crainte. Andrej le connaissait. C'était l'homme de confiance de Tsepech, celui qu'il avait connu dans le rôle du chevalier du Dragon. Il portait une nouvelle cuirasse, tout aussi barbare que celle de Tsepech, et Andrej sut aussitôt quel danger il représentait.

« Je savais que tu viendrais, vampyre, lança Vlad. Je t'attendais plus tôt.

— J'ai été retenu, dit Andrej, mais je suis là maintenant. » Il leva l'épée qu'il avait prise sur un mort dans la grande halle. « Vas-tu libérer le passage ou devrai-je te tuer d'abord ?

— Le pourras-tu ? demanda Vlad sans se départir de son calme. Ou as-tu besoin de l'aide de ton ami le païen ? Vous êtes à deux contre un. »

Andrej fit un geste de la main. « Abou Doun restera en dehors. Si tu l'emportes, tu pourras partir.

— Mais bien sûr, ironisa Vlad. Un homme qu'on ne peut blesser. Te vaincre est impossible. Ta proposition n'est pas très équitable, sorcier.

— Alors pousse-toi et laisse-moi entrer, dit Andrej.

— Et tu ne m'empêcherais pas de partir ? » demanda Vlad, sceptique. Son regard allait de l'un à l'autre. Andrej le laissa réfléchir quelques instants.

Derrière la porte, Frederic poussa un hurlement de douleur, figeant le sang dans les veines d'Andrej. « Pousse-toi et je te laisse la vie. Reste et meurs pour ton maître.

— Pour Tsepech ? » Vlad eut un grognement de mépris. Il rengaina son épée, eut un rire bref et, tête haute, passa à côté d'Andrej. Ce dernier attendit qu'il eût fait deux pas, se retourna subitement et lui enfonça son épée dans le cœur. Le géant aux cheveux noirs s'écroula, comme frappé par la foudre.

Abou Doun haleta : « Pourquoi as-tu fait cela ?

— Parce qu'il méritait la mort », répondit Andrej. Le son glacé de sa voix l'effraya lui-même. Ce n'était pas la vérité. Certes, l'homme qui avait si souvent endossé le rôle de Tsepech ne valait guère mieux que son maître et avait mérité mille morts, mais ce n'était pas pour cela qu'il l'avait tué. La raison était beaucoup plus simple : il en avait eu envie.

Abou Doun garda le silence, se contentant de le dévisager. Son expression rappelait à Andrej le regard de Maria et lui fit presque aussi peur.

Un nouveau hurlement, encore plus strident, s'éleva derrière la porte close. Andrej pivota et l'ouvrit brutalement.

Il s'était attendu à ce qu'il allait voir. Ce n'était pas la première fois qu'il se trouvait là. Pourtant, le spectacle lui fit monter un voile de colère rouge devant les yeux. La mort. Il la vit et il la voulut.

La grande cave voûtée était emplie d'une lumière rouge vacillante. L'air âcre sentait la suie et la fumée, le sang, la souffrance humaine et l'agonie. Les grandes cellules grillagées qui divisaient l'espace étaient occupées. Abou Doun n'avait libéré qu'une petite partie des prisonniers. Les cages contenaient encore au moins cent personnes.

Aucune d'elles ne bougea.

Elles étaient mortes.

Toutes.

« Monstre ! marmonna Abou Doun, la voix tremblante. Ce n'est qu'un… animal ! Aucun être humain ne ferait une telle chose ! »

Andrej ne l'écoutait pas. Son regard était fixé sur la cellule située à la gauche de la porte d'entrée, la chambre des tortures. Tsepech et Frederic étaient seuls, sans gardes ni soldats. Tsepech tournait le dos à Andrej et Abou Doun, et se penchait sur une table en bois sur laquelle était attachée une petite silhouette. Andrej ne pouvait voir ce qu'il faisait, mais les cris stridents de Frederic lui en disaient assez.

« Draculea ! » cria-t-il.

Tsepech se redressa. Son visage était déformé par la concentration quand il se tourna vers Andrej. Il tenait à la main un couteau à la lame dentelée, bizarrement courbée, duquel gouttait du sang. Andrej n'osa pas imaginer ce qu'il avait infligé à Frederic.

« Draculea ! répéta-t-il d'une voix forte. Arrête ! Si tu veux du sang, essaie de venir prendre le mien ! »

Andrej se jeta en avant. Seuls quelques pas le séparaient de la porte ouverte de la chambre des tortures, mais Tsepech était plus près encore et savait qu'il était un homme mort s'il ne parvenait pas à la fermer. Il s'élança en même temps qu'Andrej.

Il était plus près mais devait contourner le banc de torture sur lequel Frederic était ligoté. Cependant, il se déplaçait à une vitesse surnaturelle et il allait réussir.

Andrej comprit sans l'ombre d'un doute qu'il n'arriverait pas le premier. Quatre pas l'éloignaient encore de la porte, Tsepech n'en était plus qu'à deux. Il enregistra alors un nouveau détail d'une importance capitale. La porte était pourvue d'une serrure simple mais solide qui, une fois fermée, ne s'ouvrait qu'avec une clé. Si Tsepech le devançait d'une fraction de seconde – il était le plus rapide –, les jeux seraient faits.

Andrej perçut un sifflement. Tsepech ahana, tituba à un pas de la porte comme s'il avait reçu un coup brutal et alla cogner contre les grilles. De son épaule gauche sortait le manche du poignard qu'Abou Doun venait de lui lancer.

Andrej se rua dans la cellule, poussant la porte de l'épaule, sauta par-dessus Tsepech et fut d'un bond auprès de la table sur laquelle gémissait Frederic. Il se figea.

La nausée le saisit en voyant ce que Tsepech avait fait à l'enfant. Frederic criait sans plus pouvoir s'arrêter, d'une voix stridente qui lui vrillait les tympans. Son sang s'écoulait de blessures atroces. Andrej savait qu'il finirait par s'arrêter et que les plaies béantes guériraient, mais qu'en serait-il des blessures de son âme ?

Frederic se tut. Ses cris se muèrent en sanglots et en gémissements. Il tourna la tête et Andrej lut dans ses yeux une souffrance indicible et un désespoir infini. L'immortalité avait un prix, comprit Andrej. Peut-être était-il trop élevé.

« Aide-moi, le supplia Frederic. Je t'en prie, aide-moi ! »

Il ne pouvait rien faire. Maria lui avait adressé la même supplique, mais il était impuissant. Il ne pouvait pas l'aider. Il était incapable de guérir les autres.

Tout ce qu'il savait faire, c'était les détruire.

Un cri retentit derrière lui, puis le bruit de coups assourdis. Il ne se retourna pas mais tendit une main tremblante, comme pour toucher le corps mutilé de l'enfant. Il ne termina pas son geste et garda sa main à quelques centimètres au-dessus de la chair meurtrie. Les blessures de Frederic se refermaient déjà. Le sang cessa de couler et ses gémissements se turent. Mais la souffrance que le chevalier du Dragon lui avait infligée l'accompagnerait pour toujours.

Andrej se ressaisit. Il ne pouvait pas faire grand-chose, mais il dégaina son poignard et trancha les larges sangles de cuir qui entravaient les chevilles et les poignets de Frederic. L'enfant soupira, s'arc-bouta une dernière fois sur la table de torture et perdit enfin connaissance.

Andrej ferma les yeux, essayant de maîtriser les émotions qui le submergeaient, et se retourna.

Abou Doun avait saisi Tsepech pour le remettre debout et avait arraché le poignard de son épaule. Tsepech saignait abondamment et se débattait de toutes ses forces. Le géant noir le maintenait pourtant aussi facilement que s'il avait été une poupée de chiffons.

« Garde ! hurlait Tsepech. Garde ! À moi !

— Inutile de crier, lui lança Andrej froidement. Il n'y a plus personne pour t'entendre. »

Il s'approcha de lui, poignard à la main, mais Abou Doun fit sauter l'arme de ses doigts d'un geste sec.

« Non ! Mehmed le veut vivant ! » Il eut un rire menaçant. « Si ça peut te consoler, il te serait sûrement reconnaissant si tu le tuais. Mehmed sait ce qu'il a fait à Sélic et à ses hommes. »

Andrej savait qu'il avait raison. Ce n'était pas par compassion que le sultan leur avait ordonné de ramener Vlad Tsepech vivant. Pour se venger, il lui suffisait de livrer Draculea aux Turcs. La cruauté des musulmans était réputée.

Il fit appel à toute sa maîtrise pour ne pas se jeter sur lui et lui arracher le cœur à mains nues.

« Ligote-le, dit-il. Et bâillonne-le, que je ne l'entende pas geindre ! »

Abou Doun ne s'embarrassa point de tant de précautions. Il assena son poing sur la nuque de Tsepech qui s'écroula, évanoui, entre ses bras.

« Sors-le d'ici, ordonna Andrej. Je ne veux plus le voir ! »

Frederic se réveilla peu de temps après. Ses blessures étaient guéries et son visage s'était départi de sa pâleur mortelle. Quand il ouvrit les yeux, son regard était flou. Puis la mémoire lui revint et avec elle, la souffrance.

« Que… ? commença-t-il.

— Reste allongé », l'interrompit Andrej avec un sourire qui se voulait encourageant. Il sentit cependant qu'il n'était guère convaincant. « Il te faudra encore un peu de temps pour te remettre.

— Il m'a fait mal, murmura Frederic. Tellement mal.

— Je sais, répondit Andrej. Mais c'est fini maintenant.

— Tu l'as tué », dit Frederic.

Andrej hésita une fraction de seconde. « Non. Mais il ne te fera plus rien. Abou Doun l'a emmené.

— Où ?

— Le sultan voulait l'avoir, répondit Andrej. Vivant. Je peux imaginer ce qu'il va lui faire, mais je préfère ne pas y penser. »

Frederic essaya de se redresser. Il dut s'y reprendre à trois fois et Andrej réprima son envie de l'aider. L'enfant venait de connaître l'enfer et sans doute n'en était-il pas encore complètement revenu. C'était un chemin qu'il devait parcourir seul.

« Il a dit que… qu'il voulait connaître mon secret », dit-il. Ses yeux regardaient dans le vide, mais la douleur et le dégoût se lisaient sur son visage.

« En te torturant ?

— C'est de ma faute, murmura Frederic. Je lui ai dit.

— Quoi ?

— Notre secret. » La voix de Frederic tremblait légèrement. « Je lui ai dit que nous devions mourir pour vivre éternellement. Il a dit que… que la douleur était la sœur de la mort. Il voulait devenir comme moi. Il… il a dit qu'il percerait le secret si… si… »

Sa voix se brisa.

« Je sais ce que tu veux dire, termina Andrej.

— A-t-il raison ? demanda Frederic.

— Il est complètement fou. Mais n'aie pas peur, il ne fera plus jamais de mal à personne. » Andrej eut un mouvement d'encouragement. « Tu peux te lever ? »

Plutôt que de répondre, Frederic se redressa péniblement. Ses jambes le portaient à peine, mais il resta debout.

« Et Maria ?

— Elle est en sécurité, répondit Andrej. Viens. »

Frederic le dévisagea d'un air interrogateur. Peut-être avait-il remarqué le ton étrange sur lequel Andrej lui avait répondu, mais sans doute savait-il ce qui était arrivé.

Ils quittèrent la cave. Frederic n'avançait qu'avec peine et Andrej dut finalement lui venir en aide dans l'escalier. L'enfant récupérait très lentement. Tsepech avait dû le pousser à l'extrême limite de sa résistance.

D'une aile éloignée de la forteresse, des bruits de combats leur parvenaient encore, mais Vaïks était tombée. Une moitié au moins des soldats de Mehmed s'étaient regroupés dans la cour. La plupart étaient blessés mais, autant qu'Andrej pouvait en juger, ils ne déploraient aucun mort.

Abou Doun et son prisonnier arrivaient à proximité du portail, entourés de quatre ou cinq soldats turcs. L'épaule de Tsepech était ensanglantée. Nul ne s'était donné la peine de bander sa blessure, ses mains étaient attachées dans le dos et il saignait du nez. Andrej était certain que cela ne venait pas de coup assené par Abou Doun.

« Peut-être devrions-nous l'enfermer dans l'une de ses propres cellules, dit-il. Au moins jusqu'à l'arrivée de Mehmed. »

Avant qu'Abou Doun n'ait pu répondre, l'un des soldats se tourna vers lui. C'était l'homme à qui il s'était déjà adressé. « Notre seigneur nous a donné l'ordre de l'emmener sans attendre, dit-il. Et vous avec.

— Nous ? » Abou Doun fronça les sourcils.

« Selon notre accord, nous devions lui remettre Tsepech vivant, protesta Andrej. Nous avons tenu nos engagements, non ?

— Je ne suis pas au courant, répondit le soldat sans s'émouvoir. J'ai mes ordres. Nous partons tout de suite.

— Ce n'est pas ce qui était prévu, insista Abou Doun. Veux-tu briser la parole de ton maître, chien ? »

Le soldat parut hésiter un instant, puis il se tourna brusquement et échangea quelques mots dans sa langue avec l'un de ses compagnons. L'homme tourna les talons et sortit en courant par le portail.

« Voilà, dit le Turc. Je l'ai envoyé chercher de nouveaux ordres. Cela va prendre un peu de temps d'ici son retour. » Il regarda Tsepech, plein de haine. « Nous devons l'enfermer, ne serait-ce que pour sa sécurité. Je ne sais pas combien de temps je pourrai le protéger de la colère de mes hommes. » Sa mine s'assombrit. « Ni si c'est bien ce que je dois faire.

— Enfermez-le dans la cage, proposa Frederic. Qu'il goûte à ses propres instruments de torture. Ou donnez-moi un couteau et laissez-moi seul avec lui.

— Mettez-le dans la cage, dit Andrej. Il y sera au moins en sécurité. » Il omit, volontairement, de préciser ce qui le menaçait.

Les guerriers paraissaient indécis, puis l'homme à qui Andrej s'était adressé hocha la tête. Deux soldats ottomans saisirent Tsepech, le traînèrent jusqu'à la cage et le jetèrent à l'intérieur sans ménagement. Tsepech grogna de douleur en se blessant sur les pointes métalliques. Les hommes verrouillèrent la porte derrière lui et la cage fut hissée à l'aide de sa chaîne.

« Où avez-vous emmené Maria ? demanda Andrej en se tournant vers Abou Doun.

— Dans la forêt, près de l'endroit où nous t'attendions, répondit le pirate.

— Je dois aller auprès d'elle. Occupe-toi de Frederic. » Andrej n'attendit pas sa réponse pour tourner les talons, mais il dut s'arrêter au bout de quelques pas. L'un des soldats lui barrait la route, tandis que deux autres se rapprochaient discrètement.

« Que signifie cela ? » demanda Andrej d'un ton sec. Sa main se posa sur la poignée de l'épée sans qu'il en eût conscience.

Les hommes gardèrent le silence mais ne bougèrent pas d'un pouce. Andrej fit un effort visible pour ôter sa main de l'épée et se détendit. Il n'avait aucune raison de se mettre en colère. Ces hommes l'avaient accompagné et avaient combattu ses ennemis à ses côtés mais n'en étaient pas pour autant des amis. Abou Doun, Frederic et lui étaient tout aussi prisonniers que Tsepech, à la différence près qu'ils n'étaient pas promis à une mort certaine.

En tout cas, il l'espérait.

Le ciel s'était encore obscurci quand il perçut un bruit de sabots. L'émissaire revenait à bride abattue, accompagné par une troupe de cavaliers. Andrej repéra le martellement régulier des chevaux en approche bien avant les autres. Il ressentit plus qu'il n'entendit le roulement sourd qui lui rappelait le tonnerre d'un orage éloigné. C'était un fort détachement. Au moins cinquante cavaliers, d'après les estimations d'Andrej. Il ne fut pas surpris de découvrir Mehmed lui-même à la tête de cette petite armée.

Le sultan se laissa glisser de sa selle avant que son cheval ne fût complètement arrêté, échangea quelques mots avec le soldat qui s'empressa de venir à sa rencontre et se dirigea à pas rapides vers Tsepech. Sur un geste bref de sa part, ses hommes firent descendre la cage sans toutefois l'ouvrir. Mehmed se planta devant et dévisagea Tsepech. Andrej voulut le rejoindre, mais Abou Doun lui posa la main sur le bras en secouant la tête sans mot dire.

Le Turc resta longtemps à contempler le captif, puis il se retourna et s'approcha d'eux à pas lents.

« Voilà donc le célèbre Vlad Draculea l'Empaleur, dit-il en secouant la tête. Étrange, j'aurais cru qu'il mesurerait trois mètres, qu'il aurait des cornes et une queue fourchue. Mais il a l'air d'un petit homme tout à fait normal.

— La première impression est parfois trompeuse », répondit Andrej froidement.

Il se rendit aussitôt compte que ce ton n'impressionnait guère le sultan. Mehmed le dévisagea pensivement, avec une expression indéchiffrable, et finit par dire : « Oui. C'est aussi ce que je pense.

— Nous avons tenu notre promesse, intervint Abou Doun. Tsepech est entre vos mains. Et la forteresse de Vaïks est à vous. Nous n'en avions pas parlé, mais considérez cela comme une largesse supplémentaire.

— Quelle générosité, répondit Mehmed, sarcastique. Je crains toutefois de ne pas pouvoir accepter ce présent. La forteresse ne m'intéresse pas. Elle n'a aucune valeur stratégique pour nous et la détruire demanderait trop d'efforts.

— Et la ville ? demanda Andrej. Pietrosita ?

— Comme tu le disais, elle n'a aucune importance. Beaucoup de mes hommes mourraient pour conquérir cet endroit dont nul n'a jamais entendu parler. Mon armée a fait halte et, dès que je l'aurais rejointe, nous reprendrons notre itinéraire initial. Nous voulions l'Empaleur, nous l'avons.

— Grâce à nous, précisa Andrej. Alors pourquoi nous retenir ici ? Nous avons rempli notre part du contrat. J'exige maintenant que tu remplisses la tienne.

— Tu exiges ? » Mehmed eut un léger sourire. « Tu n'es pas en position d'exiger quoi que ce soit.

— Ce n'est pas ce qu'il a voulu dire, se hâta d'intervenir Abou Doun. Pardonnez-lui, seigneur, mais je...

— C'est exactement ce qu'il a voulu dire, l'interrompit Mehmed sans élever la voix ni lâcher Andrej des yeux. Et il a raison. Rien ne me distinguerait d'une créature telle que Tsepech si je ne tenais pas parole.

— Personne ne s'en rendrait compte, dit Andrej.

— Moi, je le saurais. » Mehmed secoua la tête. « Vous êtes libres de partir. Sauf si vous préférez rester pour assister à l'exécution de Tsepech.

— J'ai vu assez de sang.

— Alors partez, dit Mehmed. Et acceptez un dernier conseil de ma part. N'allez pas vers l'ouest. Si nous devions vous y rencontrer de nouveau, je vous traiterais en ennemis. » Il se tourna vers ses hommes et les apostropha d'une voix forte. « Allons-nous-en ! En selle ! Amenez le prisonnier ! » Se tournant vers Andrej, il ajouta : « Attendez notre départ, vous irez ensuite où bon vous semblera.

— Merci, dit Andrej. Tu es un homme d'honneur, Mehmed.

— Et un homme de parole », ajouta le sultan. Andrej ne put, cette fois, ignorer la menace voilée dans sa voix. Il se détourna et se dirigea vers son cheval.

Deux soldats avaient extirpé Tsepech de la cage et le maintenaient entre eux tandis qu'un troisième allait chercher le cheval que Mehmed avait amené pour le prisonnier.

Soudain, une silhouette menue se matérialisa derrière eux. Abou Doun poussa un petit cri de surprise. Andrej, catastrophé, cria :

« Frederic ! Non ! » Mais il était trop tard.

Dans la main de l'enfant brillait un couteau. C'était l'affreuse lame dentée avec laquelle Tsepech l'avait torturé. Andrej ne s'en était pas aperçu, mais Frederic avait dû la ramasser et la cacher sous ses vêtements, attendant qu'une occasion se présente.

Il frappa avec précision et sang-froid. L'un des deux Turcs poussa un cri quand la lame s'enfonça dans son mollet, l'autre s'éloigna en titubant et en se tenant l'avant-bras, avant même que son collègue ne se fût écroulé. La lame siffla une fois encore à travers l'air, rencontra la chair, et Tsepech tomba en arrière, sans un bruit, à moitié décapité.

Frederic lâcha le couteau et planta profondément les dents dans la gorge de Tsepech.

Le temps s'arrêta. Plusieurs hommes étaient accourus, mais même ces guerriers endurcis reculèrent, épouvantés, en voyant ce que faisait l'enfant. Seuls Andrej et Mehmed s'approchèrent de Frederic et de Tsepech aussi vite qu'ils le purent. Andrej était plus près mais Mehmed, qui s'était déjà remis en selle, donna des éperons, bousculant ses propres soldats au passage. Il atteignit Frederic et Draculea une fraction de seconde avant Andrej. Il planta violemment son épée droit vers le bas et transperça les deux corps. Frederic cessa aussitôt de bouger. Tsepech se redressa et ouvrit la bouche en un cri muet.

À l'instant où il mourut, il regarda une dernière fois Andrej avec une expression qui le fit frissonner. Puis sa tête se renversa. C'était fini.

Mehmed sauta de son cheval avec un juron. Andrej se laissa tomber à genoux auprès de Frederic et le dégagea du corps de Tsepech. Les yeux de l'enfant étaient écarquillés, sans vie. Sa profonde blessure à la poitrine saignait encore, mais Andrej vit que l'épée avait manqué le cœur.

« Pourquoi a-t-il fait cela ? hurla Mehmed, fou de colère. C'est toi qui lui as dit ? C'était ton ordre ? »

Andrej souleva le corps inerte de Frederic et se releva.

« Tsepech l'avait torturé, dit-il à voix basse. En bas, dans ses caves. Je sais que c'est abominable, mais j'ignorais qu'il le haïssait autant. Ce n'était qu'un enfant. »

Le regard de Mehmed s'arrêta sur la gorge ouverte de Tsepech, remonta jusqu'aux lèvres barbouillées de sang de Frederic et revint sur le visage du mort. « Un enfant, marmonna-t-il. Oui, peut-être. Mais peut-être est-ce aussi bien que cet enfant ne devienne jamais un homme.

— M'accorderas-tu une dernière faveur ? » demanda Andrej.

Mehmed lui lança un regard interrogateur.

« Je voudrais l'enterrer, expliqua Andrej. Là-bas, dans la forêt, pas dans ce sol gorgé de sang. Il a tué, oui, mais il n'était qu'un enfant. Dieu aura peut-être pitié de son âme et lui accordera sa miséricorde. »

Mehmed eut une grimace de dégoût. « Fais ce que tu veux », dit-il en rengainant son épée. Il remonta en selle et éperonna si violemment son cheval que l'animal lança un hennissement effrayé et tenta de se cabrer. « En route ! cria-t-il. Emmenez la tête de Tsepech ! Je la veux demain, en haut du mât de ma tente, quand nous établirons le camp ! »

Ses hommes se hâtèrent de se mettre en selle. Un soldat resté en arrière trancha d'un seul coup d'épée la tête du prince, puis il monta sur son cheval, la balançant par les cheveux comme un trophée. Deux autres versèrent de l'huile sur le corps décapité et y mirent le feu.

Les flammes étaient si hautes et si chaudes qu'Andrej dut reculer de quelques pas. La puanteur de la chair brûlée lui monta aux narines, lui donnant la nausée. Il resta pourtant sur place sans bouger, tandis que les soldats formaient les rangs et quittaient la forteresse, s'enfonçant à vive allure dans la nuit.

Quand le bruit de la cavalcade eut disparu, Frederic ouvrit les yeux et dit :

« Tu peux me lâcher, maintenant. »

Andrej le posa doucement par terre et recula d'un pas. Il essaya en vain de déchiffrer l'expression de l'enfant.

« As-tu perdu l'esprit ? gronda Abou Doun. Pourquoi as-tu fait cela ? Tu aurais pu tous nous faire tuer, tu en es conscient ?

— Mais ce n'est pas arrivé, n'est-ce pas ? » Frederic se détourna en haussant les épaules et observa les flammes qui dévoraient le corps de Tsepech. Une lueur rouge se reflétait sur son visage, lui donnant l'air d'un écorché.

« L'idée de l'enterrement dans la forêt était bien trouvée, dit-il, sarcastique. J'ai eu peur, pendant un moment, qu'il ne veuille me brûler moi aussi, ou qu'il ne décide qu'une deuxième tête ferait bien sur son mât de tente. Mais je savais que je pouvais compter sur toi, Delãny. »

Andrej dégaina doucement son épée, mais il ne put l'empêcher de faire un léger bruit que Frederic entendit. Il se retourna et regarda d'abord l'épée, puis Andrej, en souriant.

« Que vas-tu faire maintenant, Delãny ? demanda-t-il. Me tuer ? Me couper la tête ou me transpercer le cœur ? »

Andrej garda le silence. Il dévisageait Frederic et l'épée se mit à trembler dans sa main.

« Que… que veut-il dire ? marmonna Abou Doun. Que veut-il dire, Andrej ?

— Tu peux me tuer », poursuivit Frederic. *(Frederic ?)* « Je sais que je suis moins fort que toi. Tu peux me vaincre. Tu peux me tuer.

— Par l'enfer, sorcier, que se passe-t-il ? gronda Abou Doun.

— Mais, dans ce cas, tu tuerais aussi Frederic, continua l'enfant. Il est encore en moi, tu sais ? Je le sens. Il pleure. Il a peur, tellement peur.

— Tais-toi », murmura Andrej. L'épée, dans sa main, tremblait de plus en plus. Ce serait facile, si facile. Un tout petit mouvement, rapide, et tout serait fini.

« Ne crains rien, Delãny, dit Frederic, ironique. Sa peur va passer. Il se réjouira bientôt de ce que je peux lui apprendre. Tu dois choisir, maintenant. Qui est le plus fort : ta haine de moi ou ton amour pour Frederic ?

— Non, souffla Abou Doun, consterné. Ce n'est pas possible. Dis-moi que ce n'est pas vrai ! »

Andrej ne répondit pas. Il regardait l'enfant et ne voyait en réalité que le feu maléfique qui brûlait dans ses yeux.

« Décide-toi ! ordonna Frederic. Tue-moi ou va-t'en !

— Je m'en charge pour toi », intervint Abou Doun. Il allait dégainer son épée, mais Andrej le retint d'un geste et secoua la tête. Le pirate le regarda sans comprendre mais lâcha la poignée de son arme.

« Partez, maintenant, dit Frederic. Les renforts qui ont été appelés ne devraient plus tarder. Il n'y aura pas, cette fois, de soldats musulmans pour vous prêter main-forte. »

Andrej rengaina son épée. Ses mains avaient cessé de trembler. Il ne se sentait ni désespéré ni triste, ne ressentait ni colère ni haine. Il était agité par une émotion inconnue pour laquelle il n'avait pas encore trouvé de mot.

Il se détourna en silence et s'en fut. Abou Doun resta un moment sans bouger, puis il le rattrapa et ils sortirent ensemble de la forteresse. Il se tut, lui aussi, pendant qu'ils contournaient l'enceinte dans le noir et s'approchaient de la lisière de la forêt. Il dit alors : « Veux-tu m'expliquer ? »

Qu'aurait-il pu expliquer ? Andrej n'avait pas de réponse, seulement une question. Quel monstre avaient-ils créé ?

Quel monstre avaient-ils créé ?

AINSI S'ACHÈVE « LE VAMPYRE »,
DEUXIÈME LIVRE DE
LA CHRONIQUE DES IMMORTELS.

Achevé d'imprimer en juillet 2007
par l'imprimerie France Quercy
à Mercuès (Lot)
pour le compte de
la Librairie l'Atalante

Nº d'imprimeur : 71256/
Dépôt légal : août 2007

IMPRIMÉ EN FRANCE